서른 개의 노을

강명희 소설집

청어

서른 개의 노을

강명희 지음

발행처 · 도서출판 청어
발행인 · 이영철
영　업 · 이동호
홍　보 · 최윤영
기　획 · 천성래 | 이용희
편　집 · 방세화 | 이서윤
디자인 · 김바라 | 서경아
제작부장 · 공병한
인　쇄 · 두리터

등　록 · 1999년 5월 3일
(제321-3210000251001999000063호)

1판 1쇄 인쇄 · 2015년 3월 20일
1판 1쇄 발행 · 2015년 4월　1일

주소 · 서울특별시 서초구 효령로55길 45-8
대표전화 · 586-0477
팩시밀리 · 586-0478

홈페이지 · www.chungeobook.com
E-mail · ppi20@hanmail.net
ISBN · 979-11-85482-97-2(03810)

이 도서의 국립중앙도서관 출판시도서목록(CIP)은 서지정보유통지원시스템 홈페이지
(http://seoji.nl.go.kr)와 국가자료공동목록시스템(http://www.nl.go.kr/kolisnet)에서 이용하
실수 있습니다.(CIP제어번호: CIP2015007120)

서른 개의 노을

작가의 말

일 년 사 개월 만에 묶는 소설집이다. 물론 여기에 수록된 작품들이 다 이 기간에 쓰인 것은 아니다. 첫 번째 소설집에서 이런저런 이유로 누락된 소설들과 그간 쓴 것들을 모은 것이다.

이유 중 가장 큰 것은 불편함이다. 나를 비롯한 주변인들의 모습이 언뜻언뜻 보인다. 소설은 픽션이다. 있을 수 있는 이야기를 쓰는 것이다. 소재는 주변에서 얻어왔지만 작가가 상상하여 이야기로 재구성한 픽션이다. 혹 주변인의 모습이 보이더라도 오해가 없기를 바란다.

나는 소설 쓰기가 두렵다. 배우가 몸으로 여러 가지 캐릭터를 연기한다면 나는 글로 여러 캐릭터를 연기한다. 하지만 그 캐릭터도 결국은 나에게서 벗어나지 못한다. 그래서 두렵다.

그럼에도 불구하고 이렇게 상품가치도 없는 소설을 생산해 내는 그 어떤 행위보다도 소설쓰기가 재미있기 때문이다. 산고의 고통만큼 힘들지만 그만큼 큰 기쁨을 준다. 사랑하는 아들 집 앞에서 얼어 죽는 「동행」 속의 노인처럼 소설을 짝사랑하다가 그 문짝 앞에서 얼어 죽는다 해도 나는 행복할 것이다.

"작가가 놓쳐서는 안 될 것은 자유롭게 상상할 수 있는 정신적 여유입니다.

맘 놓고 상상하세요. 아무도 의식하지 말고, 어떤 주의주장에도 구애받지 말고, 무슨 윤리의식 따위에 신경 쓰지 말고 마치 세상에 나 혼자 살고 있는 듯이 그렇게 자유롭게 상상한 인간들의 얘기들을 쓰세요."

내가 등단했을 때 스승이신 소설가 김승옥 선생님께서 메일로 격려해주신 말씀이다. 자유로운 상상력은 용기가 필요하다. 지금 나는 큰 용기를 내어 이 책을 세상에 내놓는다.

김포 벌판에서 나고 자라는 질경이처럼 강인한 삶을 사셨던 아버지께 이 소설집을 바친다. 내 소설 속에 가끔 나타나 방향을 가르쳐주시던 아버지는 꼭 십 년 전 이맘때 저 세상으로 가셨다.

아버지!

해가 갈수록 당신이 더욱 그리워지는 것은 어찌된 연유인지요? 비록 당신의 기대에 못 미치는 무명의 소설가지만 당신께 부끄럽지 않은 글을 쓰겠습니다. 꼭 그러하겠습니다. 약속드립니다.

강 명희

차례

동행

동행

　텃밭으로 난 샛문을 열자 세상은 거대한 은빛 덩어리였다. 태양이 해끔한 빛살을 하늘 가득 뿌려대고 흰 눈 쌓인 들판은 그 빛을 몇 배로 되쏘고 있었다. 눈앞에 펼쳐진 세상은 눈부시게 흰 옥양목 천을 그대로 덮어놓은 듯 빛났다. 벌판 끝으로부터 매운바람이 눈보라를 굴리며 굴렁쇠처럼 달려왔다. 노인은 별안간 밀려드는 엄청난 빛 때문에 눈을 감았다.

　어제는 온종일 눈이 내렸다. 눈은 산과 들을 모두 묻어버리고도 그칠 줄 몰랐다. 길이 막히고, 나뭇가지가 찢기고, 눈의 무게를 이기지 못해 건물이 주저앉았다고 텔레비전에서는 난리가 난 것처럼 떠들어댔다. 한밤중까지도 멈추지 않을 것처럼 눈을 뿌리던 하늘이, 아침에 일어나 보니 방금 세수하고 난 아이처럼 말간 얼굴을 하고 푸르게 빛나고 있었다.

눈을 뜨니 헛기침이 마구 쏟아졌다. 기침을 멈추었을 때는 노인의 눈에 눈물이 가득 고였다. 노인은 눈물을 닦으며 들판을 바라보았다. 흰눈 쌓인 들판은 아주 정다운 모습으로 노인을 맞이했다. 평생을 같은 고장에서 한 자리만을 지키고 살아온 노인이었다. 딸네 집에 갔다가도 그밤으로 내려오는 것은, 자고 나면 눈앞에 펼쳐진 저 들판을 보기 위해서였다. 들판은 마음 한 구석에 비껴놓았던 조그만 근심까지 몰아내며 아무 걱정하지 말라고 자분자분 타이르는 것 같았다.

간밤에 꾼 뒤숭숭한 꿈자리 때문에 노인은 내내 마음이 편치 않았다. 꿈속에서 동네 사람들이 떼로 몰려와 떠들어대며 우물을 팠다. 멀쩡한 우물을 두고 그 곁에 또 팠다. 안방에서는 느닷없이 구들을 새로 놓는다고 구들장을 들어내며 와자지껄했다.

저 많은 사람들을 뭘 해 먹여야 하나. 노인은 꿈속에서도 몹시 근심스러웠다. 노인은 윤식이네로 달려갔다. 윤식은 보이지 않고, 여자들이 부엌 가득 들어서서 밥을 한다고 떡을 한다고 우왕좌왕 했다.

노인은 이 방 저 방으로 뛰어다니며 윤식을 찾아다녔다. 윤식을 찾아낸 곳은 뒤란에 있는 장다리 꽃밭이었다. 윤식은 꽃 한가운데서 벌과 나비들과 함께 놀고 있었다. 노인이 아무리 불러도 들리지 않는지 모르는 체했다. 목청껏 부르다가 잠이 깼다. 깨어나서도 기분이 영 개운치 않았다. 들판을 보자 그때서야 노인의 머릿속에 맴돌고 있던 뒤숭숭한 꿈의 기억들이 가라앉았다.

노인은 쇠고리를 벗기고 광으로 들어갔다. 날이 닳아빠진 호미와 삽과 녹이 슨 곡괭이와 쇠스랑들이 늙은 애첩들처럼 앉아 노인을 맞이했다. 벽에는 손때가 묻은 키와 노인이 짚으로 짠 송태미와 삼태미가 거미줄

속에 걸려 있었다. 옛집을 허물고 새 집을 지을 때 노인은 한사코 이 광만은 그대로 놔 둘 것을 고집했다. 아들은 마지못해 노인의 부탁을 들어, 허물면 그 자리에 정원을 꾸밀 수 있게끔 집을 지었다.

노인은 한 손에는 삽과 곡괭이를 다른 한 손에는 바구니를 들고 밖으로 나왔다. 눈이 오금까지 빠졌다. 힘겹게 한 발 한 발 옮겼다.

아침밥을 먹으며 노인은 혼잣말처럼 말했다.

"명절이 다가오니 오늘은 무 구덩이나 헐어야겠어."

그러자 아들 내외는 약속이나 한 듯 동그랗게 눈을 뜨고 질색했다.

"왜 추운데 일을 또 만드세요."

"아버님, 나박김치도 깍두기도 다 담아 놨으니 신경 쓰지 마세요."

아닌 게 아니라 엄동설한에도 푸성귀들이 제철처럼 쏟아져 나오는 세상이다. 푸르고 싱싱한 채소들뿐 아니라 딸기와 한 여름 과일인 수박까지 가게에 즐비했다. 움 저장 채소들은 그런 채소와 과일에게 자리를 내주고는 추레한 모습으로 귀퉁이로 밀려났다. 노인은 그 모습이 늙은이들의 쉰 모습처럼 느껴졌다. 그래도 노인은 가을이면 꾸준히 텃밭 양지바른 곳에 무 구덩이를 만들었다.

정월 명절이 다가오면 제일 먼저 하는 일이 무 구덩이를 파내는 일이었다. 그날은 근처에 사는 큰아우와 작은아우네 식구들이 다 모였다. 삽과 곡괭이를 하나씩 들고 밭으로 나가면 미리부터 와 눈밭에서 뛰어 놀던 아이들이 탄성을 지르며 몰려왔다. 기운 센 큰아우가 눈을 헤치고 곡괭이로 콕콕 찍어 언 땅을 깼다. 그럼 다른 아우와 노인이 삽으로 흙덩이를 떠서 들어냈다. 아이들은 구덩이 속에서 신기한 보물이라도 나올 것처럼 두 눈을 반짝이며 기다렸다.

얼마쯤 흙을 들어내면 입구를 막아둔 지푸라기 마개가 보였다. 마개를 움켜쥐고 온 힘을 다해서 뽑아낼 때, 노인의 가슴은 언제나 떨렸다. 가을에 묻어 둔 무와 배추를 한 겨울에 다시 보는 것은 오랫동안 떨어져 있던 자식을 만나는 것만큼이나 설레었다. 얼음가루가 부서지며 단단히 막은 짚 마개가 뽑혀져 나왔다. 그 안에 손을 넣으면 노란 병아리 색을 한 움파가 나왔다. 또 다시 손을 넣으면 연둣빛 이파리가 곱슬곱슬하게 자란 무가 나왔다. 그 뒤로 누이의 살결처럼 뽀얀 배추와, 씨눈이 커진 씨감자……. 대여섯 살 때 놀랍고 신기했던 그 기억은 노인이 아직까지 기억하는 가장 오래된 기억이다. 그 후 노인은 가을걷이가 끝난 후 실한 채소만을 골라 땅속에 묻는 일을 한 해도 거르지 않았다.

구덩이가 헐리면 어른, 아이 할 것 없이 무와 배추를 두 손으로 안아 집으로 날랐다. 아궁이에서는 콩대가 제 몸을 빨갛게 태우고 가마솥에서는 구수한 냄새를 풍기며 토장국이 끓었다. 햇고추장과 함께 배추쌈을 상에 올리고 뜨거운 배춧국을 퍼 오면 김치뿐이었던 한겨울 밥상은 푸짐했다. 아우네 식구들과 뜨끈한 방에 모여 앉아 밥을 먹으며 정월에는 서울서 누가 올 것인가를 꼽았다. 명절이라고 일가붙이들이 우르르 몰려 내려오던 그때는 사는 맛이 절로 났다.

정작 명절 준비는 그때부터였다. 날을 잡아 나박김치와 깍두기를 담았다. 어느 날은 온종일 맷돌을 돌려 콩을 갈아 두부를 만들었다.

엿 고는 일이 그 중 가장 크고 신나는 일이었다. 가을에 거두어들인 여러 가지 곡식들 중 밥으로 해 먹기 어려운 싸라기 곡식들을 모아 두었다가 엿을 고았다. 엿기름을 물에 담그고 그 물에 싸라기밥을 풀어 하루쯤 뜨뜻한 아랫목에 묻어두면 알맞게 삭았다. 삭은 물을 무명 보자기에 짜내면 뽀얀 단물이 걸러졌다. 그 물을 가마솥에 넣고 은근한 불로 고면 싸라기 엿이 되었다.

엿 고는 날은 어른, 아이 할 것 없이 잔칫날이었다. 아이들은 환하게 불을 밝혀둔 집 안팎으로 뛰어다니며 추위도 잊은 채 밤새 놀았다. 여자들은 수증기가 자욱한 부엌에서 불의 양을 조절해 가며 두런두런 정담을 나누었다. 엿 고는 구수한 냄새에 아이들은 부엌을 들락거리며 목이 빠지게 엿이 고아지기를 기다렸다. 엿이 얼추 고아져 거품이 크게 일어나면 성급한 아이들은 종지에 조청을 퍼서 조갈이 나도록 먹었다. 손바닥만한 거품이 쩍쩍 일어나 가마솥 안을 채우면 엿은 알맞게 고아진 것이다. 그러면 그릇마다 쟁반마다 콩가루를 깔고 달인 엿을 양푼으로 펐다.

쟁반에 퍼 놓은 엿이 굳어 가면 여자들이 빙 둘러 앉아 얇게 늘였다. 두 손바닥만 하게 늘린 엿은 서로 붙지 않게 콩가루 속에 박아 함지박에 담았다. 그 함지박을 다락에 얹어 두면, 정월 내내 어른 아이 할 것 없이 오르내리며 얼마나 행복했던가.

모두 떠났다. 쪽진 머리가 유난히 어울렸던 아내는 젊은 나이에 심장병으로 죽고, 재혼한 아내는 삼십 년을 살다가 호적을 파 가지고 미운 정 고운 정을 훌훌 털어 버리고 떠났다. 함께 살던 아우들도 서울로 인천으로 뿔뿔이 흩어졌다.

노인은 몸이 천근이나 되는 것처럼 무거웠다. 어젯밤 뒤숭숭한 꿈자리 때문에 밤새 잠을 설쳤더니 눈까풀이 자꾸 내려앉았다. 그렇다고 방구석에 틀어박혀 있기는 싫었다. 지금쯤 수술실에 누워있을 윤식을 생각하니 마음이 다스려지지 않았다.

며칠 전 윤식은 수술하기 위해 아들의 차에 올랐다. 변비가 심해져 큰 병원에서 검사를 받았던 윤식에게 장암이라는 진단이 내려졌다. 윤식은 아들이 시동을 거는 차 안에 앉아 노인을 보고 희미하게 웃었다.

노인이 말했다.

"자네, 나 때문이라도 살아야 해. 자네 먼저 죽으면 안 돼. 나를 봐서라도 꼭 살아야 해."

"걱정 마. 자네, 나 없이 재미나게 사는 꼴 보기 싫어 못 죽는다고 했잖아."

윤식은 무 구덩이 묻을 때 했던 말을 애써 웃으며 말했다. 그러나 윤식의 얼굴에 언뜻 보이는 어두움을 노인은 가슴 아프게 바라보았다.

"아저씨! 걱정 마세요. 우리 아버지 수술만 하면 나으실 거예요."

윤식의 아들이 차 유리문을 내리며 말했다. 노인은 암이라는데 감기 환자처럼 아무렇지도 않게 말하는 윤식이 아들을 근심스럽게 바라다보았다.

"아암, 그래야지. 그래야 하구 말구. 자네만은 내 곁을 떠나지 않을 거야. 내 알지. 알아."

차가 구불구불한 마을 모퉁이를 돌 때까지 노인은 손을 흔들고 중얼거리며 서 있었다.

눈을 하얗게 뒤집어쓰고 봉분처럼 솟아오른 무 구덩이를 보자 다시 윤식이 생각났다. 못자리를 하거나, 모를 내거나, 타작을 하거나 노인은 늘 윤식과 함께 했다. 감자를 캘 때도, 오이넝쿨을 거두고 김장밭을 갈 때도, 노인은 윤식과 날짜를 정해 품앗이를 하며 팔십 평생을 살아왔다.

무 구덩이 만들던 날도 윤식이 와서 거들며 말했다.

"이 무 구덩이 파낼 때까지 살 수 있을라나 몰라. 난 말이야. 죽을 때도 자네하고 같이 죽었으면 좋겠어."

윤식은 흙을 파헤치며 제법 진지하게 말했다.

"에끼 여보슈! 나 먼저 죽으면 자네 내 몫까지 더 살겠다고 발버둥칠 걸……."

노인은 윤식이 세상 다 산 사람처럼 말 하는 것이 듣기 싫어 짐짓 발끈하는 체하며 말했다.

"그래? 그럼 그렇게 해. 내 자네 몫까지 재미나게 살다가 죽을 테니까 자네 얼른 죽어."

"아유! 내가 왜 죽어. 나 없이 자네 재미나게 사는 그 꼴 어떻게 봐. 땅속에서라도 못 보지. 아암, 못 봐."

"나도 죽고 싶어도 못 죽는다. 자네 나 없이 손자들하고 오순도순 재미있게 사는 그 꼴 못 봐. 못 죽어."

아들과 함께 살고 있지만 그래도 노인이 홀아비 생활을 꿋꿋이 버티고 있는 것은 한 집 건너에 윤식이 있기 때문이다. 아내와 이혼한 후 노인은 그 긴 밤을 윤식과 함께 보냈다. 저녁을 먹으면 윤식이 노인의 집으로 오든지 노인이 윤식의 집으로 가든지 했다. 무슨 일이 있어 하루라도 못 보면 서로 찾아 헤매다가 열두 시가 넘더라도 기어이 보고야 제 집으로 들어갔다.

어릴 때 윤식의 아버지는 한강 둔치 버려진 땅에 곡식을 뿌려 일구며 살았다. 작은 물이 났을 때조차 둑 밖의 땅은 벌건 황토에 묻히기 일쑤였다. 어느 해부터인가 타는 가뭄이 몇 년째 계속되었다. 윤식이네 둔치 땅에서는 곡식이 화수분처럼 쏟아졌다. 그때 윤식이네는 이곳 구릉에 집과 땅을 사서 이사를 나왔다. 윤식이 소학교 들어가던 해였다.

처음에는 어머니들이 오가며 붙어살았다. 자연이 노인은 동갑내기 윤식과 학교 갈 때도, 소 꼴 먹일 때도, 나무할 때도, 한강에 나가 조개 잡을 때도 늘 함께였다.

결혼은 노인이 먼저하고 윤식이 한 해 나중에 했다. 꽃 같은 새댁들 역시 얼굴 맞대고 방긋방긋 웃으며 오가며 살았다. 세 살 터울로 아들 낳고 딸 낳고…… 아이들도 늘 함께 놀았다.

꿈결같이 행복하던 그들의 젊은 날은 윤식의 처가 막내 낳다가 죽으면서부터 불길해지기 시작했다. 노인의 아내는 윤식의 막내를 데려다 함께 젖을 먹여 키웠다.

아내가 심장병으로 죽은 것은 윤식이 재혼한 이듬해였다. 숨이 넘어가는 아내를 데리고 인천으로 서울로 뛰어다니다가 끝내 푸르뎅뎅한 시체를 안고 돌아왔을 때 윤식은 노인을 붙들고 제 슬픔처럼 통곡하며 말했다.

"이 못난 것아! 그래 따라 할 게 없어서 그것까지 따라해! 에이 못난 것! 이 지지리도 못난 것아!"

노인은 재혼할 때 아무 여자나 건강하기만 하면 된다고 생각했다. 두 살 난 아이가 딸린 여자를 선뜻 데려온 것도 무쇠덩어리 같은 여자의 건강함 때문이었다. 노인은 그때까지 자신이 불행하다고 생각했던 적이 없었다. 아내가 죽었을 때 어디 세상에 아내 죽은 사람이 한둘인가, 아내의 명이 그만하고 한 여자와 해로할 팔자가 아니어서지 특별히 자기에게만 불행이 닥친 것이라고는 생각하지 않았다. 재혼한 윤식이 역시 처음에는 이 말 저 말 나오더니 어느 날부터 별 말없이 구순하게 살았다.

열다섯이나 되는 식구와, 일꾼들과, 농번기 때 일 따라 들어온 뜨내기들까지 집 안은 언제나 사람들로 북적거렸다. 아내는 새벽부터 밤중까지 그 사람들 치다꺼리를 다 해냈다. 밭일, 들일, 못하는 것이 없었다. 노인은 잔꾀 한 번 부리지 않고 시원스럽게 일을 해치우는 아내의 건강한 모습이 눈이 부시게 아름다웠다. 게다가 밤이면 매일처럼 보채는 노인에게 뜨거운 몸을 주어 행복하게 했다. 그토록 황홀한 세상이 있다는 것을 아내를 만나기 전에는 짐작조차 못했다. 가만히 있어도 얼굴에는 벙긋벙긋 웃음이 피어올랐다. 세상이 더없이 너그러워 보였다. 새장가 들더니 딴 사람이 됐다고 이웃들이 놀려댔다. 몸이 아파 조마조마했던 죽은 아내를 잊고 노인은 아주 잠시 행복했다.

노인이 아내에게 푹 빠져 있는 동안 어머니와 아내 사이에 이상한 골이 생겼다. 그것은 전실 자식과 새 아내가 데리고 들어온 자식 간에 보이지 않는 불편함으로 발전했다. 노인은 중간에 서서 어느 쪽 편도 들 수 없었다. 아내는 아내대로 어머니는 어머니대로 편이 되어 줄 것을 원했다.

"머릿속에 먹물 넣어봐야 그게 땅이 되냐 밥이 되냐. 송충이는 솔잎을 먹어야 하는 법이여. 나는 지금 여기서 더 바라는 게 없다. 니들도 에비하고 농사짓는 거야. 먹물 그거 아무 소용없어. 땅이 최고여. 최고……."

아버지의 눈에 자식들은 품삯 없는 일꾼이었다. 공부하는 기색이 있으면 책이건 공책이건 아궁이로 들어갔다. 아내가 데리고 들어온 자식이 고등학교에 들어갈 때 집안이 발칵 뒤집혔다. 어머니는 당신 자식도 보내지 않은 고등학교에 의붓자식을 보낼 수 없다고 반발했다. 노인은 어머니 몰래 장리쌀을 얻어 의붓자식을 고등학교에 보냈다. 한 번 두 번 월사금을 낼 때마다 생긴 다툼이, 세 번째 낼 때 집안 전체로 번졌다. 어머니는 광 열쇠를 끌어안고 벽을 보고 누워 꼼짝하지 않았다. 노인은 어머니께 무릎을 꿇고 앉아, 세상이 변해 내 자식이건 남의 자식이건 배워야 산다고 울며 사정했다. 어머니는 끝내 열쇠를 내놓지 않았다. 노인은 벽을 보고 누운 어머니를 향해 소리치다가 손에 잡히는 대로 물건을 내던지기 시작했다. 순식간의 일이었다. 요강이 지린내를 풍기며 봉당 바닥에 산산조각이 났을 때 아내는 보따리를 꾸렸다.

노인은 동구 밖까지 간 아내를 쫓아가 달래서 빈대떡 한 장 사 먹이고 데리고 돌아왔다. 대문을 들어서자 집 안에 농약냄새가 자욱했다. 어머니는 농약병과 함께 봉당에 쓰러져 있었다. 노인은 어머니를 들쳐 업고 읍내 병원에 달려갔지만 소용이 없었다. 어머니는 환갑을 겨우 넘긴 나이에 그렇게 갔다.

노인은 삽으로 무 구덩이 입구의 눈을 치우기 시작했다. 젊은 날엔 눈 치우는 일이며 언 땅을 깨는 것은 일축에도 들지 않았다. 마당 쓸 듯 눈을 치우고 곡괭이로 몇 번 내리치면 흙더미를 쌓아둔 입구가 갈라지곤 했다. 지금 노인은 눈앞에 있는 눈 치우는 것만으로도 숨을 헉헉거렸다.

코끝이 얼어 가려워 왔다. 종기 흔적이 추워서 빨갛게 얼었다. 자랄 때 윤식은 노인을 딸기코라 놀렸다. 윤식이 별명을 부를 때는 노인은 어떻게든 달려가 주먹질을 했다. 괜히 싸우고 싶은 날이면 윤식은 일부러 노인의 별명을 불러 한바탕 뒤엉켜 싸우곤 했다.

노인은 윤식이 생각이 나자 자꾸 집 쪽을 쳐다보았다. '열 시에 수술 들어간다고 했으니 아직 끝나지 않았을 거야. 텔레비전에서 보면 하루 종일 걸려 수술을 하기도 한다지 않는가.' 윤식이 배를 가르고 수술실에 누워 있을 거라 생각하니 정신이 아득해 왔다.

노인은 불안함을 떨쳐 버리려는 듯이 곡괭이를 다시 손에 쥐었다. 언눈을 내리치고 깨뜨려진 조각을 삽으로 퍼냈다. 맨땅이 속살처럼 드러났다. 노인은 구덩이 입구를 곡괭이로 힘 있게 내려쳤다. 흙이 여러 조각으로 갈라졌다. 노인이 삽으로 흙을 떠내자 지푸라기로 단단히 봉해 둔 마개가 나왔다. 노인은 두 손으로 힘껏 마개를 빼냈다. 지푸라기가 뽑혀져 나왔다. 노인은 몸통을 굴 안으로 반쯤 집어넣은 채 손을 뻗었다. 미끈한 무가 노인의 손에 집혀 나왔다. 왼쪽으로 손을 넣으니 배추가 손에 잡혔다. 노인은 두 손으로 조심스럽게 배추를 끌어냈다. 그러나 노인의 모든 행동은 오랜 습관에 불과했다. 노인의 생각은 온통 윤식의 수술실에 가 있었다.

구름 한 점 없는 하늘에서 태양은 빛줄기를 뿜어내느라 안간힘을 썼다. 햇볕도 얼어붙었는지 양지쪽에 쌓인 눈조차도 녹을 기미를 보이지 않았다. 그래도 처마 끝 어디에서는 눈이 녹는지 햇볕에 반짝이며 고드름이 자랐다.

하늘을 보니 해가 노인의 머리와 지평선 가운데서 빛났다. 어림잡아 두 시는 되었을 것이다. 지금쯤 무슨 소식이 있지 않을까. 생각이 거기에 미치자 노인은 하던 일을 떨치고 샛문을 통해 방으로 뛰어 들어갔다. 누군가가 이미 기별을 했을지도 몰라. 전화벨이 저 혼자 울다가 그쳤을지도 모르지.

방 안은 어둠 속에서 침묵하고 있었다. 한참을 서 있으니 차츰 어둠이 가라앉았다. 전화기가 보였다. 노인은 윤식의 집에 전화를 걸었다. 아무도 받지 않았다. 그렇지, 수술하러 간 윤식이 집에서 전화를 받을 리가 없어. 노인은 수첩을 뒤져 윤식의 아들 전화번호를 찾았다.

또르륵. 신호가 갔다. 아무도 받지 않았다. 발신음이 계속 울렸지만 여전히 받지 않았다. 답답한 마음에 무작정 기다렸다. 불길한 생각이 들 때면 아무 일 없을 거라고 스스로에게 중얼거렸다. 얼마쯤 지났을까. 누군가가 전화를 받았다.

"여보시오, 여기 시골인데요, 민영이 할아버지 소식이 궁금해서요."

노인은 떨리는 목소리로 물었다.

"아직 모르셨어요?"

남자의 목소리는 담담했다.

"뭘요? 뭘 모른다고 해요."

"저는 옆방에 세 들어 사는 사람인데요, 민영이 할아버지 돌아가셨다고 안집 식구들 모두 다 병원으로 달려갔어요."

"예끼! 이보슈! 젊은 양반, 잘못 들었을 거야. 수술하면 쉽게 나을 수 있다고 했단 말이여."

"쇼크사래요. 마취시키다가 그렇게 됐다고 해요."

"그럴 리가…… 그럴 리가 없어. 이보슈, 병…… 병원이 어디래유?"

"여기 어디 적어 놨는데……. 잠깐만 기다리세요. 아, 여기 있네요."

노인은 병원 이름만 겨우 듣고 수화기를 떨어뜨렸다. 밖으로 달려 나왔다. 눈으로 빙판이 된 길을 미끄러지며 달려 읍내로 향했다. 택시 한 대가 눈길 위를 엉금엉금 들어오다 허둥대며 달리는 노인을 보고 차를 세웠다.

"아저씨! 어딜 그렇게 허둥대며 뛰어 가세요?"

택시 끄는 살구나무 집 아들이었다. 자초지종을 들은 살구나무 집 아들은 노인을 택시에 태우고는 다시 엉금엉금 기어 돌아오던 길을 되돌아 나갔다.

큰 길에 나오니 눈이 제법 녹아 있었다. 살구나무 집 아들이 노인을 병원 앞에 내려 주었다. 그때서야 노인은 무 구덩이 파던 옷차림이라는 것을 알았다. 여기저기 뒤져봐도 돈이 한 푼도 없었다. 살구나무 집 아들은 나중에 노인의 아들에게 받겠다며 그냥 돌아갔다.

입관 전이라 회색 양복을 입은 윤식이 아들이 빈소를 어른거리다가 노인을 보았다.

아저씨! 윤식이 아들은 노인을 얼싸안고 울었다. 이게 무슨 일이여. 이게…… 이게 무슨 날벼락이란 말이여! 노인은 윤식이 아들을 품고 엉엉 소리 내어 울었다. 윤식이 아들은 얼마 되지 않아 빈소를 꾸미는 일을 하기 시작했다. 윤식이 다른 아들딸들도 속속 도착했다.

노인은 한없이 울었다. 젊은 애들 보기 민망해 그치려고 하면 할수록 울음은 더 나왔다. 의리 없는 놈, 너 마저 나를 이렇게 떠나는구나. 노인은 윤식에게 떼쓰듯 욕을 했다.

늙으면 슬픔도 적당히 다스려야 한다는 것을 안 것은 노인이 영안실에서 한 시간쯤 있던 뒤였다. 영전 바로 앞에서 주위 사람의 시선에도 아랑곳하지 않고 울던 노인은 거북스런 눈길들을 느꼈다.

"아저씨, 추운데 그만 내려가 보세요."

윤식이 아들은 노인이 귀찮은 듯 했다. 문상객들이 몰려들기 전에 무 구덩이 파던 차림의 초라한 노인을 어서 내보내고 싶어 했다.

"나 그냥 여기 윤식이 곁에 있으면 안 될까?"

"고생스럽게 그러실 필요 없어요. 택시 잡아 드릴게요."

"정 가야 한다면 혼자도 갈 수 있어. 내버려두게."

이때 윤식이 막내가 택시 잡았노라고 외쳤다. 노인은 하는 수 없이 뒤돌아보며 영안실을 나왔다. 막내가 택시비를 운전기사에게 쥐어주며 행선지를 말했다. 기사는 아무런 대꾸 없이 택시에 오르는 노인을 보았다.

택시가 숨 막힐 정도로 아파트가 꽉 찬 길을 달렸다. 사방을 둘러보아도 아파트뿐이다. 콩밭을 매고 돌아서면 다시 돋아나는 쇠뜨기 풀처럼 아파트는 날마다 여기저기 쑥쑥 올라왔다. 저 놈의 아파트! 재혼한 아내가 서른 해를 살다가 호적 파 가지고 떠난 것도 저 놈의 아파트 때문이었다. 형제들이 타지로 뿔뿔이 헤어진 것도 다 저 놈의 아파트 때문이었다. 저 놈의 아파트! 저 놈의 아파트…….

가을이면 아버지는 마당 한가운데 집채만 한 노적가리를 만들었다. 그리고 이른 봄이면 그것을 헐어 방아를 찧었다. 그때는 가을보다 쌀금이 좋았다. 쌀 판 돈을 허리춤에 차고 땅을 사러 다녔다. 등록금 철이면 좋은 땅들이 매물로 많이 나와 있었다. 아버지는 그렇게 해마다 땅을 샀다. 사람들은 그런 기세라면 벌판의 땅을 아버지가 다 사들일 거라고 말했다.

아버지는 땅을 목숨처럼 지켰다. 병환이 들었을 때도 병원에 가지 않았다. 동네 사람들이 벌판 땅 두고 가면 뭐 하나, 땅 팔아 큰 병원에 가 보라고 했지만 아버지는 듣지 않았다. 결국 땅 한 뼘도 팔지 않고 아버지는 그대로 눈을 감았다.

땅이란 것은 삶의 방편이지 돈이 아니었다. 동생들은 제각기 취직해 벌어 먹고살았다. 밭에서 나는 푸성귀며 곡식들을 이리저리 나누며 우애 또한 유난히 돈독했다. 아버지는 땅을 큰아들인 노인에게 물려주었다.

세상은 바뀌어 아버지에게 물려받은 땅이 아파트 단지로 변했다. 땅에서 듣고 보지도 못한 액수의 돈이 쏟아져 나왔다. 형제들은 혼비백산하여 들락거리면서 아버지의 땅을 분배할 것을 요구했다. 그렇지만 그때 그 땅은 이미 노인의 소관이 아니었다.

집 안에 큰 일이 있을 때마다 큰아들은 돈을 조금씩 내 놓으며 노인의 명의로 있는 땅들을 하나하나 자기 이름으로 바꾸어 놓았다. 토지보상금은 모조리 아들 통장으로 나왔다. 아내와 형제들이 아들에게 분배할 것을 요구하자 아들은 말했다.

"왜 이러세요. 나는 정당한 방법으로 아버지에게 돈을 주고 산거라고요. 아세요, 어떤 것은 시가 거의 다 주고 샀어요. 남에게 샀어도 이만큼은 샀다고요."

아들은 형제들과 아내의 요구를 묵살했다. 집안은 풍비박산이 되었다. 아들은 삼촌에게 멱살을 잡히기도 하고 뺨을 얻어맞기도 했지만 눈하나 깜빡하지 않았다. 그 뒤로 형제들은 고향에 오지 않았다.

아내의 요구 또한 묵살되자 아내는 보따리를 싸서 집을 나갔다. 얼마후 이혼소송이 들어와 노인은 여러 번 법원에 불려가 아내와 싸웠다. 삼십 년을 산 금실 또한 나쁘지 않는 아내와 왜 싸워야 하는 줄도 모르고 싸웠다. 노인은 어머니가 농약을 마신 것도 아내 탓이고, 병원 한 번 가보지 못하고 돌아가신 아버지의 죽음 또한 아내 탓이라고 우겼다. 결국 위자료청구소송에서 노인은 아내에게 산 날만큼 파출부 월급을 쳐 주었다.

시내에 가까워 오자 택시가 우회도로를 타기 위해 차선을 바꾸었다. 노인은 그대로 시내로 가 줄 것을 기사에게 말했다. 기사는 말없이 다시 차선을 바꾸었다. 노인은 윤식과 함께 가곤 했던 빈대떡 집 앞에 택시를 멈추게 했다.

술집에 들어서니 훈기가 확 느껴졌다. 노인은 그때서야 밖이 얼마나 추운 줄을 알았다. 겉옷도 입지 않고 이리 뛰고 저리 뛰어다녔지만 하루 종일 추운 줄도 몰랐다.

"아이쿠! 회장님이 이런 차림으로 웬일이시껴?"

강화댁이 떠들썩하게 맞이했다. 강화댁은 평소에도 노인에게 회장이란 말을 아끼지 않았다. 땅이 많아 회장으로 부른다지만 실은 노인이 노인회 회장일 때 붙여진 별명이었다.

"부회장님은 어쩌시고 혼자신겨?"

강화댁은 혼자 온 노인이 아무래도 익숙하지 않은 듯 윤식을 챙겼다.

"그 몹쓸 놈이 글쎄 날 두고 혼자 갔어. 날 두고 혼자…… 에이, 천하에 몹쓸 놈!"

"어디 효도 관광이라도 몰래 갔싰겨?"

아둔한 강화댁의 머릿속에서 고작 생각해냈다는 것이 효도관광이었다.

"먼저 죽으면 안 된다고 그토록 다짐을 했건만 그 놈이 날 두고…… 날 두고 혼자 갔단 말이여. 나 혼자 어찌 살라고……."

그때서야 강화댁은 낌새를 차리고 술 주전자를 노인 옆에 놓았다. 노인은 주전자를 들고 벌컥벌컥 들이켰다. 얼른 취하고 싶었다.

강화댁이 딱한 눈으로 보며 빈대떡을 부쳐다 놓았다.

"잘 갔어. 잘 간 거야. 나도 그렇게 하루아침에 잠자듯이 갔으면 좋겠어. 강화댁! 그게 이 박복한 놈의 마지막 소원이야. 허긴 죄가 많아 그렇게도 못 갈 거야. 어머니 돌아가시고 형제들 뿔뿔이 헤어지고 삼십 년 살던 마누라 악담하며 호적 파 가지고 나갔는데 무슨 영화를 보자고 여태껏 사러. 이놈아! 이 몹쓸 놈아! 그렇게 금방 죽으니 그런 복이 어딨냐. 내가 먼저 죽어야 했는데……. 자네 앞에서 내가 먼저 죽어야 했는데……. 엉엉."

노인은 제 설움을 토하듯 울며 세 주전자 째 술을 마셨다. 젊은 날에는 말술을 먹어도 끄떡하지 않던 노인이었다.

강화댁이 말참견하며 나섰다.

"회장님, 그만 드시겨. 젊은이들도 그만큼 먹으면 견디기 힘들어 할 판이다. 어여 일어나시겨. 날도 암팡지게 추운데 어여 들어가셔야지 이러다 일 당하기 십상이겠시다. 그리고 이 추운 날씨에 부잣집 영감님이 왜 그런 차림으로 다니시겨?"

"부잣집 영감? 하하하하, 부자."

"취하셨시다. 이만 가시겨."

강화댁은 눈을 흘기며 말한다.

"난 말이여. 알그지여. 알그지. 아버지가 물려 준 땅 아들에게 다 잡혀 먹고 난 알그지란 말이여."

"부잣집 영감님이란 거 세상천지가 다 아는데 자꾸 이러지 마시겨."

"난 말이여. 살려고 한 죄밖에 없어. 내가 바람을 피웠어 도박을 했어. 아님 남의 등을 쳐 먹었어. 그냥 자식새끼들 허구 오순도순 살려고 한 죄 밖에 없어. 왜 죽을 나이가 된 지금까지 죄인처럼 살아야 해. 다들 떠나가라고 해! 이 몹쓸 놈! 난 어떻게 살라고……. 이놈아! 난 어떻게 살어. 이놈아!"

노인의 목구멍에서 울음이 삐져나왔다.

"왜 다 떠났다고 하시는겨. 부자로 사시는 아드님이 계신데……. 이

26

벌판에서 아드님이 제일 부자 아니잇껴?"

"아들? 그래! 내게도 아들이 있었지. 늙은이 싫다 해도 지가 내 씨 받아 세상에 나왔는데 어쩌겠어. 그렇지. 내게도 아들이 있었지."

노인은 비틀거리며 일어났다. 들여 마신 술 때문에 몸이 말을 듣지 않았다. 노인은 다시 한 번 비틀거리며 쓰러졌다가 일어났다. 강화댁이 근심스럽게 보며 뭐라고 말하는데 이미 노인의 귀에는 들리지 않았다. 노인은 무턱 대며 괜찮다고 손사래를 쳤다. 강화댁의 근심스러운 눈길을 뒤로 하고 노인은 빈대떡집을 나왔다.

황금교 앞까지 왔는데 어두운 벌판 끝으로부터 칼끝같이 매운 바람이 불어 왔다. 얼어붙은 하늘에는 크고 작은 별들이 다 모였다. 별 하나가 꼬리를 길게 늘어뜨리고 벌판 끝으로 흘러갔다. 별이 흘러가 떨어진 곳은 한강이었다. 한강까지는 먼 거리였지만 윤식과 앞서거니 뒤서거니 달음질쳐 달리면 어느 새 한강에 다다르곤 했었지.

그래, 자네와의 인연이란 게 이런 것인지 몰라. 모진 풍파 속을 앞서거니 뒤서거니 달음질치며 살다 보니 예까지 왔는걸. 어떤 때는 자네가 먼저 한강에 도착해 날 기다렸고, 또 어떤 때는 내가 먼저 가 자네를 기다렸지. 그래 지금은 자네가 먼저 도착한 거야. 기다리게. 나도 곧 갈 테니까.

여보게! 사람이 한평생 산다는 건 말이야. 그게 별 게 아니더군 그래. 좋아도 가고 싫어도 가는 게 세월이고 슬퍼도 가고 기뻐도 가는 게 세월 아닌가? 그냥 살다가 보니 이만큼 와 있네 그려. 서러울 것도 누굴 원망할 것도 없어. 이웃에서 칠십여 년을 함께 산 긴 인연. 서로의 아픔을 어루만졌던 긴 세월. 전생에 뿌려 놓았던 좋은 인연 하나가 이웃으로 만나

한 세월 살게 한 게야. 잘 가게, 친구. 가서 편히 쉬게나. 그간 고마웠어. 나 때문에 마음 아파하며 눈물짓던 거 내 안 잊어. 아니, 못 잊지.

근데 여보게. 나 어쩌지. 자네 없는 세상 살아낼 자신이 없으니 말이야. 아내가 갔을 때도, 어머니가 갔을 때도 이만하지는 않았어. 이젠 나도 갈 때가 되었는가 봐.

집이 보였다. 노인이 나서 자란 집. 결혼을 하고, 아이를 낳고 아버지와 해마다 땅을 사 들이며 행복했던 집. 보상금이 쏟아져 나오자 아들은 집을 허물고 정원이 넓은 이층 양옥집을 지었다. 노인의 행복한 추억이 서린 집은 간 곳이 없고, 그 자리에 아내와 형제들을 쫓아 보낸 괴물 하나 자리하고 있었다.

불빛이 보이자 술이 머리끝까지 달아오르고 다리에 맥이 확 풀렸다. 대문은 열려 있었다. 노인은 기듯이 대문 안을 들어갔다. 하지만 거기서는 한 발자국도 뗄 수가 없었다. 노인은 그 자리에 물 먹은 흙 담처럼 무너져 주저앉았다.

우웃빛 거실 유리 안에서 텔레비전 불빛이 여러 갈래로 퍼져 나와 눈 위에 휘황찬란하게 비쳤다. 노인이 일어나려 하면 할수록 다리의 힘은 점점 더 빠져나가고 엉덩이는 무거워졌다. 술기운이 머리끝까지 올라와 몽롱했다.

거실 안에서는 아들 며느리가 텔레비전을 보고 있었다. 며느리는 푸념 섞인 목소리로 말했다.

"여보! 아버님 치매 걸리셨나 봐요."

"무슨 소리야 그건……."

"글쎄 하필이면 이 추운데 무 구덩이를 파헤쳐 놔서 무 배추 할 것 없이 빳빳하게 얼어버렸지 뭐예요. 어디 잠깐 나갔다가 오니까 사람 나간 집처럼 샛문까지 활짝 열려 있는 게 아니겠어요. 게다가 곡괭이와 삽은 여기저기 내던져져 있고……. 그리고 무얼 입고 나가셨는지 겉옷은 그대로 방에 걸려 있더라고요. 이 추운데 겉옷도 걸치지 않고 어딜 가셨는지. 혹시 민영이 할아버지……."

"아냐, 그건 아직 모르셔."

"정말요?"

"아침에 민영아빠가 전화했는데 아직까지 말씀드리지 말라고……."

"그건 왜요?"

"말은 충격을 받으실까 봐 그렇다고는 하지만 빤하지 뭐. 영안실에 노인네가 있으면 신경 쓰여서일 거야."

"그나저나 어딜 가셨을까."

"들어오시겠지. 뭘 그래."

아들이 대수롭지 않게 말했다.

귀가 땅에 닿았다. 언 눈이 버석거리며 짓이겨 지는 소리가 들렸다. 어디선가 개 짖는 소리가 들렸다. 노인은 자리에서 일어나려고 손에 힘을 주었지만 손가락 끄트머리 하나 움직여지지 않았다. 일어나야지. 다시 중얼거렸다. 그러나 역시 생각 뿐 웅얼거림조차 나오지 않았다. 음……
신음만 삐치고 나왔다.

동장군은 알코올로 녹신해진 사지를 끝으로부터 야금야금 먹어왔다. 감각기관이 마비되어 추위조차도 느껴지지 않았다. 몸은 점점 굳어져 갔지만 머릿속은 얼어붙은 별빛처럼 명료해졌다.

노인은 눈을 가늘게 떴다. 아! 이 자리! 집을 허물기 전 여기는 봉당이
었어. 요강이 지린내를 풍기며 산산조각이 난 자리. 어머니가 농약 냄새
를 풍기고 죽어가던 자리. 그때부터 사는 게 사는 것이 아니었어. 맨발
로 서릿발 위를 걷는 것처럼 살았어. 머리에 가시관을 쓴 죄인으로 평생
을 살았어. 내 아들은 나처럼 살면 안 돼. 안 돼! 노인은 소리쳤다. 안 돼.
안 돼. 그러나 이제는 신음조차 나오지 않았다.

 그때였다. 하얀 옷자락을 펄럭거리며 누군가가 쪽문 밖에서 어서 오라
고 손짓하고 있었다. 자세히 보니 젊은 나이에 죽은 아내였다. 새파랗게
젊은 아내는 만개한 꽃처럼 활짝 웃고 있었다. 쪽진 머리가 여전히 아름
다웠다. 들쳐 업고 인천 병원으로 서울 병원으로 뛰어다닐 때의 죽어가
던 모습이 아니었다. 노인은 얼른 아내를 향해 달려가고 싶었으나 몸이
천근이나 되는 듯이 움직여지지 않았다.

 아내가 홀연히 사라졌다. 노인은 어린아이처럼 엉엉 울었지만 소리는
나지 않았다. 노인의 눈앞에 커다란 손이 보였다. 어릴 때 넘어져 울 때
면 일으켜 주고 쓰다듬어 주던 어머니의 손이었다. 고개를 들어보니 인
자한 표정의 어머니가 두 팔을 벌리고 있었다. 어머니 품속으로 그대로
달려들고 싶었다.

 어머니! 노인은 소리쳤다. 어머니가 다가왔다. 어머니는 노인을 두 팔
로 폭 안았다. 노인은 어린애처럼 어머니의 가슴을 파고들었다. 어머니
의 품은 목화솜처럼 따뜻하고 포근했다. 노인은 아주 오랜만에 행복했
다. 노인은 미소를 지었다. 노인의 미소 위로 기상 캐스터의 목소리가
들려왔다.

 "오늘 새벽 5시를 기해 대설주의보는 해제됐지만 시베리아 창공에서

발달한 강력한 고기압이 한반도 쪽으로 확장되어 내려오면서 전국에 한 파경보가 내려지겠습니다. 이런 동장군의 기세는 당분간 이어질 전망입니다. 농작물 관리와 수돗물 동파에 유의하시기 바랍니다."

어느 멋진 하루

어느 멋진 하루

하늘이 잔뜩 골이 난 사람처럼 건드리기만 해도 폭발할 기세로 곪아있다. 처가를 향해 가는 내 마음과 같다. 다른 남자들이 처가 가는 마음은 어떠할까? 여자들이 시댁 가는 마음이 어떠하다는 것은 아내의 카카오톡을 몰래 들여다보고 알았다. 여자들은 시댁 부모의 아들하고 결혼했지 부모들과 결혼한 것이 아니라며 필요 이상의 관계를 원하지 않았다. 나 역시 아내와 결혼한 것이지 아내의 부모와 결혼한 것은 아니다. 그러니 시가 가는 여자 마음이나 처가 가는 남자 마음이나 똑같을 수밖에 없다.

아내의 말에 의하면 비 온다는 예보는 없었다고 했다. 그러니 새로 뽑은 차의 운전을 익히기도 할 겸 가자고 졸랐다. 요즘은 일기예보가 자주 틀리곤 한다. 내가 보기에는 비가 올 것 같다. 그러니 다음에 가자고 했다.

마음이 내켰든 안 내켰든, 늘 그렇듯이 아내의 뜻에 따라 처가로 가기 위해 길을 떠났다. 길 검색을 해 보니 막히는 구간이 없어 더는 핑계도 대지 못하고 떠난 길이었다.

이틀 전 처가는 이사를 했다. 이사한 집이 어떠냐는 아내의 물음에 장모는 뭐 그냥 그렇지 뭐, 근데 소음이 좀 있더라 하면서 떨떠름하게 대답을 했다는 것이다. 아내는 소음이 있고 뭐 그냥 그런 집을 기어이 가서 봐야 한다는 듯 졸랐다.

이사는 지난달에 본가 부모님도 했다. 새로 뽑은 차가 나왔을 때 나는 제일 먼저 본가에 가서 자랑하고 싶었다. 내가 본가 가자는 말을 꺼내려고 이번 일요일 날…… 하고 운을 떼니까, 이번 일요일 날 친구 결혼식이 있다고 아내는 말했다. 여자들의 예지력은 경이롭다. 결혼식이 있다는 말을 하지 않았으면 내가 본가 가자는 말을 할 줄 어떻게 알았지? 부모님이 이사를 했어도 바쁘다는 핑계로 아직 못 가봤다. 나는 본가에 가자는 말을 꺼내지도 못하고 어물어물 하는 바람에 아내에게 선수를 빼앗겼다.

스마트폰이 말한 대로 길은 뻥 뚫려 막히는 구간이 전혀 없었다. 신나게 액셀러레이터를 밟았다. 뒤에서 여섯 살, 네 살 난 애들이 종알대고 아직 말을 하지 못하는 두 살짜리는 그저 우우 하고 소리를 내질렀다. 그러니까 나는 지금 두 살, 네 살, 여섯 살짜리 애들을 태우고 운전 중이다.

차는 흔들림 없이 잘 달렸다. 소음도 없고 승차감도 생각보다 좋았다. 나는 물건을 샀을 때 만족하는 경우는 지극히 드물다. 지불한 돈 생각이 나서 나는 쇼핑을 즐겨하지 않는다. 결혼 전부터 타고 다니던 승용차를 팔고 세 아이를 태우기 위해 새로 뽑은 이 승합차는 내가 지불한 돈의 액수보다 모든 면에서 만족스러웠다. 횡재한 기분이었다. 진즉 살 걸 그랬다. 회사를 세 번 가져갔다가 오고 오늘 처음 다른 길을 운행한다. 붉은 신호가 들어와 차를 정차시켰다.

뒤를 돌아보았다. 고만고만한 애들이 각자의 카시트에 앉아서 똘망똘망한 눈으로 나를 보고 있었다. 아 저 애들이 다 내 씨를 받고 이 세상에 나왔다는 말이지?

내가 교원임용시험에 합격해 학교에 발령을 받자마자 엄마는 적극적으로 내 결혼 작전을 폈다. 결혼소개소에서는 어떻게 알았는지 소개비도 받지 않고 조건 좋은 여자들을 소개해 준다고 전화를 해댔다. 전혀 마음에 들지 않는 여자들을 서너 번 만나 본 뒤 나는 지독한 독신주의자가 되었다. 말하자면 엄마의 서두름이 역효과를 가져다 준 셈이다.

언젠가 습한 숲속에서 야영을 한 적이 있다. 잠을 자는데 배로 무언가 기어갔다. 손으로 탁 쳐 버리고 보니 다리가 셀 수 없이 많이 달린 흉측한 버러지였다. 결혼이란 단어를 들으면 그 버러지가 생각났다. 수없이 많이 달린 발을 구질구질한 현실에 딛고 꿈이라곤 오래된 노트에서나 찾아 볼 수 있는 생활이 곧 결혼 생활이다. 먼저 결혼한 친구가 술 마시자고 하면 슬슬 피하고, 어쩌다 술 마신 후 술집을 나올 때 게으름을 피우며 신발을 오래 신는다든지 하는, 속이 빤히 들여다보이는 행동을 하게 하는 것이 다 결혼이란 괴물이라 생각했다.

같은 학교에서 아내를 만나 뭔가 홀린 듯 결혼을 했고 빠른 속도로 나는 세 아이의 아빠가 되었다. 아내가 이전에 만난 여자들보다 학벌이나 외모나 집안이나 모든 면에서 더 나은 것은 아니었다. 아내는 그저 그런 중간쯤 되는 여자대학을 나오고, 그저 그런 집안에 그저 그런 외모의 소유자였다. 모든 면에서 대한민국 평균의 조건을 가진 지극히 평범한 여자였다. 그렇다고 연애에 특별한 기술이 있는 것도 아니었다. 한 가지 그래도 내가 끌린 것은 편안하다는 이유다. 이전에 만난 어떤 여자보다 지금 아내가 된 여자를 만나고 있을 때 뭔가 만만하고 좀 편안했다. 그러나 아내와 결혼한 더 큰 이유는 그때 나는 독신 생활에 지쳐있었고, 그때 아내를 만난 것뿐이다.

계획에 없던 셋째를 임신했을 때를 말하자면 쑥스럽다. 둘째아이를 낳고 휴직했던 아내가 복직할 날이 다가오고 있었다. 아내는 첫 아이 낳고 휴직을 하고는 둘째아이 임신을 한 채 복직을 했다. 9개월쯤 다니다 둘째를 출산하고 또 휴직을 했다. 아내는 아이를 낳는다는 것보다 학교에 안 나간다는 데 더 의미를 두고 있었다. 학교에 나가는 동안은 장모가 애들을 봐 주었다.

둘째아이 낳고 휴직을 하고 있던 아내가 복직할 날이 다가오자 내 집에 머무르며 아이를 돌봐주던 장모에게 여행이라도 갔다가 오라고 권했다. 내가 학교에 나가면 꼼짝 없이 묶일 몸이니 미리 선심이라도 쓰겠다는 의도였다. 장모는 기다렸다는 듯이 히말라야 트레킹을 다녀오겠다고 했다. 장모는 그렇게 히말라야로 떠났다.

장모가 돌아온다고 한 날 전화가 왔다. 네팔 카트만두에서 예정된 날에 출발을 못했다는 것이다. 비행기가 연착하여 자정이 넘어 도착을 했더니 백여 명이나 되는 탑승객들이 공항 출국장에 들어와서 기다리고 있는데도 불구하고 공항 직원들이 모두 퇴근해 버렸다고 했다. 그곳 사람들은 자정이 넘으면 일을 하지 않는다고 했다.

카드만두 공항 직원들의 성실한 근무 태도로 인해 장모의 귀국날이 하루 늦춰진 날 그날 셋째가 만들어졌다. 만일 카트만두 공항 직원들이 연착한 비행기를 기다려 장모 일행을 태워 예정된 날에 한국에 도착했다면 셋째는 태어나지 않았을까? 아마도 그랬을 것이다. 셋째를 낳은 아내는 지금 세 번째 휴직 중이다.

초록불이 켜지자 차를 출발시켰다. 어, 빗방울이 떨어지잖아. 아내가 실망스러운 목소리로 말했다. 그치겠지 뭐. 아내의 실망하는 모습이 딱해 한마디 해 둔다. 하늘은 빗방울을 떨치다 말다 하면서, 뭔가 터트리고 싶은데 고통스럽게 참고 있는 모습이다. 인터체인지를 빠져나오니 육교가 나오고 사거리가 나왔다. 장모는 사거리에서 바로 우회전을 하라고 했다. 내비에서는 그 사거리를 지나라고 했다. 아내가 우회전 하라는 것을 나는 내비의 말에 따르기 위해 지나쳤다. 내비가 우회전하라고 했을 때는 불법 주차한 큰 트럭이 길을 막고 서 있어 그 길을 막 지나친 다음이었다. 차들이 싱싱 달려왔다. 나는 차를 멈추고 후진할 기회를 기다렸다. 신호에 막혀 차가 오지 않을 때 후진을 했다. 가뜩이나 눅눅한 날씨여서 등으로 진땀이 흘러 내렸다.

아내의 연락을 받은 장인 장모가 아파트 정문 앞에서 기다리고 있었다. 장인은 근처에 밭을 빌려 채소를 가꾸고 있었다. 옥수수가 알맞게 익었으니 미리 따다 쪄 놓겠다는 걸 아내가 애들에게 옥수수 따기 체험을 시킨다며 함께 가자고 했다. 아내는 옥수수를 핑계로 새로 뽑은 차를 부모님께 자랑시키고 싶어 했던 것이 틀림없다.

우리 식구와 장인 장모까지 모두 일곱 명을 태운 9인승 승합차는 출발했다. 등 뒤로 땀이 비 오듯이 흘러 내렸다. 지난 주 출고해 회사 이외에는 처음 운전하는, 정원을 거의 다 채운 승합차를 지금 나는 몰고 있다.

게다가 세상에서 가장 어려운, 어렵다기 보다 껄끄러운 장인 장모를 태웠다.

아내와 결혼 한다고 했을 때 장모는 나한테 못생겼다고 말했다. 내가 누군가. 우리 부모님이 딸 둘을 낳고 육 년 만에 얻은 아들이다. 말 그대로 부모님의 자랑이고 꽃이다. 고등학교 때 어머니가 학교에 오시면 선생님들이 몰려와 커피를 끓여다 주며 학교에서가 아닌 집에서의 내 생활을 궁금해 했다. 선생님들은 어떻게 하면 나처럼 성실하고 공부 잘 하는 자식으로 키울 수 있을까를 물었다. 어머니는 영웅이나 되는 것처럼 나의 어린 시절과 중학교 때 에피소드들을 약간의 과장을 넣어 떠벌렸다. 나는 그것이 창피했지만 어머니는 마치 그 순간을 위해 산 것처럼 얼굴엔 행복한 웃음꽃이 가득했다. 웃음도 다이아몬드처럼 빛이 난다는 것을 나는 그때 알았다.

어머니에게 그런 순간을 선물한 나는 무엇이든 용서가 되었다. 방에 코 푼 휴지를 아무 데나 던져 놓아도, 어머니는 예쁘다고 하였다. 안심 스테이크를 부모님께 드시라는 말조차 하지 않고 나 혼자 다 먹어치워도, 밖에서 들어와 아무 데나 옷을 벗어 던져도, 아니 나는 뭘 해도 예쁘다고 했다. 심지어 아내는 나를 귀엽다고 했다.

장모는 그런 나한테 못생겼다고 했다. 여태까지 나한데 그런 말을 한 사람은 아무도 없었다. 그날 집으로 돌아와 처음으로 내 얼굴을 자세히 들여다보며 오래도록 거울을 보았다. 이마가 좀 튀어나오긴 했어도 그다지 못생긴 얼굴은 아니다. 눈이 좀 작은 것은 남자에게 큰 허물이 아니다. 사람들은 오히려 매섭고 이지적이라고 했다.

큰아이 낳았을 때 모두 누굴 닮았는지 궁금해했다. 어머니는 자랑스럽게 손녀가 당신 아들 닮았다고 말했다. 그 때 상대방의 반응이 좀 떨떠 름했다. 그들은 한결같이 엄마를 닮아야 한다며 안타까워했다. 한 번은 친구가 술 먹고 전화를 했다. 넌 참 기막히게 운이 좋은 녀석이야. 딸이 널 닮았다며? 그런데도 예쁘다며? 도대체 얼마나 운이 좋으면 널 닮았 는데 예쁠 수가 있어. 그는 세상의 모든 장인 장모는 자기 딸을 데리고 가겠다고 남자가 찾아오면 모두 도둑처럼 보인다는 사실을 말해 준 친 구다. 내가 딸을 낳고 보니 그 말을 이해할 수 있었다. 이렇게 예쁜 딸을 누군가에게 시집보내야 한다는 사실이 너무나 억울했다.

차는 육차선 도로를 달리다가 신호를 받아 좌회전을 하고 이차선 도로 를 또 달렸다. 그 길을 달리다가 우회전을 하고 조금 더 가니 좁은 소로 가 나왔다. 소로로 들어가기 위해 우회전을 하다가 나는 깜짝 놀랐다. 시멘트 길이었던 것 같은데 곳곳이 깨지고 파였고, 강원도 산골짝을 가 더라도 찾아보기 힘든 굴곡이 있는 길이었다. 장인이 농사짓고 있다는 밭은 도대체 얼마나 더 가야 하는 거야. 슬슬 짜증이 나기 시작했다. 이 좁고 평탄치 않은 길에서 마주 오는 차라도 만난다면 하는 걱정을 하는 순간 앞에 차가 나타났다. 이 소로에서 내가 할 수 있는 일이라곤 아무 것도 없었다. 장인이 백백 하고 손가락을 구부려 뒤로 가라는 표시를 했 다. 나는 가만히 있었다. 가만히 있게. 할 수 없을 땐 가만히 있는 거야. 장모가 말했다. 장모는 본능적으로 내 능력을 알고 있었다. 그런데 놀랍 게도 마주 오던 차가 후진을 하는 것이 아닌가. 차는 어떤 집 마당으로 들어가 내게 길을 내 주었다. 고마워 저절로 고개가 숙여졌다. 인사를 하며 본 운전자는 장모 또래의 여자였다.

밤나무가 두 그루 서 있고, 감나무, 대추나무 등으로 둘러싸인 양옥집 마당에 차를 세웠다. 장인은 양옥집 할머니에게 텃밭을 빌려 농사를 짓고 있다. 장인이 농사짓고 있는 밭은 이랑이 삐뚜름하고 폭이 컸다 작았다 제멋대로였다. 게다가 풀밭인지 채소밭인지 모르게 풀이 무성했다. 잡초 속에서 뜯는 채소야말로 몸에 좋은 약인 게야. 밭에 있으면 인삼이 되고 산에서 잡초들과 자라면 산삼이 되는 거와 같은 이치지. 장인은 어지럽게 난 풀을 보고 변명 아닌 변명을 했다.

반면 건너편 할머니가 농사짓고 있다는 밭은 이랑이 어찌나 고른지 자로 똑바로 재서 그어 놓은 것 같았다. 심어놓은 채소들은 마스게임하는 소녀들 같이 간격이 일정했으며, 풀 한 포기 없는 밭은 막 이발을 마친 남자의 머리처럼 정돈이 되어 있었다.

장인은 오이 밭 가장자리에 옥수수를 심어 놨다. 오이는 옥수수 대를 타고 올라갈 수 있는 대로 올랐다. 한쪽은 나뭇가지를 꺾어 세워놓고 넝쿨이 올라갈 수 있게 끈으로 얼기설기 해 놓은 곳도 있었다. 오이 넝쿨은 넝쿨손이 닿을 수 있는 곳이면 어디든 타고 올랐다. 노란 꽃을 매단 넝쿨의 모습은 무질서하고 어지러웠지만 퍽이나 자연스러웠다. 가만히 보니 어떤 꽃은 가늘고 작은 오이를 달고 있었고 어떤 것은 꽃만 있었다. 아, 이것이 자연시간에 배운 암꽃과 수꽃이란 것인가 보다. 암꽃은 꽃을 떨어뜨리고 자라서 오이가 되고 씨가 되는데 수꽃은 이 세상에 왔다가 존재감도 없이 떨어져 시들고 마는구나. 그래도 세상의 모든 암꽃은 수꽃이 없으면 열매를 맺지 못한다는 사실이 다행이다.

내가 막내를 안고 오이꽃을 들여다보고 있는 동안 아내는 장인 장모와 옥수수를 땄다. 키가 큰 옥수수는 널따란 이파리를 파초처럼 드리우고 밭 가장자리에 채소들의 우두머리처럼 서 있다. 비록 꽃은 빗자루처럼 볼품이 없지만 뿜어 나오는 기상이 훈련 잘 받은 군인 같다. 이 밭에 있는 작물들 중 가장 남성적인 것이 옥수수다.

야산을 끼고 오솔길이 나 있었다. 모두 옥수수를 까는 동안 나는 오솔길을 걸어보고자 길에 들어섰다. 길과 야산 사이에는 개울물이 흘렀다. 야산에는 잡풀이 뒤엉켜 자라고 길섶에는 산딸기가 자랐다. 옥수수를 까던 아내와 아이들이 오솔길로 나를 따라 왔다. 습한 바람이 불었다. 목덜미에서 땀이 주르르 흘렀다.

비 올 거 같지 않아? 나는 아내에게 말했다. 아내는 대답을 하지 않고 앞 서 갔지만 기분이 좋은 듯 했다. 그런 아내를 보며 나는 지금 이 시간에도 아들 며느리 손자들이 내려오길 기다리고 있을 본가 부모님 생각이 나서 기분이 쓸쓸했다.

새 차 나왔으면 한번 왔다가 갈래? 어제 엄마에게서 카카오톡이 왔다. 나는 아직 새 차가 익숙하지 않으니 다음에 내려가겠다고 답장을 보냈다. 그건 엄마에게 갔다가 와야 하지 않겠냐고 아내에게 은근히 물었더니 아내가 한 말이다. 엄마에 대한 내 말은 아내의 말을 전달하는 것에 불과했다. 결혼을 하고 나서 엄마에게 하는 말은 모두 내 의지와 감정이 빠져있다. 처음에 당황해 하던 엄마가 어느 날부터 인정하기 시작했다. 나는 엄마와 점점 말수가 적어갔다.

산모퉁이에 비닐하우스가 보였다. 아내는 천방지축으로 뛰어다니는 두 아이를 챙기고 나는 띠로 매단 막내를 재웠다.

"하우스 안에 뭐가 살아. 어머나! 닭이네. 내가 가장 싫어하는 닭이야. 그만 가자."

"닭이 살고 있네. 이리 와 봐. 닭 구경 해 보자."

닭이 싫다는 아내는 딸애 손을 잡고 다시 옥수수 밭을 향해 갔다. 나는 칭얼거리다가 잠이 든 막내를 어깨에 매단 채 닭 구경을 하겠다는 아들 손을 잡고 닭 하우스 가까이 갔다. 아들은 비좁은 하우스 안에 서서 이리저리 몰려다니는 닭이 신기한지 하우스 밖을 빙빙 돌았다. 그때마다 닭들은 이리 뛰고 저리 뛰었다.

하우스는 가운데를 철망으로 쳐서 둘로 나누어 놓았다. 한쪽은 벼슬이 맨드라미처럼 붉고, 몸이 크고, 색이 울긋불긋하고, 모습들이 우락부락한 닭들이 모여 있었다. 한 눈에 수탉이란 걸 알 수 있었다. 수탉들은 뿜어져 나오는 기운을 주체할 수 없다는 듯이 부단히 움직이고 자기들끼리 싸워댔다. 그 모습은 군 내무반의 병정들 모습을 떠오르게 했다.

다른 한쪽에는 벼슬이 낮고 색이 옅으며, 몸짓이 둥글고 몸통색도 잔잔한 닭들이 모여 있었다. 그들도 부단히 움직이고 있었지만 몸짓은 크지 않았고 소리들도 작았다. 한 눈에 암탉이란 것을 알 수 있었다. 재미있는 것은 암탉들 틈에 화려한 수탉이 간간히 눈에 띄었다. 수탉들은 암탉을 쫓아 다니고 암탉은 수탉을 피해 달아났다. 나는 한쪽은 수탉들만 넣어 놓고 한쪽은 암탉과 수탉 몇 마리를 넣어 놓은 영문을 몰랐다.

드디어 참고 참았던 하늘에서 비가 한 방울 두 방울 떨어지기 시작했다. 비가 오니 어서 오라는 아내의 외침이 들렸다.

처마 밑에는 비와 햇볕을 막을 수 있게 차양을 쳐 놓았다. 그 안에는 평상이 놓여 있었다. 평상 위에서 주인집 할머니와 장인 장모가 앉아 옥수수를 까며 간간히 웃으며 얘기를 나누고 있었다. 딸은 두 달 된 할머니네 강아지와 놀고 있었다.

"닭 구경 잘 했어?"

아내가 무심히 물었다.

"응. 근데 암탉은 암탉끼리 수탉은 수탉끼리 가두어놨네."

"암탉은 암탉끼리 수탉은 수탉끼리?"

장모가 의아한 듯 되물었다.

"암탉과 수탉 따로 놔야 해요."

할머니가 거들었다.

"왜요, 보기 안 좋던데요?"

내가 할머니께 물었다.

"병아리를 까면 암평아리와 수평아리 숫자가 비슷해요. 감별사는 이 병아리들 중 수놈을 골라내 버리든가 죽이든가 그래요. 저 집에서는 수 놈은 고기로 쓰려고 따로 격리시켜 키우고 있어요. 닭은 알을 내기 위해 키우는데 알을 못 낳는 수놈은 사료나 축내고 아무짝에도 쓸모가 없으 니 그래요."

사료나 축내는 아무 짝에도 쓸모없는 수탉의 존재라는 할머니의 설명 에 기운을 주체하지 못해 부단히 움직이는 수탉의 모습이 생각나서 서 글펐다.

"암탉들 우리 안에 수탉들도 몇 마리 있던데요."

"그건 유정란을 만들려고 그러는 거예요. 암탉 열 마리에 수탉 한 마 리 꼴로 넣어주면 유정란이 돼요."

할머니는 손자 같은 나에게도 존댓말을 썼다.

"왜 암놈 수놈 똑같이 넣어주지 않고 열 마리에 한 마리 꼴로 넣어주 나요?"

"안 그러면 힘이 남아나는 수탉들이 암탉들을 쪼아대서 털을 다 뽑아 놓아요."

할머니 말이 수정을 하기 위해서는 암탉 열 마리에 수탉 한 마리만 필요하다는 것이다. 그것도 유정란일 때는 그렇다는 것이다. 그러나 대부분의 알들은 무정란으로 낳아진다. 닭의 세계에서는 수놈이 거의 필요하지 않다는 소리다. 암탉만 감별해 키워 알을 내고, 수놈은 버려진다. 양계의 세계는 수놈들에게 비정하다.

시커먼 구름이 빠르게 움직이며 하늘을 덮었다. 비가 더 쏟아지기 전에 어서 집에 가자고 장모가 서둘렀다. 우리는 차에 올랐다. 비는 유리창을 거세게 때리며 쏟아졌다. 빗속에 되돌아갈 일이 걱정이다. 제발 마주 오는 차가 없으면 좋겠다. 다행히 소로를 벗어날 때까지 마주 오는 차가 없어 아까처럼 백을 해야 할 경우는 생기지 않았다. 마음을 놓은 대신 하우스 안에 갇혀 아무 짝에도 쓸모없이 사료나 축내고 있는 수탉이 나를 쫓아왔다. 뿜어져 나오는 기운을 주체하지 못해 내뿜는 거친 몸짓을 생각하니 내 몸도 부르르 떨리는 것 같았다.

고등학교 때 남녀합반을 했다. 어느 날 엄마가 종일 전화통을 붙들고 여기저기 전화를 해 대더니 학부모 모임이 있다고 학교에 왔다. 아들 가진 학부모들만의 모임이었다. 엄마들은 남녀합반을 반대한다는 현수막을 들고 학교 앞에 서 있었다. 지나가는 사람이 '아암, 그래야지. 다 큰 애들을 한 반에 집어넣으면 연애질밖에 더 하겠어.' 하고 중얼거리며 지나갔다. 하지만 남자엄마들이 모여 반대한 이유는 그런 것이 아니었다. 남녀합반을 하면 남학생들이 내신에서 불이익을 당한다는 것이었다. 여자애들은 잠도 안자고 떠들지도 않고 친구들과 싸우지도 않고 그저 앉아서 지독스레 공부만 했다. 일등은 말할 것도 없고 앞의 등수의 대부분은 여자들이 차지했다. 나는 여자들한테 지는 것을 싫어했다. 그래서 여자들처럼 안자고 떠들지도 않고 친구들과 뒤엉켜 싸우지도 않고 그저 샌님처럼 앉아서 공부만 했다. 나에게는 계집애 별명이 붙고, 친구들 사이에서는 왕따였다.

왕따 소리를 들어가며 나는 소위 말하는 명문대에 들어갔다. 입학식 날 보니 30명 정원에 여자가 반이었다. 대학에 들어가자 일학년 때부터 과 분위기는 고시반 같았다. 나를 포함해 30명이 모두 고시 공부를 했다. 여자들은 술도 안 먹고 몰려다니지도 않고 군대도 가지 않고 지독스레 앉아서 공부만 했다. 나를 비롯한 남자들은 술 먹고 몰려다니고 군대 다녀오느라 귀한 시간을 허비했다.

군대에 갔다가 오니 함께 입학했던 여학생들은 졸업반이 되고 그 중 한 명이 사법고시에 합격을 했다. 뿐만 아니었다. 행시와 외무고시에도 각각 한 명씩 합격했다. 군대를 제대하고 복학을 했던 형 하나가 여자들 사이에 끼어 간신히 사법고시에 합격했다.

나는 그런 여자들이 무서워 중도에 교원 임용고시로 바꾸었다. 학교에서는 남자를 선호할 것 같아서였다. 해마다 학생 수가 적어져 임용고시로 채용 하는 인원 역시 점점 적었다. 그것도 만만하지 않았다. 한 번 낙방을 하고 재수를 해 이듬해 합격을 했다. 발령을 받아 학교에 가 보니 거기는 그야말로 몇몇만 빼고는 거의 다 여자였다.

비는 점점 거세게 내렸다. 빗속을 엉금엉금 기듯이 운전해 아파트 현관에 차를 세웠다. 큰 우산을 씌워 애들을 하나하나 안고 날랐다. 애들 우산을 씌우느라 나와 아내는 몽땅 젖었다. 지하 주차장도 없는 곳에 사는 장인 장모가 오늘따라 더 무능해보였다.

얼마 전까지 본가 부모는 지하 주차장에서 엘리베이터를 타고 현관 앞까지 가는 주상복합 아파트에 살았다. 살던 연립주택이 재개발이 되어 얻은 집이었다. 엄마는 돈이 될 것 같으면 망설이지 않고 집을 샀다. 그러면 집값이 올랐다. 겁 없이 집을 샀다가 파는 엄마를 아버지는 어느 날부터인지 말리지 않았다. 아니, 오히려 부채질을 하고 집값이 오르는 것을 놀랍고 신기해하며 바라보았다.

엄마와 아버지는 부동산 얘기만 나오면 목소리를 높여 신이 나서 말했다. 엄마 친구들이 놀러 와도 온통 부동산 얘기만 했다. 밤에 공원 둘레를 돌며 산책하면 모든 사람들이 부동산 얘기만 하며 걸었다.

엄마는 갖고 있는 부동산을 은행에 저당 잡히고 융자를 끌어다가 돈이 될 만한 부동산을 사고 또 그 부동산을 담보로 융자를 내고 그렇게 또 부동산을 샀다. 세금 무서워하지 마라, 은행이자 무서워 마라, 복비 깎지 마라, 그것이 복부인들의 3대 철칙이었다. 불과 얼마 전 부동산이 천정부지를 칠 때 얘기였다.

어느 날 하락하기 시작한 부동산은 끝없는 나락에 떨어졌다. 깡통 주택이 생겼다. 지금은 본가의 재산이 부동산을 거의 사고 판 적이 없는 처갓집과 재산이 비슷하게 형성이 되어 있다. 투기를 한 사람이나 안 한 사람이나 똑같아진 지금 세상이다. 세상이 공평해진 건지 어쩐지 모르겠다.

비록 똑같아졌다지만 부모세대는 그런 재미나마 누린 세대들이다. 나의 세대는 이젠 뭔가. 아무리 계산을 해도 나와 아내의 월급 가지고는 집 살 날이 요원하고 희망도 없다. 그렇다고 딸 둘을 시집보내느라 거덜이 난 부모가 아들이라고 덜컥 집을 사 주지도 않는다. 겨울이면 전기를 절약하기 위해 냉장고를 끄고 베란다에 음식을 내 놓고 살던 얘기부터 아파트 분양 받아 놓고 중도금을 내기 위해 단칸방에서 온 집안 식구가 살던 얘기를 무용담처럼 얘기하며 당신들이 했던 것처럼 절약을 하라고 강요한다. 우리 세대는 이미 풍요로움에 길들여진 세대다. 차가 있어야 하고 연휴 때면 콘도나 펜션으로 놀러 다녀야 한다. 휴일이면 맛집을 찾아다녀야하고 가끔씩 해외여행도 해야 한다. 부모들이 그렇게 키워놓고 절약을 강요하는 것은 어불성설이다. 집 장만할 것을 생각하면 머릿속이 아득해 온다.

장모가 새로 이사한 집은 창이 넓은 고층 아파트며 대로변을 향했다. 거실에 서니 시내 풍경이 한눈에 들어왔다. 차 소리가 웅웅 하고 들렸다. 전망이 좋은 대신 소음은 좀 있어. 하지만 금방 적응이 돼. 장모가 아무렇지도 않은 듯이 말했다.

처가에서의 아내는 부엌에는 신경을 전혀 쓰지 않고 아이들과 논다. 집안일로부터 완전히 해방된 편안한 얼굴이다. 반면 명절 때 간 본가에서의 아내는 집안 어른들 틈에서 꼭 새로 배치된 부대의 졸병 같다. 일을 할 줄은 모르는데 무언가는 해야 할 것 같아 엉덩이를 땅에 대지 못하고 안절부절못하고 있다. 그럴 때마다 아내가 끼고 앉는 것은 전을 부치는 프라이팬이다. 종일 한 자리에 앉아 전을 부쳐대는 것이 마음이 제일 편하다는 이유에서다. 임신을 했을 때는 특별 휴가를 받은 휴가병 같았다. 명절이 되어오자 엄마는 본가에 오지 말고 아내를 데리고 여행 갔다가 오라고 휴가를 줬다. 그리고 애를 낳자 마치 아내는 고참으로 진급을 한 듯 그 안절부절못하는 모습이 사라졌다. 애만 끼고 있으면 모든 일에서 해방이 되었다. 아이 셋을 낳은 지금은 집에서 가장 고참이다.

장모는 옥수수를 찌고 채소를 씻고 장어를 굽는다고 부산스럽게 움직인다. 새벽에 일어난 아내는 졸음이 온다고 소파에 비스듬히 누웠다. 나는 세 애를 데리고 마치 병정놀이 하듯이 이리 뛰고 저리 뛰고 하였다. 언제부터인가 애 하고 노는 것도 임용고시 치르듯이 해야 아내는 만족해한다.

"서 서방이 애를 퍽 잘 보네."

장인이 말했다.

"그럼 잘 하는 것도 있어야지."

아내가 대뜸 말했다.

아내의 말대로 내가 할 수 있는 일은 제한이 되어 있다. 학교에 가서 학생들 가르치는 것 외에 유일하게 할 수 있는 일는 애 보는 일이다. 애 보는 일은 아내보다 잘 해서 애들에게 인정받고 싶었다. 그러나 애들은 기분 좋을 때는 나하고 놀다가 졸리거나 기분이 좋지 않을 때는 엄마를 찾는다.

가끔 아내가 여왕벌이라도 되는 것처럼 느껴질 때가 있다. 아내는 학교에서 학생들을 잘 가르칠 뿐 아니라 생활지도도 잘 해 꽤나 유능하다는 평을 받는다. 게다가 애도 쑥쑥 잘 낳는다. 애들이 아파 보챌 때는 밤을 꼴딱 새우기도 한다. 주말이나 휴일에는 애들과 나의 삼시 세끼를 꼬박 챙긴다. 건조기에서 꺼내온 산더미 같은 빨래를 예쁘게 접어 장롱 속에 정리한다. 돼지우리처럼 난장판이 된 집을 순식간에 정리하기도 한다. 집안정리는 결혼 후 아내에게서 배워 나도 할 수 있는 일이 되었다. 하지만 나는 늘 하는 것이 아니고 어쩌다 가끔 손님이 온다거나 하는 특별한 날만 한다.

예전에 집에서 키우던 시추가 암놈 세 마리와 수놈 네 마리를 낳았다. 인터넷에 올려 판매했더니 암놈은 35만 원에 군말하지 않고 사 갔다. 하지만 수놈은 너도나도 안사겠다는 것을 10만 원에 가축병원으로 도매금에 넘겼다. 그래도 잘 받은 거예요. 누가 수놈을 사겠어요. 가축병원 의사는 돈을 건네며 말했다. 의사는 개 암수의 가치를 3.5대 1로 정확히 먹었다.

만물의 영장인 사람의 남녀 가치를 가축병원 의사처럼 따질 수는 없다. 인간의 역사는 곧 남자들의 역사다. 역사를 위해 남자들은 사냥을 하고 전쟁터에 나가 싸우고 험하고 위험한 곳을 탐험 했다. 조세핀도 양귀비도 장희빈도 역사의 조연일 뿐이다.

달성 서 씨 장성군파 25대 장손인 나를 낳았을 때 할아버지가 방 밖에서 절을 하고 나를 보러 들어왔다고 엄마는 두고두고 이야기 한다. 위로 딸 둘을 낳고 오 년 동안 임신 소식이 없자 할머니는 집안의 대를 잇기 위해 밖에서라도 아들을 낳아 와야 한다고 아버지를 채근했다. 째진 것들은 트럭으로 실어다 줘도 소용이 없어. 할아버지에게 아들과 딸의 가치는 헉! 아들 하나에 딸은 무한대다. 할아버지의 레퍼토리는 언제나 똑같았다. 누구든 아들을 안고 들어오는 사람이 내 며느리라고 못 박았다. 할머니 할아버지의 묵인 하에 아버지의 외도가 시작되었다. 답답한 엄마는 점쟁이를 찾아가 물었다.

"아들을 낳을 수 있을까요?"

점쟁이는 엄마의 사주를 한창 풀다가 말했다.

"팔자에 아들이 있어. 딸 둘 낳았으면 이번에는 틀림없이 아들이야."

점쟁이는 이번에 낳는 아이는 반드시 아들이라고 못을 박았다.

"그럼 뭘 해요. 하늘을 봐야 별을 따지."

엄마가 힘없이 얘기했다.

"남편 하나 홀리지 못하면 아들 낳을 자격이 없어. 거 뭐야, 야시시한 잠옷을 차려입고 유혹해 봐."

점쟁이는 날짜까지 점지해 주었다.

아버지의 외도는 점점 심해졌다. 엄마는 집에 안 들어오는 아버지를 찾아다니다가 급기야는 아버지의 여자까지 만났다. 여자에게 머리끄덩이는커녕 소리 한번 지르지 못하고 집으로 돌아와 엄마는 짐을 쌌다. 아버지는 현실적인 사람이다. 시부모를 모시고 전실 자식이 둘이나 있는 종가집의 재취로 들어올 여자가 없다는 것을 단번에 알아차렸다. 일 년에 제사가 여섯 번이나 있는 것을(그것도 열두 번을 여섯 번으로 줄인 것이다) 해 낼 여자는 없었다. 아버지가 집으로 들어와 손이 발이 되도록 싹싹 빈 그날 밤 내가 만들어졌다. 갑질을 해대던 아버지 가족은 내가 이 세상에 태어나자 스스로 을로 몸을 낮췄다.

엄마의 점쟁이 신봉 역사는 거기서 시작이 되었다. 이사 할 때도 점쟁이가 가라는 방향으로만 갔다. 집을 사고 팔 때나, 두 누나들 결혼시킬 때 궁합이며, 대학입시 원서 낼 학교까지 점쟁이에게 달려가 물었다. 심지어 아내가 임신했을 때 엄마는 애 낳을 날까지 받아왔다. 물론 아내는 엄마의 말에 따르지 않았다. 그리고 엄마는 하나밖에 낳지 못한 아들을 아내는 둘씩이나 낳았다. 처음 팽팽하던 고부간의 기 싸움에서 엄마가 꺾인 것은 그때부터였다.

창밖이 환해졌다. 비가 그치고 햇볕이 났다. 거실 한복판에 상이 펴지고 음식이 날라졌다. 밭에서 뜯어온 채소가 상 한가운데 놓이고 틈틈이 채소들을 따다가 만들어 놓은 밑반찬들이 상에 올랐다. 마지막으로 장어가 지글지글 익고 있는 프라이팬이 상에 올랐다. '야, 장어다!' 란 나의 탄성과 동시에 아내의 입에서도 탄성이 흘러나왔다. '야, 무지개다!'

모두 창가로 달려갔다. 일곱 빛깔의 선명한 무지개는 왼쪽 끝에서 시작하여 오른쪽 끝까지 하늘 전체를 테를 두르고 떠 있었다. 이사한 집이 18층이라 반원인 무지개의 전체가 그대로 보였다. 무지개가 땅 밑으로 뿌리를 내리고 선 것 같았다. 잠시 후 또 아내가 소리쳤다. '쌍무지개다!'

무지개 그 위로 또 하나의 선명한 무지개가 테를 두르고 서 있었다. 모두 창에 달라붙어 쌍무지개를 보고 소리쳤다. 육십 대인 장인 장모도 삼십 대 후반인 나와 아내도, 여섯 살 난 딸도, 네 살 된 아들도, 모두 처음 보는 광경이었다. 돌쟁이 막내아들은 양팔을 버둥거리며 좋아했다. 나는 사진을 찍느라 정신이 없었다. 사진사들이 평생을 기다려 찍고자 하는 광경이었다.

쌍무지개는 선명한 채 떠서 사라질 줄을 몰랐다. 상 위에서는 장어가 식어가고 있었다. 장모의 채근에 할 수 없이 상에 앉았다. 창 밖에 무지개를 바라보며 장어를 먹는 광경은 환상적이었다. 아내는 그 광경을 찍는다고 자꾸 스마트폰을 눌러댔다. 후광처럼 무지개를 쓰고 앉아 장어 먹는 내 모습이 스마트폰에 찍혔다.

무지개를 바라보니 손에 잡힐 듯 했다. 저걸 따다가 두 손으로 들고 수박 먹듯이 썩썩 베어 물고 싶었다. 그럼 무지개떡처럼 베어질 것 같았다. 무지개는 그러고도 꽤 오랜 시간 그대로 떠 있었다. 밥을 다 먹을 때까지도 무지개는 사라지지 않았다.

파노라마로 찍은 무지개 사진을 카카오톡에 올렸다. 쌍무지개는 완벽한 반원 모양으로 찍혔다. 어디냐고 여기저기서 물었다. 물음에 댓글들을 올리고 있는데 친구 녀석이 술 한잔 하자고 카카오톡을 보내왔다. 카카오톡 문장에서 음울한 기운이 뿜어져 나왔다. 나는 직감적으로 녀석이 이혼을 결심했다는 것을 알았다. 그 녀석과 나는 모든 면에서 일치했다. 그 중에 그렇고 그런 별 볼일 없는 여자와 결혼한 것이 가장 흡사했다.

결혼할 때 녀석은 아내에게 대접 받을 줄 알았다. 하지만 대접은커녕 장인 장모와 시집 안 간 처형까지 나서서 녀석을 무시했다. 게다가 더 좋은 자리가 있었음에도 불구하고 결혼시킨 것이 당신들 잘못이라고 녀석 앞에서 노골적으로 말했다. 그리고 아주 자주 남의 사위가 자동차를 사주었다는 둥, 용돈을 얼마 주었다는 둥하며 은근히 무리한 요구를 해왔다. 녀석은 결혼하자 꽃뱀에게 사기당한 것 같은 기분이 들었다고 말했다.

이왕 한 결혼인데 어떻게든 살아보려고 처갓집 근처에 있던 신혼집을 처갓집과 멀리 옮겼다. 한동안 둘은 그런대로 사는 것 같았다. 하지만 녀석의 아내가 임신을 하자 육아문제로 다시 처갓집 근처로 집을 옮겼다. 다시 예전의 갈등이 반복 되었다. 얼마 전에 이혼을 심각하게 고려하고 있다는 카카오톡을 보내왔다. 네가 먼저 해라 그럼 나도 생각해 볼게 하고 나는 답장을 보냈다.

뭐 나는 꼭 이혼하겠다는 것은 아니다. 하지만 모든 결혼한 여자들이 솔로를 꿈꾸듯이 모든 결혼한 남자들 역시 그렇지 아니한가? 단 하루만이라도 처자식 생각하지 않는 날이 있었으면 좋겠다. 보고 싶은 영화를 보고 가고 싶은 여행을 다니고 만나고 싶은 여자도 만나봤으면 얼마나 좋겠는가. 단 하루만이라도…….

　결혼이란 제도는 적령기가 되면 아무런 관계가 없는 남녀를 법으로 묶어 놓고 평생 해로할 것을 강요한다. 어찌 본인 들 뿐이랴. 양쪽 집안의 부모 형제 친척들까지 '시' 자나 '처' 자를 붙여 다 함께 묶어 놓는다. 그것은 폭력과도 다르지 않다. 인간이 만들어 놓은 법 중 가장 악법을 꼽으라면 결혼제도일지도 몰랐다.

　결혼 전까지 엄마는 내가 밥 먹는 곁에 앉아 생선 가시를 발라주고, 출근하는 내게 그날 입을 옷을 골라주었다. 입던 옷을 아무데나 던져 놓고 출근을 해도 퇴근해 집에 오면 방은 말끔히 정리되어 있다.

　내가 나름대로 편안한 여자를 고른 것은 결혼 후에도 아내에게 그런 서비스를 받고 싶었다. 신혼 초에 잠시 그런 서비스를 하는 것 같더니 첫 아이가 태어나자 개밥에 도토리처럼 취급을 했다. 둘째가 태어나자 아예 투명인간 취급을 했다. 셋째가 태어나자 곧바로 나는 아내가 시키는 대로 하는 하수인이 되었다. 내가 이런 대접 받으려고 결혼한 것인가 후회를 할 때마다 애들이 태어났다. 애들이 내 발목을 하나씩 붙들었다.

　녀석의 카카오톡을 보고 잠시 우울해 있는데 아내가 또 소리쳤다.

　"하늘 좀 봐!"

　하늘에는 뭉게구름이 빠르게 만들어져 피어오르며 움직이고 있었다. 말발굽 칠 때 일어나는 먼지 같기도 하고, 전장에 포탄이 터지는 광경 같기도 하고, 연막 소독할 때 나오는 연기 같기도 하였다. 끊임없이 만들어지는 구름들 사이로 무지개가 천천히 사라지고 있었다. 장인도 장모도 아내도 나도 저녁 햇살에 산란된 구름이 저녁 햇살만큼 멋지다고 창에 달라붙어 스마트폰을 정신없이 터치했다. 구름이 점차 붉게 물들어갔다.

하늘의 깜짝 쇼는 그러고도 멈추질 않았다. 어두워지자 구름들이 빠르게 움직이는 그 사이사이로 달이 보였다. 달은 구름을 황금빛으로 물들였다. 딸은 일본 작가 하야시 아키꼬의 아기 첫 그림책 『달님 안녕』을 본 듯 '구름 아저씨, 안 돼요. 그럼 달님이 울잖아요.' 하고 소리쳤다. 둘째는 구름을 내쫓는다고 연신 '가! 가!' 하면서 발을 구르고 손을 내둘렀다. 셋째는 영문도 모르고 연신 손발을 버둥대고 좋아했다.

드디어 구름이 다 사라지자 달이 두둥실 떴다. 별들은 환한 달빛에 묻혀 하늘에는 오로지 달 혼자 떠 있는 것 같았다. 달이 평상시보다 더 크고 더 밝게 빛났다. 슈퍼 문이었다. 태풍으로 인해 하늘이 보여준 요술이었다.

슈퍼 문은 집으로 돌아가는 길 내내 오른쪽에서 나를 따라오고 있었다. 아이들은 하나 둘 잠이 들었다. 뒷좌석 막내 카시트 옆에 앉아 있던 아내가 휴게소에서 운전석 옆으로 옮겨 앉았다. 아내는 운전하는 내 손을 슬며시 잡았다. 그리고 말했다.

"돌아오는 토요일엔 어머께 가자. 어머니 댁은 머니 차가 좀 더 손에 길들여져야 할 것같아. 거기선 하루 자고 오자."

아내가 감싼 손에 적당히 땀이 배여 내 손 등 위가 촉촉해졌다. 아내의 목소리를 들으며, 나는 아내가 고마웠다. 하루 종일 말도 못하고 흐린 하늘처럼 잔뜩 부어있던 내가 부끄러웠다. 그냥 지금처럼 이대로 살아가도 되지 않을까. 이것이 여왕벌 같은 아내 곁에서 휴지 한 장 쓰레기통에 버리지 못 하고, 잘 하는 것이라곤 오직 애 보는 것 한 가지인 내가 이 시대를 살아가는 가장 편한 방법이리라. 그렇게 살다보면 찬란한 쌍무지개가 뜨는 날도, 슈퍼 문이 뜨는 날도 있을 것이다.

황금덩어리 같은 슈퍼 문은 우리들의 잠자리까지 따라 왔다. 아내는 자다가 소스라치게 일어나 앉았다. 나는 아내의 따뜻한 몸을 기억하며 막 나른한 잠에 빠져들려고 할 때였다.

"일어나 봐. 슈퍼 문이 내 치마폭으로 들어왔다고."

아내는 나를 흔들어 깨우며 말했다.

그래서 뭐. 슈퍼 문이 어떻다고 잠이 든 나를 깨워. 나는 잠결에 눈을 감고 생각했다.

"설마 태몽은 아니겠지."

아내가 떨리는 목소리로 말했다.

아내의 목소리가 달콤하게 젖어들던 나의 잠을 사금파리처럼 날카롭게 깨뜨렸다. 잠이 빠른 속도로 달아났다.

서른 개의 노을

서른 개의 노을

　도대체 종손체험을 하겠다는 사람이 있을까? 처음 이 프로젝트를 만들 때 주위 사람들이 의아해 했다. 춘향이 곤장 맞는 체험을 하는 사람들도 있으니 꼭 원하는 사람이 있을 거라는 내 생각이었다. 그 생각은 틀리지 않았다. 신청자가 끊이지 않았다. 아이부터 청년은 물론 나이가 늙수그레한 노인까지 체험 프로젝트는 언제나 성황이었다. 방학 때는 학생들의 신청이 쇄도해 한두 달 전에 미리 예약해야 했다.

　매스컴의 위력을 실감했다. 가끔 두어 사람씩 오던 종손체험 프로젝트가 〈인간극장〉에 나의 종손 이야기와 함께 방영된 후 일어난 현상이었다. 근본도 뿌리도 없이 흘러가는 세상에서 뿌리를 찾고자 하는 욕구가 반영되었다는 추측이다.

　나는 십여 년 전 방송국 피디 자리를 그만두고 이곳으로 내려왔다. 정년이 다가오고 있기도 했고, 시청률과 싸워야 하는 방송에 진력이 나기도 했다.

게다가 내가 꼭 찍고 싶었던 드라마를 찍고 나니 더는 피디 자리에 미련이 없었다.

중학교 일 학년 이후 내내 나를 따라다닌 것은 아버지의 명분 없는 죽음이었다. 차가운 자취방에서 공부하느라 고생을 할 때도, 아비 없이 자랐다고 장인이 그다지 예쁘지도 않은 아내와의 결혼을 반대할 때도 아버지의 죽음은 나를 괴롭혔다.

그날은 영어 수업 중이었다. 누군가가 노크를 했다. 영어 선생님이 나갔다 들어오더니 나를 불렀다. 그리고 책가방을 싸서 집에 가 보라고 말했다. 영문도 모르고 집으로 달려가니 마당에 사람들이 웅성거리고 있었다. 외양간의 소는 처량하게 음매 하며 울고 송아지는 마당가를 경중 뛰어다니고 있었다. 어머니가 나를 붙들고 통곡을 했다. 문중 사람들이 아버지의 시체를 들것으로 옮겨 관에 넣고 빈소를 꾸미기 시작했다. 여기저기 문중 사람들이 서서 낮은 소리로 숙덕거렸다. 얼마 후 집 안팎으로 문중 사람들이 가득 몰려와 이리 뛰고 저리 뛰고 하였다.

열세 살의 상주는 삼베옷을 입고 빈소를 지키며 사람들이 절을 할 때마다 '에고, 에고' 하고 곡을 했다. 물밀 듯이 밀려드는 문중 사람들의 조문 행렬에 나는 일찌거니 뒤로 물러서고 문중 대표들이 조문객들을 맞이했다. 그들은 아버지의 죽음에 어떠한 말도 하지 않았다.

삼우제를 지내고 돌아올 때서야 아버지가 선산에서 목을 맸다는 것을 알았다. 자식 넷과 아내를 두고 목을 맨 마흔 살의 자상했던 아버지가 낯설었다. 아버지의 유서가 공개되었다.

'조상이 묻혀있는 선산으로 길이 나면 안 된다. 어찌 조상님들의 낯을 볼 수 있겠는가. 나의 죽음이 선산이 훼손되는 것을 막을 수 있기를 염원한다.'

아버지도 종손으로 태어난 것은 아니었다. 큰집에 아들이 없자 둘째 집 장남인 아버지가 큰집 양아들로 가서 문중의 대소사를 챙겼다. 어머니는 처음부터 종부로 태어난 것처럼 위엄 있게 집안을 다스려 나갔다. 제사 때가 되면 장부처럼 여러 문중의 아낙들을 거느리고 그 많은 음식을 장만하여 내고도 공치사하는 일이 없어, 종부에 대한 칭송이 문중들의 입에 오르내렸다.

아버지가 죽었어도 선산의 삼분의 이는 동강이 나고 그곳에 고속도로가 지났다. 그리고 우리는 종갓집에서 퇴출당했다. 문중에서 새로이 종손을 책봉했다. 셋째 집 둘째아들을 큰집 양자로 들이고 종손으로 책봉했다. 새로운 종손이 우리가 살던 종가로 들어왔다.

종가에서 내쳐진 어머니는 학교 근처에서 선생님들을 상대로 하숙을 쳐서 우리 사남매를 키웠다. 나는 경상도 오지 중학교를 졸업하고 그곳에 있는 실업계 고등학교로 진학했다. 학교에 가면 수업도 뒤로 미루고 뒷산을 개간해 콩을 심고, 길가에 꽃나무를 심었다. 어느 날 어머니는 짐 보따리를 싸 놓고 나를 불러 앉히고 말했다.

"너는 이 씨 집안의 종손이다. 비록 다른 어른이 종손으로 책봉되어 살고 있지만 너는 그 집에서 태어났고 자랐다. 넌 반드시 그 집으로 돌아가야 해. 아버지가 어떤 생각으로 그렇게 가셨는지는 모르지만 어미 생각에는 그 자리는 네 자리야. 사람 일은 알 수가 없으니 미리 준비를 단단히 해 놓아야 한다.

가라. 서울 사는 너의 고모님 댁으로 주민등록을 옮겨놓았으니 거기서 학교에 다녀라."

그날 포장도 안 된 울퉁불퉁한 길을 버스를 타고 달려 서울로 올라왔다. 서울 생활이 너무 낯설고 힘들어 그날 이후 나는 어머니의 말씀을 잊고 살았다. 문중의 모든 행사에도 참석하지 않았다. 아니, 문중을 잊고 살았다.

아주 오랜 세월이 지난 어느 날 문중으로부터 연락이 왔다. 문중 회의에서 종가에서 어린 시절을 보냈던 나에게 종손 자리를 계승하게 하겠다는 통보였다. 현재 종가에 사는 종손에게 아들이 하나 있는데 그 아들은 종가를 이끌고 나갈 종손감이 아니라는 이유에서였다.

종손 제의가 오자 나는 서울의 모든 생활을 정리하고 어린 시절 내가 살던 종가로 내려왔다. 서울 생활은 미련이 없었다. 마침 내가 찍고 싶었던 드라마를 찍고 주위의 열화와 같은 칭찬이 있었다. 그래서 더는 미련 없이 떠날 수가 있었다.

오늘 종손 프로젝트에 신청한 사람 중 한 사람은 방송국에 근무할 때 함께 일하던 후배 피디였다. 방송국에서 퇴직하고 프로덕션에서 일했는데 썩 신통치 않아 지금은 그마저 은퇴한 상태였다. 그는 맏아들인데 아들을 데리고 왔다.

교관이 참가자들을 데리고 사당을 참배하러 간 사이 나는 옛 동료와 정자에 앉아 차를 마셨다.

"선배님이 마지막으로 연출하신 노을이란 작품의 윤미정 작가 생각나세요?"

"죽었잖아."

"네, 죽었죠."

"신문에서 보았어. 참 아까운 인재인데 오십 조금 넘기고 죽었네. 근데 그렇게 암세포가 온몸에 퍼졌는데도 몰랐을까?"

"아마 대본 쓰느라고 챙기지 못했을 거예요. 꼭 일주일 치가 일주일 전에 미리 나왔어요. 선배님도 아시다시피 쪽 대본을 쓰는 작가도 많잖아요."

"늦게 시작하여 그렇지 재능과 열정이 대단한 작가였지."

"이상한 일이에요. 윤 선생님과 작품을 같이 해 본 사람들은 모두 그분의 완벽에 가까운 드라마에 대한 열정에 감탄하곤 했죠. 출생의 비밀 그런 거 취급 안 하고 정통 스토리 위주로 감동을 끌어내는 재능에 모두 놀라곤 했었지요."

"근데 왜 새삼스럽게 윤 선생 얘기를 꺼내?"

"제 와이프 대학 동문이 몇 년에 한 번씩 내는 문학지가 있어요. 우연히 거기서 윤 선생님의 소설을 보았어요."

"소설도 쓰곤 했다는 것도 들었어."

"제목이 서른 개의 노을이에요. 선배님이 찍은 작품이 노을이잖아요."

"뭐? 서른 개의 노을?"

나는 그 후로 옛 동료와 무슨 얘기를 나누었는지 기억이 나지 않는다. 무슨 말인지 더 나누다가 옛 동료는 일어나 숙소로 갔다. 아마 책을 가져오겠다는 말 같았다. 나는 찻잔에 남은 차를 마셨다. 머릿속이 하얗게 되어 아무것도 생각이 나지 않았다. 윤 선생과 함께 '노을'을 서른 개의 구성으로 만들어보았던 것이 어제 일처럼 느껴졌다.

잠시 후 옛 동료는 나에게 문학지 한 권을 가져다주고는 교관이 참가자들을 데리고 간 사당 쪽을 행해 걸어갔다. 나는 떨리는 마음으로 책을 펼쳤다.

서른 개의 노을

윤미정

　지금 당신이 전화했습니다. 요 며칠 빗발치듯 걸려오는 전화를 받느라고 한동안 정신이 없었습니다. 연극이 끝나고 막이 내리면 관객들은 우레와 같은 박수 소리로 답례를 하지요. 제가 쓴 시나리오 각본이 드라마로 방영되자 박수 소리 대신 휴대폰이 쉴 새 없이 울렸습니다. 지난밤에 새벽 두 시까지 전화 통화를 하다가 잠이 들었는데 아침에 다시 전화벨 소리에 잠이 깨었어요. 물론 당신이 저의 잠을 깨운 것은 아닙니다. 계속되는 통화 중 신호에 아침까지 기다렸다가 건다는 전화를 받고 또 받고 한숨을 돌리려는 즈음에 당신의 전화를 받았습니다.

　윤 선생? 하고 묻는 당신의 목소리가 너무나 생경하게 들려 아무 말도 못 했습니다. 그러고 보니 며칠 저는 당신 생각을 하지 않았습니다. 제가 쓴 작품이 드라마로 방영되었다는 사실에 들떠 있었고, 그 들뜸을 부채질이라도 하듯이 사람들이 쉴 사이도 없이 축하해 주었기 때문에 다른 생각할 겨를이 없었습니다. 모두 다 문학성이 있는 격조 있는 작품이었다고 평해주었습니다. 재미를 생명으로 하는 드라마에서 문학성 운운하는 것은 재미없다는 말의 우회적인 표현이기도 하지요. 그러나 지인들의 말 속에는 어떠한 빈정거림이나 가식이 없었습니다. 지인들은 모두 새내기 좋은 작가의 탄생을 축하해주었습니다.

"왜 아무 말 안 해?"

당신은 대뜸 그렇게 물었습니다. 당황하여 아무 말 못 하고 있는 저에게 당신은 헛헛헛헛 하며 한꺼번에 몰려오는 듯한 당신 특유의 웃음을 웃었습니다.

"지금 전화 드리려고 했어요. 선생님!"

"이제는 윤 선생도 바쁠 텐데 뭘."

당신은 맑은 물속처럼 저의 가슴 속을 환히 들여다보듯이 말했습니다. 정말 요 며칠 당신 생각할 겨를이 없었습니다.

"윤 선생, 나 떠나."

당신은 잘 있느냐는 안부 전화 하는 것처럼 일상적인 목소리로 말을 했습니다.

"어디 여행이라도 가세요?"

지난번에도 당신은 무슨 일이 있다며 시골을 다녀오신다고 했지요.

"여행은 뭘. 고향으로 가, 아주……."

아! 당신의 고향. 저는 여행이라고는 수학여행밖에 모르고 살았습니다. 그러다가 대학에 들어가 동아리에서 부석사로 템플스테이를 갔습니다. 폭양으로 뜨겁게 달아오른 과수원에서는 어린 사과가 주렁주렁 열려 자라고 있었고, 어느 밭에는 해바라기가 가득 심어져 있어 그 밭고랑을 따라 걸어 들어가면 신선들이 사는 나라가 나올 것 같은 낯설고 신비롭고 아름다웠던 그 고장.

창이 넓은 기차를 타고 내다본 세상은 온통 놀라움이었지요. 산모퉁이 솔밭에 두루미가 흰 꽃이 핀 것처럼 모여 있는 것도 처음 보았고, 잎사

귀가 넓은 담배가 심어져 있는 밭도, 그토록 많은 산이 가족들처럼 옹기종기 모여 있는 것도 처음 보았습니다. 새벽 예불을 마치고 산사 뒤에서 등불처럼 주위를 밝히고 선 달맞이꽃도, 비 온 뒤 산 중턱에 걸려 미처 빠져나가지 못한 구름과 그때 본 무지개도 신비롭기만 했습니다. 그곳을 다녀온 뒤 한동안 그 여행에 대한 환영을 떨쳐내지 못하여 아는 친구들에게 여러 통의 편지를 썼던 기억이 납니다.

당신의 고향이 거기라고 했을 때 새삼스럽게 오래전에 느꼈던 낯설고 경이로웠던 감정이 당신에게서 느꼈습니다. 매일 똑같은 일상들이 아닌 당신은 처음 여행지에서 보았던 고장처럼 내게 왔습니다.

당신을 만난 것은 근처 문화센터에서 운영하는 드라마교실에서였습니다. 공부는 열 시에 시작되지만 저는 강의 십 분 전에 강의실에 가 앉아 있어야 안심이 되었습니다. 방송국 드라마 프로듀서인 당신이 강의를 맡으셨지요. 당신은 언제나 오 분 전에 강의실에 도착했지요. 그 오 분 간 우리는 아무 말도 하지 않았습니다. 열 시가 지나면 사람들이 하나하나 오기 시작하여 삼십 분이면 그날 올 사람들은 대강 옵니다. 매주 월요일마다 한 번도 빠지지 않고 그렇게 일 년을 보냈어도 우리는 미리 가 앉아 있던 오 분 동안 어떠한 대화도 나눈 적이 없습니다. 일주일에 오 분씩, 한 달이면 이십 분, 일 년이면 이백사십 분, 우리가 함께 있었던 시간은 그 이백사십 분, 네 시간이었습니다. 강의는 일 년 만에 인원 미달로 폐강되었지요.

당신이 전화한 것은 그때부터였습니다. 그렇다고 자주 오는 것은 아니었습니다. 손으로 꼽을 만큼 가끔, 당신은 좋은 일이 있을 때만 전화를 했습니다. 대신 저는 당신께 편지를 썼습니다.

그때 저는 남편과 함께 법무사 사무실을 운영했습니다. 법대를 나온 남편은 변호사를 거치지 않고 직접 소송을 원하는 의뢰인을 대신해 고소장이나 답변서 등을 작성하는 일을 했습니다. 저는 등기 업무를 주로 맡아서 했습니다. 부동산 경기가 좋을 때는 일이 많아 어떤 때는 빵으로 끼니를 때우기도 하는 바쁘고 정신이 없는 생활이었지만 낮의 사소한 의견차이로 밤이면 밤새워 싸우기도 했습니다. 그렇게 싸우고는 저는 당신께 편지를 썼습니다. 당신은 묵묵히 침묵으로 저의 편지를 받아주었습니다. 아마도 남편과 헤어지지 않은 건 당신이 있었기 때문일지 모릅니다.

당신은 삼십 대 후반에 제1 전성기를 보내고 오랜 공백 끝에 제2의 전성기를 맞이하고 있었습니다. 당신이 연출한 드라마가 시청률 1위를 달리고 있었지요. 당신의 회사가 드라마 왕국이란 별명을 얻은 것은 그때였지요.

줄곧 시청률 1위를 달리던 당신이 연출한 드라마가 막을 내리던 날, 당신이 전화 했습니다. 달려가 당신을 만났지요. 홍조가 된 당신의 얼굴은 들뜬 소년과 같았습니다. 사십 후반을 나고 있었지만, 당신에게서 나이가 전혀 느껴지지 않았습니다. 우리는 술을 마셨습니다. 나는 당신이 주는 술을 한 잔도 마다치 않고 마셨습니다. 소주 집으로 출발해 맥주집, 민속주점, 나중에는 칵테일 바까지 네 번의 장소를 옮겼습니다. 그래도 당신의 흥분은 가시지 않았습니다. 칵테일 바를 나와 우리가 간 곳은 포장마차였습니다. 당신은 한 그릇씩 먹으면 많으니 둘이 한 그릇만 시키자고 했습니다. 잔치국수가 나오자 우리는 국수그릇에 머리를 맞대고 국수를 먹었습니다. 그날 국수를 먹는 아이처럼 천진한 당신의 모습을 나는 잊을 수가 없습니다. 그 모습은 몇 년이 흘렀어도 제 가슴에 문신처럼 새겨져 있습니다.

가을이면 저의 시골집 마당가에는 커다란 노적가리가 만들어졌습니다. 할아버지는 그 안에 추수한 낟알을 털어 저장했다가 봄에 방아를 찧어 내다 팔았습니다. 할아버지는 보리타작할 때까지만의 식량을 남기고 쌀을 몽땅 내다 팔았습니다. 그리고 쌀 판 돈을 허리춤에 감고 땅을 사러 다녔습니다. 대학등록금철이면 좋은 땅이 여기저기 나온다는 것을 할아버지는 알고 있었습니다.

보리와 밀 타작이 끝나면 그때부터는 보리밥과 국수로 끼니를 때웠습니다. 감자와 옥수수와 단호박도 그 여름을 견디게 해 준 먹을거리들이었지요. 우리는 매일매일 쌀이 아닌 그것들로 여름을 났습니다.

분꽃이 피어나는 저녁이면 우린 마당가 밀 멍석 위에 둘러 앉아 밀가루 반죽을 하였습니다. 물을 끓여 감자와 호박을 넣고 도톰하게 썬 칼국수를 넣습니다. 간은 간장으로 했어요. 요즘은 칼국수라 부르는 그것을 할머니는 밀장국이라고 불렀습니다. 밀 타작을 하고부터 여름 내내 우리 식구들은 저녁이면 둘러앉아 땀을 뻘뻘 흘리며 밀장국을 먹었습니다. 지금도 우리 식구들은 칼국수를 밀장국이라고 부릅니다. 대접에 머리를 박고 국수를 먹는 그 모습은 어린 시절 아주 익숙한 가족의 모습이었습니다. 신 열무김치를 해서 말없이 그릇을 비우는 할아버지의 모습과 아버지의 모습과 동생의 모습이었습니다. 그때부터 당신은 익숙하게 내게 다가왔습니다.

당신에 대한 감정을 어떤 것이라고 이름 해 보지 않았습니다. 그저 그 감정을 끌어안고 안으로만 삭이고 있었습니다. 당신에게 다가가고 싶은 마음이 크면 클수록 저는 더욱 단단히 마음을 붙들고 있었습니다. 당신 또한 냉정하리만큼 어떤 때는 얄미울 정도로 철저히 당신의 자리를 지켰습니다. 당신에게 가는 길은 오직 하나 드라마로 가는 길 외에는 없었습니다.

영어 선생을 하다가 그만두고 일본어 학원에 다닌 친구가 있습니다. 친구는 일본어 학원에 다니다가 결국은 그 학원 강사가 되었습니다. 영문과를 나왔으면 영어 선생이나 하다못해 영어 통역이나 할 것이지 일본어 강사는 무엇이냐 하고 물었습니다. 처음 일어를 배우고 온 날 꼭 무슨 귀신에 씌운 것 같았다고 해요. 밥을 할 때도 잠을 잘 때도 심지어는 남편과 잠자리를 할 때조차도 머릿속에는 그날 배운 일본어가 떠나지 않더라는 거예요. 일본어에 꼭 열병 앓는 사람처럼 들떠 마음을 가라앉힐 수 없었다고요. 영문과를 나온 친구는 결국 일본어 강사를 하여 남편을 공부시켰고 남편은 지금 대학교수입니다.

제게는 당신이 아니 드라마가 열병처럼 다가왔습니다. 차를 타고 갈 때도, 밥을 먹을 때도, 친구를 만날 때도 저의 머릿속에는 온통 드라마 생각뿐이었습니다. 잘 나가는 드라마 작가가 되겠다는 소망은 결코 아니었습니다. 저의 바람은 제가 쓴 드라마를 당신이 연출해 이 세상에서 단 한 편만이라도 빛을 보았으면 하는 것이었습니다.

당신은 한 번도 가능성이 보인다든가 재능이 있으니 포기하지 말라든가 그 어떤 희망적인 말도 하지 않았습니다. 당신은 언제나 침묵이었습니다. 그 막연하고 답답함을 어찌 말로 다 설명할 수 있을까요.

한 번은 열정을 다해 쓴 작품을 당신께 보인 적이 있습니다. 몇 날 며칠을 밤을 꼴딱 세며 쓴 작품입니다. 그 작품을 쓰면서 저는 제가 천재인가 하고 착각을 할 정도였습니다. 제가 생각하기에 너무나 완벽하고 재미있는 작품이었습니다. 그러나 당신은 막힘없이 잘 읽었다 한마디 했을 뿐 처음부터 끝까지 장면 하나하나를 읽어가며 눈앞에 떠오르는 영상을 질책했습니다. 그날 꼬박 두 시간을 앉아 그 질책을 들었을 때 저는 거의 미칠 지경이었습니다. 그 작품을 전혀 손질하지 않고 그대로 타 방송국에 보냈습니다. 그 방송국에서 작품 하자는 연락이 온 것은 얼마 지나지 않아서였습니다. 담당 피디는 순식간에 캐스팅을 하고 제 작품을 찍었습니다. 저도 어리둥절할 정도로 순식간에 드라마는 방영이 되었지요.

방영이 되고 나자 누구 하나 전화 걸어주는 사람들이 없이 지인들은 그저 침묵했습니다. 내가 전화를 걸어 어땠느냐고 물으면 잘 봤다는 말 뿐 더는 말하지 않았습니다. 아무도 다음 작품을 보자고 하지 않았습니다. 작품을 고르지 못해 고민하던 피디가 마침 우편으로 배달된 작품을 보고 궁여지책으로 찍은 것이라는 것을 나중에 알았습니다. 그렇게 일회성으로 방영되었다가 사라지는 작품들이 얼마나 많은지도 그때 알았습니다.

저는 공부하던 드라마 극본 용지를 찢으며 당신을 떠났습니다. 여의도 쪽은 쳐다보지도 않겠노라고 다짐했지요. 드라마 극본은 문학 쪽에서 보면 노가다판 수준이다, 아무리 잘 써도 순수 내 작품이 아니다 그렇게 자위하며 드라마를 외면했지요. 드라마가 나오면 채널을 돌렸습니다. 아예 텔레비전을 켜지 않은 날들도 많았습니다. 그 후 소설 공부한다고 외도했다가 남편 법무사사무실에 나가 전력을 다해 일에 열중하기도 했습니다. 나중에는 그것도 때려치우고 골프에 빠져 살기도 했습니다. 그렇게 별의 별 것을 다 해 봤지만 외면하면 할수록 당신은 아니 드라마는 내 가슴 속에 복숭아 씨앗처럼 단단히 자리 잡고 있을 뿐이었습니다.

당신에게 돌아가 드라마 공부를 다시 시작한 날, 처음 당신을 만난 날처럼 저는 십 분 먼저 가고 당신은 오 분 먼저 와서 그날 공부할 드라마 극본을 읽고 있었습니다. 몇 년이나 지난 후의 만남이었지만 당신은 한 번 씽긋 웃었을 뿐 어떻게 지냈는지조차 묻지 않았습니다. 그러고 보니 당신은 내게 아무것도 묻지 않고 알려고도 하지 않았습니다. 저 또한 이상할 정도로 당신에 대해 궁금한 것이 없었습니다.

처음 공부한 작품이 노을이었습니다. 아픔을 가진 두 사람이 우연히 만나 일 년 동안 처절하게 쏟아내는 마지막 사랑이 작품 내용이었습니다. 당신은 제게 서른 개의 노을을 써 보라고 숙제를 내주었습니다. 드라마에서 제일 중요한 것은 구성이다. 일 년이 걸릴지 이 년이 걸릴지 모르겠지만 한 작품을 가지고 서른 개의 노을을 만들어 보라고 했습니다. 지금 잘 나가는 어떤 작가는 무명시절에 한 작품을 가지고 십 년을 붙들고 고민했다는 말씀도 하셨지요. 하나의 작품이 서른 개로 변신할 수 있다는 사실이 놀라웠습니다.

저의 '서른 개의 노을' 작업은 그렇게 시작되었습니다. 두 사람의 첫 만남부터 이야기가 시작되기도 하고, 만난 지 몇 개월 후부터 이야기가 시작되기도 하고, 남자가 죽어가는 그때부터 이야기가 시작되기도 했습니다. 또 남자가 죽고 여자가 따라 죽으면서 회상하는 것으로부터 구성을 잡아보기도 하고, 남자의 젊은 날의 아픔을 형상화시켜 보기도 했습니다. 자식들이 주인공이 되어 자식의 시선으로 남자를 바라보는 구성도 만들어 보고, 여자의 상처 위주로 그려보기도 했습니다. 이웃들의 시선으로 두 사람 이야기를 그려나가기도 했습니다.

대사와 지문이 비슷한 극본을 구성을 달리해 쓰는 것이라 처음에는 재미있었습니다. 그러나 말이 서른 개지 노을 한 작품으로 서른 개의 노을을 만드는 일은 아무리 쥐어짜고 짜도 가능하지 않은 일 같았습니다. 중간에 슬쩍 써 먹은 구성을 넣어보면 당신은 영락없이 알아서 지적했습니다. 머릿속에 남아있던 마지막 진물까지 다 짜내 도저히 한 작품도 더 만들어내지 못할 지경까지 되어서야 서른 번째 노을이 탄생했습니다. 일 년 반이 걸린 작업이었습니다.

그 작업이 끝났을 때 신기하고 놀라운 일이 일어났습니다. 어떠한 이야기든지 한 줄기 이야기 끈만 잡아당기면 엉키지 않고 술술 풀려 나왔습니다. 이야기하고자 하는 내용을 제가 만들어 놓은 구성의 틀 속에 넣으면 국화빵처럼 작품이 쉽게 풀려 나오는 것이었습니다.

그 작업이 끝나자 당신은 가장 좋은 구성으로 된 '노을'을 뽑아 장면 하나하나 대사를 절제하고 영상으로 처리하는 방법을 가르쳐주었습니다. 수없이 지도를 받아봤지만 서른 개의 노을을 끝내고 나서의 배움은 이전과 다르게 절실하게 다가왔어요. 마지막으로 당신은 동적인 것과 정적인 것의 적절한 배합을 가르쳤습니다. 빠른 템포의 장면이 끝나고 나서 잔잔한 장면을 이어주니 시청자들이 편안함을 느끼고 동시에 드라마가 역동적으로 느껴지기까지 했습니다. 그렇게 작품을 다듬고 나니 잠을 자고 있던 작품이 막 깨어나 숨 쉬는 것 같았습니다.

삼 개월 간 작품을 더 다듬고 나서 방송국 드라마 극본 공보에 응모했습니다. 총 오천 편이 넘게 들어온 작품들 중에서 '노을'이 최우수작으로 선정되었습니다. 그때 그 기분은 그렇게 기쁘지도 희망차지도 않았습니다. 다만 언젠가 오겠다고 단단히 약속한 사람을 기다리고 있다가 맞이한 것처럼 덤덤했습니다. 그런데 당신이 제 작품을 연출하겠다고 나섰습니다.

스텝들과 함께 촬영할 장소를 단 한 번 같이 다녀와서는 당신은 연락 한번 하지 않고 드라마를 찍었습니다. 당신이 내가 쓴 극본으로 드라마를 찍고 있다는 사실이 현실감이 전혀 없는 거짓말처럼 느껴지기도 했습니다. 대개 단막은 한두 달 정도의 제작과정을 거쳐 만들어지지만, 당신으로부터 드라마가 다 되어 연락이 오기까지는 육 개월이 걸렸습니다. 미리 보여준 드라마의 자막이 올라갈 때 저는 그만 울어버렸습니다.

노을― 제주의 아름다운 풍광을 배경으로 펼쳐지는 죽음을 눈앞에 둔 두 사람의 마지막 사랑입니다. 두 사람의 아픈 과거가 날줄과 씨줄로 들어가 촘촘히 짜여 있죠. 여자가 사랑하는 사람을 위해 마지막 힘을 다해 갈옷을 물들이고 만드는 장면이 압권이라며 당선작을 뽑을 때 심사평에서 말했지요. 노을이 그토록 처절하게 아름다운 것처럼 죽음을 눈앞에 둔 두 사람의 마지막 사랑 역시 어떤 사심이나 욕심이 배제된 가장 아름답고 완벽한 사랑이라고 할 수 있겠지요.

봄부터 여름까지 바닷가에 상주하여 찍은 그 작품은 당신이 아니면 할 수 없었다며 모두 당신의 연출력을 모두 감탄했다지요? 탁월한 연출력으로 인해 당신은 승진의 하마평에 올라 있었다지요? 그런데 지금 당신이 고향으로 떠난다는 전화를 한 것입니다.

"왜요? 왜 떠나세요?"

"고향에서 불러. 진즉에 내려가야 했는데 작품 끝내고 가느라고 늦었어."

"무슨 일이신데요?"

"응, 문중의 일이야. 언젠가 떠날 자리인데 필요하다고 불러주는 곳이 있으니 좋지 뭘."

"전 선생님과 작품을 함께할 수 있어 좋아하고 있었는데요."

"아니, 윤 선생과 드라마 한번 꼭 찍고 싶었어. 찍었으니까 이젠 미련 없어. 윤 선생께 고마워. 이 자리 미련 없이 떠날 수 있게 해 줘서."

"저는 지금 막 걸음마를 했잖아요. 아직 배워야 할 것이 많은데 떠나시면 어떻게 해요."

"그렇지 않아. 이제 윤 선생은 어떤 것을 쓰더라도 다 소화 시킬 수가 있어. 서른 개의 노을이 그렇게 만들어 주었어. 이제 좋은 드라마가 나갔으니 여기저기서 극본 써달라고 야단들일 걸.

난 드라마 피디 오래 해 봤지만, 그처럼 아름다운 드라마 극본 처음이야. 내 맘에 쏙 드는 드라마 원 없이 찍어 봤으니 지금 떠나도 여한이 없어."

"선생님, 저는 그렇지 않아요."

"윤 선생도 다른 생각할 겨를이 없을 거야. 밀려드는 청탁만으로도 밤을 새워야 할 걸. 이제 내 할 일은 끝났는데 여기서 뭐 해.

이젠 집안의 종손 자리로 돌아가 집안 대소사를 챙기고 밤이면 누워 내가 좋아하는 드라마나 영화 마음껏 볼 거야. 시청률에 신경 쓰지 않고 오로지 시청자로 남을 거야. 윤 선생 좋은 드라마 마음껏 볼 수 있게 해줄 거지?"

당신은 마지막 인사를 하고 전화를 끊으려고 했습니다. 저는 다급히 당신을 불렀습니다. 이미 사표도 수리가 되고, 종갓집도 다 수리를 해 놨으니 떠나는 일만 남았다는 당신을 간신히 설득해 마지막 만남을 준비했습니다.

밤새 잠을 설치고 만나기로 한 날 아침부터 들떠 약속시간을 기다리는데 시간이 너무나 느리게 흘러 얼마나 답답했는지 모릅니다. 저녁에 당신과 약속한 그곳으로 갔습니다. 십 분 먼저 도착하고자 출발했는데 성급한 마음에 삼십 분 먼저 도착하였습니다. 다른 때보다 더 많이 당신을 기다렸습니다. 그러나 약속시간 오 분 전에 당신이 포장마차의 천을 들추며 들어올 거란 기대는 이루어지지 않았습니다. 만나기로 한 시간이 십 분 이십 분 지나도 당신은 오지 않았습니다. 삼십 분쯤 되었을 때 한껄렁껄렁해 보이는 젊은이가 포장을 들추며 들어와서 윤 선생이냐고 물었습니다. 고개를 끄떡이니 다짜고짜 제가 쓴 작품의 제목을 대면서 당장 드라마 찍자고 했습니다. 그 황당함은 어찌 다 말로 할 수 있을까요? 저는 그 젊은이에게 차근차근 내가 기다리고 있는 사람은 댁이 아니라고 말했습니다.

"그럴 리가요. 지금 민 차장님 배웅하고 오는 길인데요, 윤 선생님이 쓰신 드라마 목록을 번호까지 먹여 쭉 뽑아 주셨는데요."

그러고는 성급히 주인공으로 적당한 사람을 생각해 놨다고 지금 잘 나가는 배우 이름을 댔습니다.

"민 차장님 정말 떠나신 거예요?"

"네, 모두의 부러운 시선을 받고 떠나셨습니다. 대표작이 어떤 것이냐고 물으면 '노을'이라고 자신 있게 말할 수 있다며 의기양양해 하셨어요. 그 모습이 어찌나 부러운지요. 자신의 마음에 쏙 드는 드라마 하나 있을까 말까예요. 지금 죽어도 여한이 없다고 호탕하게 웃으며 떠나셨습니다."

"꼭 떠나셔야 했어요?"

"민 차장님이 종손이라시네요. 그렇게 자유분방하시고 감성적인 분한테는 전혀 안 어울려요. 떠나시고 나서 생각해 보니 여자 문제에 대해서는 다른 누구보다도 냉정하셨어요. 타고난 종손으로서의 몸가짐이었던 것 같아요."

젊은 피디는 당신의 특별한 삶을 이해하고 존경하는 표정을 지으며 말했습니다.

"'노을'을 보고 우리 사장님이 울었다는 거 아닙니까. 마지막 사력을 다해 갈옷을 만들어 입고 함께 죽어가는 그 장면에서요. 민 차장님 대단하세요. 사장님까지 나서서 말리는데도 그렇게 미련 없이 떠날 수 있다는 것이요. 그 용기가 정말 대단하세요. 떠나시는 모습이 꼭 개선장군 같았다니까요."

젊은이와 다음에 들어갈 작품 이야기를 하고 헤어져 그 밤중에 여의도 샛강으로 가 얼마나 울었는지 모릅니다. 기차를 타고 떠나고 있을 당신의 모습을 생각하니 내내 가슴 아팠습니다. 마지막 만남조차 마다하고 그렇게 떠나야 했던 이유를 저는 알 것 같습니다. 더 이상 저는 남편의 아내로서 아이의 엄마로서 제자리를, 당신은 한 여자의 남편과 두 아이들의 아버지로서의 당신 자리를 지킬 자신이 없었던 거지요.

당신이 언젠가 말했지요. 아직 마음에 쏙 드는 작품을 만나지 못했지만 만약에 그런 작품을 만나 혼신을 다해 찍는다면 어떤 기분일까 하고요. 아마도 오랫동안 애태우던 정인을 만나 뼛속까지 녹아내릴 정도로 황홀한 섹스를 하는 기분일 거라고요, 그런 작품 단 하나라도 찍을 수 있다면 당장에 옷을 벗어도 여한이 없겠다고요. 그래요, 이 년 동안 붙들고 있던 노을을 마지막 손질을 해 탈고했을 때의 저의 기분이 그랬습니다. 들뜨고 긴장되었던 세포들이 하나하나 가라앉고 손끝에서 발끝까지 농축되어 있던 진이 쏙 빠져나가는 그런 느낌이었습니다.

사람의 욕심은 한이 없는 것 같습니다. 당신과 함께 단 하나의 작품이라도 찍을 수 있다면 더는 욕심을 부리지 않을 거라 다짐을 한 적이 한두 번이 아닙니다. 그 소망이 이루어진 지금 왜 이렇게 아쉽고 허망한지요. 서른 개의 노을을 쓸 때의 고통스럽고 긴장되었던 그 시간이 그립습니다.

자정이 되어가는 밤의 여의도 거리는 불을 밝히고 선 가로등과 불을 켜고 달리는 자동차들로 낮보다 더 아름답습니다. 그 화려한 야경 속에는 깨어지지 않는 어떤 질서가 있습니다. 가로등은 일정한 간격에 맞춰져 규칙적으로 서 있고, 차들은 가로등이 서 있는 길에서 한 치의 벗어남이 없이 달리고 있습니다.

강물은 자신의 가슴 속에 담을 만큼의 야경만을 담고 어둠 속에서 유유히 흐르고 있습니다. 차가 길을 벗어나면 사고를 일으키고, 강물이 품을 수 있는 양의 물보다 더 품으면 홍수가 난다는 아주 평범한 진리를 말해주는 듯합니다.

저에게 세상에서 가장 어려운 것이 무엇이냐고 물으면 저는 망설이지 않고 자신의 자리를 지키는 일이라고 대답할 것입니다. 무수히 박혀 있는 밤하늘의 별들 역시 어떤 일정한 질서 속에서 운행하듯이 거리를 흘러 다니는 모르는 사람들 역시 어떤 보이지 않는 질서 속에서 살아가고 있습니다. 그 질서의 궤도를 이탈하지 않고 살아간다는 것은 평범하면서도 또 어려울 것입니다.

제가 살던 시골집을 가려면 황금교라는 다리를 건너야 합니다. 그 다리를 건너 수리조합 둑을 따라 올라가면 벌판이 나옵니다. 벌판 한가운데에는 낮은 구릉들이 옹기종기 모여 있습니다. 제가 살던 마을은 그 구릉들을 품고 형성되어 있습니다.

　다리는 농협 창고가 있고 붉은 기와집이 있는 읍내와 우리 마을을 이어주지요. 다리를 건너기 전 붉은 기와집 앞에는 평상이 놓여 있고 늘 할머니 한 분이 그 위에 앉아 멍하니 들판을 쳐다보고 있었습니다. 저는 아이들과 그 앞을 지나며 그 노인을 미친 할머니라고 놀려댔습니다. 그런데 어찌 된 일인지 가끔 아버지는 우리와 전혀 상관이 없는 할머니네 헐린 담을 고쳐주거나 붉은 지붕 위에 올라 깨어진 기와들을 손질해 주곤 했습니다.

　뜻밖에 나는 할아버지가 돌아가셨을 때 영정 앞에서 그 할머니를 보았습니다. 할머니는 무어라고 나직이 읊조리며 곡을 하는데 알고 보니 우리 민요 〈한오백년〉이었습니다.

　　한 많은 이 세상 야속한 임아
　　정을 두고 몸만 가니 눈물이 나네
　　아무렴 그렇지 그렇고말고, 한오백년 살자는데 웬 성화요

　　청춘을 짓밟힌 애끓은 사랑
　　이대로 가버리면 나는 어이 하나
　　아무렴 그렇지 그렇고말고, 한오백년 살자는데 웬 성화요

저는 지금도 그 노래를 들으면 눈물이 나곤 합니다. 그 이후 평상은 비어 있더군요. 할머니는 그 길로 몸져누웠다가 돌아가셨다고 합니다. 그분 살아생전에 아무도 그 분이 누구인가를 말해주지 않았습니다. 돌아가시고 나서 아버지는 할머니와 합장한 할아버지 무덤 곁에 피붙이가 아무도 없는 그분의 무덤을 만들어 주었습니다. 할아버지를 뵈러 갈 때 그 분께도 절을 하게 했습니다. 그리고 그분에 대한 말씀을 해 주었습니다.

일제 강점기에 그분은 빼어난 미모와 노래로 그 지방 사내들의 혼을 빼 놓았던 기녀였습니다. 마침 그 지방에 부임해 온 일본인 군수의 눈에 띄어 현지처가 되었습니다. 재색을 겸비한 그분은 군수의 총애를 받아 어딜 가나 함께 다녔다고 합니다. 그 고을에서 처음으로 양장을 한 분도 그분이라지요. 군수가 지나면 사람들은 그분을 보려고 구름처럼 몰려왔다고 해요.

할아버지도 그런 사람들 중 한 사람이었습니다. 얼굴 한 번 보고자 달려가 고개도 못 들고 물러나오기 일수였다고 합니다. 그러다 그분이 할아버지의 용모에 반했다고 합니다. 당시 고을에서 할아버지만큼 준수한 외모를 가진 자가 없었다고 해요. 덕분에 일제 강점기에도 할아버지는 비료를 얻어 농사를 지었다고 합니다.

해방되자 일본인들은 모두 일본으로 건너갔습니다. 군수는 그분을 데리고 가려고 애썼으나 그분은 마다하고 붉은 기와집에 혼자 남았습니다. 그때 할아버지는 자식을 일곱이나 둔 한 집안의 가장이었고요.

젊은 날에 하늘같이 여기던 여자가 길목에 지키고 앉아 바라보는데도 할아버지는 그 집 대문 안에 한 발짝도 들여놓지 않았다고 합니다. 할아버지의 애끓는 마음이야 오죽했겠어요. 할아버지가 가신 후에 아버지 형제들이 돌아가며 혼자된 그분이 임종할 때까지 돌보아주었습니다. 지금 할아버지 자손이 일곱이고 손자들이 서른다섯이나 되는데도 할아버지의 뜻에 어긋나 사는 자손은 한 사람도 없습니다.

할아버지는 그 여자에 대한 열정을 일 속에 묻으셨습니다. 가물면 밤을 새워서라도 개울물을 퍼 날라 논에 물을 댔다고 해요. 그러니 할아버지의 논에는 가물 때조차 물이 마르지 않았다고 합니다. 흉년에도 할아버지 광에는 쌀이 가득했다고 하지요. 할아버지는 그 여자에 대한 열정을 퍼 보이기라도 하듯이 해마다 그분이 바라보고 있는 들판에 땅을 사셨습니다.

저 역시 당신에 대한 사랑을 브라운관에 펴 보이겠습니다. 일 년 반 동안 서른 개의 노을을 쓰게끔 지도해 준 당신의 정성에 어긋나지 않게 삶이 살아 숨 쉬는 따뜻한 작품을 쓰겠습니다. 당신이 지켜보며 대견해 하도록 말이지요.

내일은 할아버지 산소에 갈 생각입니다. 저는 젊은 날의 아버지가 가끔 할아버지 산소를 찾아가곤 했던 것을 압니다. 그 길을 갈 때는 꼭 저를 데리고 가셨지요. 아버지는 할아버지를 닮아 빼어난 외모를 가진데다가 우리나라 최고의 대학을 나오셨습니다. 예전에는 그런 일이 많았듯이 그런 아버지가 초등학교만 나온 어머니와 결혼을 했습니다. 주위에 지성과 미모를 겸비한 여자들이 따라다녔어도 아버지는 어머니를 한 번도 배반하지 않으셨습니다. 그 모두 땅속에 계신 할아버지의 가르침이란 것을 알고 있습니다. 가슴 속에 마그마처럼 뒤끓는 열정을 다스리기 힘들 때마다 아버지는 할아버지 산소를 찾곤 했습니다.

어느덧 제가 할아버지 산소를 찾아가는 아버지의 모습을 닮아가고 있습니다. 내일은 할아버지께 가서 마음껏 울어봐야겠습니다.

　나는 책을 덮었다. 그 위로 눈물 한 방울이 떨어졌다. 할아버지 산소에 가서 우는 윤 선생의 모습이 눈에 보이는 듯 했다. 이곳에 와서 처음 운 울음이었다. 사당에 갔던 종손 체험 참가자들이 우르르 내려오는 것이 보였다.

　나는 참가자들의 눈을 피해 아버지 산소를 향했다. 거기서 나도 윤 선생처럼 마음껏 울어봐야겠다.

폭염주의보

폭염주의보

노인의 몸은 초등학교 때 공작 시간을 생각나게 한다. 수레 끄는 마부의 형상을 만드는 시간이었다. 철사를 돌돌 말아 머리를 만들고 팔과 다리와 목을 이어 붙였다. 그 위에 풀 먹인 화선지를 여러 겹 발랐다. 화선지를 바를 때 구부리고 돌돌 만 철사가 그대로 손끝에 만져졌다. 노인의 몸을 만질 때마다 그 철사를 만지는 느낌이다. 살점 하나 붙어있지 않아 뼈대와 가죽만이 만져진다.

노인은 등받이가 달린 목욕 의자에 비스듬히 앉아있다. 왼손의 힘을 잠시라도 풀면 그대로 기우뚱하고 넘어질 자세다. 나는 노인의 가슴을 두른 팔에 더욱더 힘을 주고 오른손으로는 때수건을 들고 등을 문지른다.

노인에게 살아있는 것이라고는 입뿐이다. 몸은 의지대로 잘 움직이지 못하지만 입은 살아 쉬지 않고 웅얼거린다. 가만히 들어보면 모두 죽기 싫다는 절규와 욕이다.

이 년이 날 죽이려고 해. 내가 무슨 죄가 있다고 죽여. 네년이나 혀 깨물고 죽어. 노인은 눈을 희뜩 거리며 험상궂은 얼굴로 마구 욕을 한다. 어김없이 노인의 입에서 다음 말이 삐져나온다. 죽기 싫어. 죽어서 뜨거운 불 속으로 들어가기 싫단 말이야. 날 좀 살려줘.

노인의 뇌 양의 거기까지다. 욕은 더는 첨가되지 않는다. 노인은 성이 차지 않는지 비쩍 마른 손을 들어 때린다. 몸의 힘이 다 손끝으로 모였는지 손매가 몹시 맵다. 무딘 바늘로 등을 찌르는 듯 천천히 통증이 온다. 입술을 깨문다.

소나기를 흠뻑 맞은 듯 머릿속에서부터 이마와 등으로 땀이 주르르 흘러내린다. 탕 안은 여름날 도가니탕을 끓이는 부엌처럼 뜨거운 수증기로 가득하다. 때수건으로 몸에 비누칠을 한다. 밑을 닦기 좋게 U 자 형으로 파놓은 목욕용 의자 밑으로 손을 넣는다. 말라비틀어진 고구마 같은 노인의 성기가 만져진다. 때수건 든 손에 힘을 주어 북북 문지른다. 노인의 욕설이 멈춘다. 노인의 눈에 잠시 생기가 돈다. 네 남편 것도 이렇게 닦아 줘? 치매 노인도 궁금해 하는 것이 있다.

노인을 끌어다가 침대에 누이고 성인용 기저귀를 두른다. 그 속에 패드 형 기저귀를 또 넣고 테이프를 단단히 부착한다.

띡 띡 띡 번호 키를 누르고 누군가 들어오는 소리가 들린다. 이 집의 번호 키 누르는 소리는 유난히 크다. 주인 여자가 들어올지 남자가 들어올지 잠시 긴장을 한다. 거칠게 문을 열고 여자가 들어온다. 여자는 찬 바람을 일으키며 안방으로 들어간다. 한여름인데도 여자에게서는 찬바람이 인다. 며칠 전 베란다 밖에서 여자가 이웃과 웃으며 얘기하는 것을 보았다. 처음에는 그 사람이 주인 여자인지 몰랐다. 봄바람 같은 훈훈함이 풍기는 창밖의 여자는 집 안에서와는 생판 달랐다.

이 집 부부는 함께 외출하는 경우가 드물고 함께 들어오는 경우는 더 드물다. 한 집에 세 들어 사는 사람들처럼 거실을 중심으로 여자는 안방 쪽을, 남자는 출입구 쪽의 방을, 맨 끝 방에는 고관절이 부러져 걷지 못하고 치매까지 많이 진행되고 있는 노인이 차지하고 있다. 각방에는 각자의 침대가 놓여 있다. 서로서로 말하는 것도 본 적이 없다. 집 안의 사람들은 제각각 들락거리고 먹고 각자의 방에서 잠을 잔다.

목욕탕 청소를 끝내고 방에 들어가니 지린내가 진동을 한다. 기저귀 밖으로 노인의 성기가 공기가 다 빠져나간 풍선처럼 검은 빛으로 늘어졌다. 이불이며 벽에는 오줌이 튀어 지린내를 풍긴다. 노인은 요의를 느낄 때마다 기저귀 속에 있는 성기를 꺼내려고 몸부림친다. 기저귀를 고정시킨 테이프가 소홀히 부착되었을 때는 그것을 꺼내서 이불 위에 오줌을 내지른다. 어떤 때는 의식이 돌아와 성한 사람처럼 두 손으로 테이프를 뜯고 꺼내기도 한다. 의식이 왔다 갔다 하면서도 바지춤에서 성기를 꺼내 들고 서서 소변을 보던 예전의 습관을 버리지 못한다. 이불을 뜯어 세탁기에 넣고 돌린다. 아침에 청소한 방을 다시 청소한다. 노인의 오줌에는 쉰내가 배었다. 대변에도 몸에도 심지어는 노인의 웃음 속에도 쉰내가 배여 있다.

나무 한 그루 없는 버스정류장은 땡볕에 그대로 노출되어 있다. 비바람을 막기 위해 유리를 둘러쳐 놓아 바람조차 없다. 아스팔트 위로 모락모락 아지랑이가 피어오른다. 찜통에서 쪄낸 생선처럼 내 몸도 흐물흐

물 익을 것 같다. 정류장 앞으로 지나던 승용차 안에서 운전하던 남자가 고개를 돌린다. 그는 아는 체를 할 듯 말 듯 한 표정으로 지난다. 주인집 남자다. 남자는 사거리에 있는 주유소 사장이다. 차가 아파트 입구로 사라진다.

버스에 오르니 에어컨이 고장이 났는지 숨이 턱 막힌다. 운전기사는 러닝셔츠를 배 위까지 걷어 올린 채 운전을 한다. 아무도 기사의 무례함을 탓하지 않는다. 라디오에서 오늘의 날씨를 보도한다. 기상캐스터는 오늘이 올해 들어 가장 더운 날이라고 말한다. 목소리가 더워서 헐떡거리는 것처럼 들린다.

폭염주의보는 그제도 내리고 어제도 내리고 오늘도 내렸다. 지금 같아서는 입추가 지나고 처서가 지나도 이 끔찍한 폭염은 수그러들 것 같지 않다. 겨울이나 봄까지 지속될 거 같다. 아니, 영원히 계속될 것 같다.

남편은 결혼 7년 만에 객사했다. 사진 찍기와 산을 좋아하는 남편은 무거운 카메라를 메고 주말마다 산을 다녔다. 시시각각 변하는 산의 모습을 카메라에 담기 위해서였다. 산봉우리로 떠오르는 해와 산 너머로 지는 해, 비 오는 산과 눈 쌓인 산, 꽃이 만발한 봄 산과 단풍이 불타는 가을 산, 녹음이 짙은 여름 산……. 남편은 해마다 철마다 산을 찍어댔다. 초복이 지나 찌는 듯이 더운 여름 날 산에 갔던 남편이 돌아오지 않았다. 실종신고를 했다. 남편의 시체는 보름 만에 발견이 되었다. 사진을 찍다가 발을 헛디뎌 추락한 것이라고 경찰은 추측했다. 발견이 되었을 때는 한 여름이라 시체가 부패되어 백골이 되어 있었다. 사람의 육신이 보름 만에 백골이 될 수 있다는 것도 그때 알았다. 그렇게 죽었건만 내 등 뒤에는 남편 잡아먹은 여자란 꼬리표가 따라다녔다.

오래된 주택가에 버스가 선다. 기사가 안녕히 가시라는 의례적인 인사를 한다. 의례적이지만 오늘 하루 유일하게 받은 대접이다.

나에게도 대접받던 시절이 있었다. 시아버지는 대기업 임원이었다. 남편이 죽자 시댁에서 더부살이를 살았다. 시댁은 명절 때마다 문턱이 닳도록 사람들이 들락거렸다. 임원 댁 며느리로 난 언제나 회사 사람들의 융숭한 대접을 받았다. 뿐만 아니라 시아버지는 상속받은 꽤 넓은 땅을 갖고 있었다. 은행직원들은 사업하는 시동생에게 돈이 필요할 때마다 돈을 빌려 주며 시아버지에게 보증을 서게 했다. 시아버지가 임원을 그만두고 회사에서 나오자마자 기다렸다는 듯이 시동생의 사업은 부도가 났다. 시아버지가 갖고 있던 모든 것들은 공중에서 산산조각이 나고 말았다.

다가구 주택이 늘어선 짧은 골목을 지난다. 시멘트로 테를 두르고 협소하게 만들어진 화단이 담에 붙어 있다. 화단 오른쪽으로는 음식물을 덕지덕지 바른 쓰레기통이 냄새를 풍긴다. 반쯤 열린 통 속으로 파리들이 날아든다. 손톱만한 파리의 푸르스름한 몸통이 햇볕에 반질거린다. 왼쪽으로는 재활용 수거함들이 종류별로 나란히 섰다. 가만히 보니 화단 가운데 배롱나무 한 그루가 꽃을 피웠다.

한여름 고즈넉한 산사를 단장하고 있거나, 잘 꾸며진 아파트 정원에 서 있어야 할 배롱나무가 쓰레기들 한가운데 있다. 나무도 누군가가 내다가 버린 쓰레기의 일부분처럼 보인다. 쓰레기더미에 묻혀 있는 배롱나무는 때가 되었다고 꽃을 피운다. 작은 꽃들이 흐드러지게 피어 꽃송이를 이뤘다. 붉은 꽃이 땡볕에 녹아내릴 듯하다.

재활용 분리수거함 옆으로 지하방 창문이 보인다. 방범용 쇠창살이 창문을 덮었다. 문을 열자 곰팡내가 콧속을 밀고 들어온다. 반쯤 가린 창문에서 희미하게 빛이 들어온다. 대낮인데도 해질녘 같다. 불을 켜고 선풍기를 돌린다. 방향을 바꿀 때면 무엇에 닿는지 선풍기는 덜덜거린다. 돌아가는 선풍기에 얼굴을 대고 뜨거운 열기를 식힌다.

들어왔네요. 4층에 사는 집주인 여자다. 뜻밖의 방문에 얼른 일어나 문을 열어준다. 큰 얼굴에 작은 눈의 부조화가 부담스럽게 보인다. 흘러내린 턱선 밑이 바로 어깨다. 짧은 목과 눈이 자라를 연상시킨다.

웬일인지 여자가 담뿍 웃음을 흘리며 들어온다. 이사 온 지 일 년이 되어가지만 여자는 얼굴 마주 대하는 것조차 하지 않았다. 오백만 원 보증금에 월 삼십만 원이란 월세를 제 날짜에 꼬박꼬박 거르지 않고 내지만 보아도 못 본 체 인사조차 없던 여자였다. 그러던 여자가 나를 향해 계속 휴지처럼 구겨진 웃음을 풀어낸다. 여자의 얼굴이 낯설다.

여자는 기웃거리며 둘러보더니 무언가 물어볼 듯하다 그만 둔다. 나는 여자가 무엇을 궁금해 하는지 알고 있다. 남자의 흔적이다.

"남편이 중국에 가서 사업을 해요. 자금을 대느라 잠시 이렇게 살고 있어요."

궁금해 하는 여자를 위해 말을 꾸며 둘러댄다.

"아, 그래요? 근데 아줌마는 무슨 일을 하세요?"

여자가 여전히 예의를 갖추며 묻는다. 이번에도 요양보호사라는 말을 하지 않는다.

"학원을 하고 있어요. 선생을 두고 하기 때문에 출퇴근이 일정하지 않아요."

"그렇구나. 아들은요?"

"고시공부 하느라 학교 근처 고시촌에서 있어요."

"아! 명문대 다니는 아들이 고시 공부를 하는구나."

"명문대요?"

여자는 들고 온 영수증을 내민다. 전기와 가스 요금고지서 그리고 아들의 대학등록금 고지서가 보인다. 여자가 웃는 웃음의 의미를 알아차린다. 명문대 다니는 아들은 보증금 오백만 원에 삼십만 원짜리 월세방에 살고 있는 여자의 삶을 충분히 상쇄시키고도 남는 듯했다.

"이집은 아줌마 혼자 쓰니 수도세는 오천 원만 내세요."

공동으로 나와 세입자들이 만 원씩 나누어 낸다는 수도요금을 깎아 주는 선심까지 쓴다. 나는 아들이 등록금을 준비하지 못해 삼 학기나 쉬었다는 것도 말하지 않는다. 학원을 했다는 것은 거짓이 아니다. 요양보호사가 되기 전에는 빵집 직원으로 일했고 또 그 이전에는 정말로 학원을 했었다.

학원 운영에는 자신이 있었다. 학생들은 공부와 상관없이 재미있으면 모이기 마련이다. 개그맨 같은 선생 구하는 것이 관건이다. 시험기간에는 근처 학교에서 몇 년 전부터 출제된 시험지를 모아서 중요한 것을 추리고 외우게 하였다. 학생들 성적이 올라가자 학부모들 입에 오르내리며 학생 수가 불어났다.

은행 융자를 잔뜩 얻어 연 학원은 그럭저럭 굴러갔다. 통장에 돈이 잠시 모아지기도 했다. 미국에서 터진 금융위기가 우리 학원에 시한폭탄으로 떨어졌다. 아이들이 하나둘씩 그만 두기 시작했다. 선생님 월급은 계속해서 나가고 운영비며 은행 이자에다가 월세까지 꼬박꼬박 나갔다. 금융위기를 겪은 미국은 아직도 건재한데 내가 운영하는 학원은 우박

맞은 배추밭처럼 구멍이 숭숭 나더니 마침내 폭삭 가라앉았다. 급기야는 집 안에 딱지가 붙더니 집이 경매로 넘어갔다.

"우리 딸도 이 댁 고시공부 하는 아드님에게 과외를 좀 받으면 안 될까요?"

아줌마 집이 이 댁으로 변하고 아들이 아드님으로 변하는 데는 명문대 등록금 고지서 한 장이면 충분하였다. 나는 모처럼 어깨에 힘이 들어간다.

"우리 아들은 학원 강의만 하지 개인적인 과외는 하지 않아요. 그것이 수입이 훨씬 낫거든요. 이 집에 서너 번 왔었는데 못 보셨어요. 거 왜 있잖아요. 귀공자처럼 생긴 애. 승하, 박승하요. 우리 애가 승하를 닮았지만 승하보다 얼굴이 얄팍해서 더 곱게 생겼다고들 해요. 학원에서 우리 아들에게 강의 한번 들으면 성적이 쑥쑥 올라간다고 좋아해요. 이상해요, 잘생긴 명문대 생이 가르치니까 저절로 공부가 머릿속에 들어가나 봐요."

아들에 관한 말을 할 때면 언제나 흥이 나고 목소리가 높아진다.

"아드님이 엄마 닮았으면 정말 잘생겼겠네요. 우리 딸도 어떻게 좀 안 될까?"

여자가 다시 치근댄다. 나는 안 된다고 딱 잘라 말한다. 웬만하면 월세 정도 감면받고 아들에게 가르치라고 할 수도 있지만 사정이 있다. 아들은 지금 생계형 병역면제 신청을 해 놓고 있다. 면제를 받게 될 때는 마지막 학기 등록을 내야 되고 받지 못할 때는 군대에 나가야 한다. 재산과 월수입과 피부양자의 수가 병무청에서 정한 조건을 만족시킬 때 군대가 면제된다. 우리는 가족 이름으로 등기된 재산이 아무 것도 없고 올해 내가 만으로 오십이 되고 딸아이가 아직 19세 미만이니 피부양자 가족이 둘이다. 게다가 나는 몇 년 째 일정한 소득이 없다. 병무청에서 요구하는 조건에 이 보다 더 완벽할 수 있을까 싶게 해당된다. 하지만 자꾸 불안한 생각이 드는 것은 내 나이에 대한 기준이다. 신청할 당시에는 오십을 며칠 남겨둔 상태이고 딸이 열아홉이 며칠 남아 있는 상태다. 딸과 나는 생일이 이틀 차이다. 엄밀하게 따지면 이틀 때문에 면제 여건에 맞지 않는다. 생각이 거기까지 미치자 머릿속이 다시 막막해 온다. 얼추 판정이 내려졌을 기간이 지났는데 아직까지 면제되었다는 소식이 없다.

"우리 딸도 좋은 선생만 만나면 인서울 할 텐데……. 이 변두리에서는 좋은 선생 만나기가 쉽지 않아요. 어떻게든 인서울 해야 할 텐데……. 그러지 말고 아드님께 얘기 좀 해 봐요."

집주인 여자는 딸 아이 성적이 좋지 않은 것을 선생 탓으로 돌린다. 여자는 미련을 못 버리고는 다시 한 번 치근댄다.

"따님은 공부 잘 해요?"

여자는 배시시 웃으며 말한다.

"유전인가 봐요. 꼭 나 학교 다닐 때만큼 해요. 나 공부 못했거든요."

공부를 잘했다고 말했어도 이보다 더 당당하지는 않았을 것이다. 너는 공부 잘 했니? 아들은 엄마 머리 닮는다고 잘 했겠지. 하지만 우리 집 지하방에 월세 살고 있지 않니? 난 공부 못했어도 다가구 주택 주인이다. 공부를 못했다고 당당히 말하는 여자의 말이 내 귀에는 그렇게 들렸다.

남편이 죽자 두 돌 지난 딸은 아비 잡아먹은 딸이 되었다. 시어머니는 딸을 나만큼 미워했다. 내가 딸과 합동으로 당신의 아들을 잡아먹었다고 공공연하게 떠들었다. 사람들이 삼십 대에 과부가 된 나와 돌쟁이 딸을 위로할라치면 시어머니는 아들 잃은 당신이 더 슬프다고 우리를 제쳐놓았다. 과부가 된 내가 오히려 시어머니를 위로해야 했다. 사춘기를 지나던 딸의 귀에 시어머니의 흉한 악담 소리가 들어갔다. 딸은 점점 밖으로 나돌아 다니며 이상한 친구들을 사귀더니 어느 날 가출을 했다. 일년이 되어간다.

눈만 뜨면 미친 듯이 딸을 찾으러 다녔다. 인터넷 가출 청소년 카페에도 수시로 들락거렸다. '중3, 여, 일랭(일행)이나 팸(패밀리)으로 끼워주실 분 구해요'란 제목으로 글이 올라왔다. 언니들과 함께 살고 있는데 바꾸고 싶어요. 그년들이 나를 하녀 취급해서 도망 나왔어요. 혼자니까 무서워요. 빨리 팸을 만들고 싶어요. 아이디는 까뮤였다. 까뮤는 집에서 기르던 강아지 미니핀의 이름이다. 메일을 보냈다. 동대문 전철역 3번 출구에서 만나기로 약속을 했다. 그날 그곳에 까뮤는 나타나지 않았다. 이후 카페에서도 까뮤의 모습은 보이지 않았다.

잘 생각해 보라는 여운을 남기고 여자가 나간다. 죽고 싶다. 하루에도 몇 번씩 죽고 싶다.

밤새 굵은 장대비가 쏟아지는 날이었다. 집 안도 집 밖처럼 습해서 물속에 있는 것 같았다. 세간마다 붉은 딱지가 붙어 있고 머지않아 집도 경매로 넘어가기로 되어있었다. 문을 열고 밖을 내려다보았다. 여기서 훨훨 난다면, 세상이 나를 버리기 전에 내가 이 진절머리 나는 세상을 버린다면 얼마나 통쾌할까. '고통은 사라지고 안락한 휴식만이 있어.' 깊은 바닷속 같은 어둠은 나에게 그렇게 속삭였다. 그때 전화벨 소리가 울렸다. 나도 모르게 수화기를 들었다. 전화기 너머에서 시끄러운 잡음 소리와 함께 울부짖는 소리만이 가득했다. 엄마가, 엄마가 베란다 밖으로 뛰어 내렸어. 한동안 울부짖던 시누이가 말했다.

시어머니는 선수를 치는 데는 슈퍼급 선수였다. 내가 머리가 아프다고 하면 시어머니는 다섯 군데 아픈 데를 대며 자신이 더 아프다고 했다. 남편 잃고 울고 있는 내게 아들 잃은 자신은 다섯 배 정도 더 슬프다고 했다. 시어머니는 저 세상으로 가는 것마저 내 앞에서 선수를 쳤다.

자라목의 여자는 병도 주고 약도 주고 나갔다. 앞으로는 지하방에 산다고 더 이상 멸시하지 않을 것이다. 그러나 약이 오른다. 세상살이가 성적순이 아니란 것이 약 오르고, 세상살이가 생긴 것처럼 살아지는 것이 아니라는 것이 약 오르고, 세상살이가 노력하는 것만큼 살아지는 것이 아니라는 사실이 죽고 싶을 만큼 약 오른다.

작은 창문을 통해 책받침만한 서향 볕이 지하방까지 들어와 있다. 높은 습도와 더운 열기로 인해 목덜미에서부터 땀이 줄줄 흐른다. 속옷을 챙겨 화장실로 가 옷을 벗는다. 거울 속에 오십이 막 된 여자의 몸이 비친다. 마지막 발악을 하는 노을처럼, 매달 붉고 많은 양의 생리 혈을 쏟아내는 몸이 거기에 있다. 발악처럼 남자의 몸을 생각하고 그리워하는 몸이 거기에 있다. 젊은 날에는 오히려 남자 생각이 덜 났다. 사십 후반에 접어들고부터 내 몸은 발악하고 있다. 찬물을 틀어 뜨거워진 몸을 식힌다. 물이 미지근하다. 물에다 얼음 한 사발 쏟아 부었으면 좋겠다.

대학동창들과의 저녁 약속은 인사동 골목에서 있다. 전철을 타자 광고 전광판에서 기상케스터가 입을 움직인다. 그 밑으로 '서울 36도'라는 자막이 나온다. 올 들어 가장 더운 날이라지만 지하철은 동굴 안처럼 시원하고 평온하고 한산하다. 내가 탄 칸은 폭염으로 인하여 냉방을 최대한으로 가동하니 시민들께서는 참고하라는 안내방송이 나온다. 가끔씩

폭염주의보가 내린 것 같은 내 인생에 냉방을 최대한 틀어 더위를 식혀
줄 수 있는 것이 무엇인가 잠시 생각해 본다.

음식점 안 역시 시원하고 평온하고 한산하다. 휴가는 갔다가 왔어? 음
식점 주인인 정수가 반기며 악수를 청하며 말한다. 그때서야 휴가철이
란 걸 깨닫는다. 세상은 나를 외로 세워 놓고 저 혼자만 앞으로 달려간
다. 남편이 죽고 나서 휴가를 가 본 적이 없다.

애써 웃고 있는 정수의 눈시울이 붉어진다. 스무 살 때 처음 만나 사랑
이란 걸 한 이후 삼십 년이 지난 지금도 정수는 나를 보면 눈시울을 붉
힌다.

사랑은 적당한 구속과 집착이 필요하다. 그는 사랑이란 걸 했다지만
그를 만나면 만날수록 나는 외로웠다. 가슴 속에 뜨거운 사랑을 품고 있
어도 꺼내어 보이지 않으면 그건 사랑이 아니다. 그는 언제나 변함없이
한 곳에 심어져 있는 나무 같았다. 식물처럼 다가가는 방법도 그것을 태
우는 방법도 몰랐다. 그는 나를 지치게 했다. 화나게 했다. 그리고 떠나
게 했다. 결혼한다고 했을 때 눈시울을 붉히더니 혼자가 되었다고 했을
때도, 부도가 나 벌려놓은 학원 문을 닫았다고 했을 때도 저렇게 눈시울
만 붉혔다. 정수는 삼십 년이 지난 지금도 부담 없이 찾아올 수 있게 하
는 사람일 뿐이다.

룸에서 먼저 온 친구들이 손짓을 한다. 휴가를 떠난 친구들은 없나 보
다. 시어머니가 입원해서 못 나온 친구 이외에는 다 나왔다.

남편 잘 둔 친구는 남편 얘기만 하고 돈이 많은 친구는 돈 얘기만 한
다. 남편 얘기 돈 얘기에 입을 꾹 다물고 있는 내게 돈 얘기만 하던 친구
가 물었다.

"너네 박승하 닮은 아들은 졸업했니?"

그 친구가 처음 아들이 박승하 닮았다고 해서 모두들 그렇게 말한다.

"아니, 가을학기 한 학기만 더 다니면 졸업이야."

아들이 돈 얘기만 하는 친구 딸을 가르쳤었다. 친구는 마치 자기 사위라도 되는 양 떠들다가 학원이 부도가 난 걸 안 다음부터는 모르는 체한다.

"취직이 어렵다 어렵다 해도 너네 아들은 잘 되겠지 뭐. 니 아들은 요즘 세상에 천연기념물이야. 고시공부하면서 학원 강의도 하며 그렇게 집안을 돕는 것을 보면 효자야."

남편 잘난 것이, 돈 많은 것이 미안한지 친구들은 한껏 아들을 부추긴다.

집이 경매 당하자 살림살이를 이삿짐센터에 맡기고 아들은 고시원으로 나는 친정집으로 흩어졌다. 가출한 딸은 그때까지도 소식이 없었다. 아들은 학원에 나가 벌고 나는 요양사 자격증을 따 노인들을 돌보기 시작했다. 그렇게 육 개월 만에 지하방 보증금 오백만 원을 만들어 이삿짐센터에 맡긴 짐을 찾아왔다. 요양보호사 생활을 해서 벌었다 해야 대부분 생활비로 들어갔고, 아들이 학원에서 벌어 만든 돈이었다.

부모들 얘기로 화제가 옮겨간다. 남편이 요양원에 있는 어머니를 모시고 오고 싶다 하여 갈등하고 있는 친구도 있고, 형제들끼리 돌아가면서 한 달씩 모신다는 친구도 있고, 시아버지가 잘 나가 아직까지 시집살이 하는 친구도 있다. 이젠 요양원에 보내드리는 것이 흉이 아니다. 자연스런 대세라는 얘기들까지 흘러나온다.

나에게 재가 서비스를 받고 있는 주인 부부가 부부 사이를 악화시키며까지 이불에 오줌발을 내뿜는 아버지를 집에 모시는 이유가 있다. 언젠가 부부싸움 끝에 시설에 모시자는 주인여자에게 남자는 소리쳤다. 아버지를 시설로 모셔? 그럼 그러자. 아버지를 시설로 모시고 우리가 아버지 거 모두 다 포기해. 주유소도 포기하고 땅도 다 포기해. 주유소가 있는 사거리 일대의 땅이 노인의 소유라 했다.

늘 그렇듯이 다음에는 건강으로 화제가 옮겨갔다. 여기저기 하나씩 고장이 안 난 곳이 없다. 누군 관절이 아프고, 누군 오십 견이 오고, 누군 우울증과 불면이 함께 오고, 누군 눈이 아프고, 누군 체중이 불어나 한방약으로 치료중이고, 누군 이미 오래전에 폐경이 되어 살이 불어나고……. 미리미리 검진하여 고쳐 쓰면서 사는 날까지 건강하게 살아야 한다는 얘기로 늘 결론이 난다.

이상한 일이다. 천해지니 아픈 곳도 없다. 어떤 날은 오전에 4시간과 오후에 8시간 일을 하고 돌아와 누우면 아침이다. 남들은 점점 잠이 없어진다지만 머리를 땅에 대고 누우면 금방 달콤한 잠이 온다. 감기조차 걸려본 적이 없다. 그렇게 많은 신경을 쓰며 살아가지만 소화가 안 되어 애쓴 적도 없다. 친구들은 관절이 아파 약을 먹고 물리치료를 한다지만 하루 종일 걸어 다녀도 내 관절은 끄떡없다. 폐경이 된 친구들은 우울증까지 호소하지만 때가 되면 오겠다고 단단히 약속한 손님처럼 하루도 늦은 적이 없이 달거리가 찾아온다.

젊은 날, 내가 차 버린 남자가 운영하는 음식점에서 갖는 대학동창모임에 나는 거의 빠지지 않고 나온다. 나도 한때는 너희들보다 더 잘 나가던 시절이 있었다. 미팅에 나가면 언제나 주선하던 애와 짝이 되었다. 주선자에게 어느 정도 선택권이 있다는 것을 나중에 알았다. 고르고 고른 것이 결국은 삼베천이라고, 그렇게 많은 남자들 중에 고른 남편이 일찍 죽고, 오십에 들어선 지금 더 이상 내려갈 곳이 없는 곳까지 내려와 서 있다. 하지만 나는 올라갈 것이다. 너희들이 속한 시원하고 평온하고 한가로운 그런 세상으로 반드시 올라갈 것이다. 그런 다짐을 하기 위해 나는 동창회에 빠지지 않고 참석한다.

가방 속에서 문자 신호음이 들린다. 가방을 열어 눈으로 문자를 확인 한다.

오늘 8시. 난 OK 사인을 보낸다.

아들이 온다고 하니 먼저 가 보겠다며 일어난다. 화제는 아직까지 많 이 남아 있다. 다음은 점점 정이 벗어져 가는 남편들 얘기로 이어질 것 이다.

"먼저 가게?"

카운터에 앉아 있던 정수가 일어나며 말한다.

"응. 아들이 온대."

"별 일은 없고?"

사는 게 온통 별 일인데 별일이 없냐고 묻는다.

"응. 별일은……. 맨날 그렇지 뭐. 군대 나간 아들은 제대했어?"

"아니, 제대하려면 33일 남았어. 첨엔 고생하는 거 생각하면 잠이 안 왔는데 이젠 눈에 안 보이니까 오히려 편해지더라고. 그러니까 제대할 때가 되었네."

"유학 간 딸은 잘 있어?"

나는 딸 안부도 묻는다.

"잘 있다니까 그러려니 하는 거지 뭐. 애만 안 낳아 오면 된다고 그랬어."

세월이 무섭다. 윤리 교과서 같던 정수에게 애만 안 낳아 오면 된다는 말을 가르쳐 준 세월이 무섭다.

　너를 지켜줄 수 있어서 기뻐. 여행길에서 돌아와 헤어지며 정수가 말했다. 내가 무슨 휴전선이라도 돼. 지켜 주게? 나는 중얼거렸다. 솔직히 여행길에 쫓아 나섰을 땐 모든 것을 다 각오한 것이었다. 돌아오는 길에 내가 다짐했던 그 각오가 부끄러웠다. 스무 살이 넘은 남녀가 한 방에서 이틀을 같이 지내고도 초등학생처럼 천진하게 잠들 수 있다는 것은 친구지 그것은 연인관계가 아니다. 그날 이후로 정수는 내게 친구가 되었다.

　정수에게서 대한민국의 오십대 남자의 평범한 모습을 본다. 내가 만일 그와 결혼했다면 시어머니의 말처럼 저 사람도 내가 잡아먹었을까? 남편이 다른 여자와 결혼했다면 남편은 지금 저 사람 같은 모습으로 살고 있을까? 안에서 친구들의 웃음소리가 요란하게 흘러나온다. 50대 여자들의 평균 모습을 가진 친구들이다. 나는 욕심이 없다. 그저 내 나이 또래들과 반쯤만이라도 비슷하게 살고 싶다.

　낮에 보면 죽은 듯이 가만히 있던 건물이 밤이 되니 마치 살아난 듯하다. 건물을 장식한 붉고 푸른 전등들이 번쩍번쩍 거린다. 모텔은 지하철에서 나와 산 쪽으로 얼마 걷지 않는 거리에 있다. 모텔 어디에도 사람은 보이지 않는다. 입구에서부터 모두 무인 시스템이다. 엘리베이터를 탄다. 오층에서 내린다.

　욕조에 물이 가득 담겨져 있다. 몸을 담그자 내 몸만큼의 물이 출렁대며 넘친다. 누구에게나 자신이 감당할 만큼의 고통이 있어 고통이 넘치면 이렇게 흘러내렸으면 좋겠다. 남자가 욕실 문을 열고 들어온다. 남자는 내 머리에 물을 축이더니 샴푸를 묻혀 가만가만히 문지른다. 비누거품이 얼굴로 내려온다. 눈을 감는다. 린스를 바르고 조심스럽게 헹군다.

손바닥에 비누를 묻혀 얼굴을 문지른다. 얼굴의 비누기를 물로 닦아 내리더니 내 몸을 안아 일으켜 욕조에 걸터앉힌다. 나는 아이처럼 남자에게 몸을 맡기고 그가 하는 대로 내버려둔다. 남자는 때수건을 쓰지 않는다. 손바닥에 비누를 묻혀 몸 구석구석 발가락 하나하나까지 골고루 문지른다. 남자는 샤워꼭지를 틀어 내 몸의 비누기를 깨끗이 없앤다.

"아버지는 평생 누구에게든 욕 한번 안 해 본 분이셨어. 그런 분이 치매에 걸리시자 욕부터 해대는 거야. 특히 목욕할 때는 고래고래 소리를 지르시면서 욕을 해대는데 민망해서 볼 수가 없었지. 언젠가 욕실 문틈으로 당신이 아버지 목욕 시키는 것을 들여다보았어. 아버지가 욕하고 때리고 소리치는데도 당신은 말 한마디 없이 정성스럽게 아버지 몸을 닦았어. 당신이 성녀처럼 느껴졌어. 어떤 식으로라도 보답을 해 주고 싶어."

첫날 섹스를 끝낸 남자가 말했다. 그날 이후 주유소 사장인 남자는 나에게 폭염주의보가 내려진 숨 막히는 내 인생에 냉방 온도를 최대한으로 가동해 주겠다는 지하철 안내방송 같은 말을 가끔씩 한다.

"우린 진작 만나야 했어. 너를 만나기 시작한 후부터 내 사업이 불처럼 일어나고 있어. 사업뿐 아니야. 내 몸도 널 생각하면 머리끝에서 발끝까지 달구어지는 걸 느껴. 너 같은 여자는 첨이야. 기다려. 너와 결혼한다. 반드시 할 거야. 아내와 이혼을 생각하고 있어. 아내가 죽었으면 좋겠어. 아내가 죽지 않으면 죽게 하는 방법을 나는 알고 있어."

남자의 멘트는 날이 갈수록 더 자극적이다. 남자가 옷을 입고 떠난다. 그대로 누워 그 집에 재가 서비스를 나가지 말아야 할지 아님 그 남자를 만나지 말아야할지 생각한다. 그러다가 그 남자의 아내가 되어 함께 휴가를 가고 골프를 치러 다니는 공상을 한다.

남자가 떠났지만 찜통처럼 더운 날과 지하방을 생각하니 얼른 일어나지지 않는다. 오늘은 여기서 자고 가야겠다고 결정을 한다. 뒹굴며 텔레비전을 켠다. 9시 뉴스가 진행되고 있다. 폭염 속 비닐하우스 안에서 작업하던 농부가 일사병으로 죽은 사건을 보도한다. 정화조 청소를 하던 인부가 가스에 중독이 되어 죽고, 물놀이 하던 대학생이 익사한 사건을 보도한다. 이번 더위로 6명이 죽고 56명이 치료중이라고 한다. 화면 밑으로 탤런트이자 영화배우이자 가수 박승하 자살이라는 자막이 흐른다.

갑자기 머릿속이 텅 빈다. 아들이 자살했다는 소리처럼 들린다. 아들에게 휴대전화를 건다. 받지 않는다. 또 건다. 또 받지 않는다. 계속해서 건다. 계속해서 받지 않는다.

아들이 가끔 전화해서 엄마 괜찮아? 하고 물었다. 그건 지금 죽고 싶을 만치 힘들다. 엄마 생각해서 죽지 못하고 있다는 말로 내 귀에 들렸다. 나도 가끔 아들에게 전화를 걸어 괜찮으냐고 물었다. 아들 역시 엄마가 지금 죽고 싶을 만큼 힘들다. 너를 생각해서 죽지 않고 살아가고 있다는 의미로 듣고 있을 것이다.

서둘러 모텔을 나온다. 지하철을 탄다. 서울대 입구에서 내려 고시촌으로 달려간다. 희망고시원. 학교 근처에 있다는 것만 알았지 어디에 있는지 모른다. 복덕방에 물어 보려고 했지만 다들 문을 닫았다. 일천고시원, 태광고시원, 형설고시원, 꿈타레고시원, 성립고시원……. 어디에도 희망고시원은 보이지 않는다.

놀이터는 텅 비어 있다. 벤치에 앉아 다시 아들에게 전화를 건다. 엄마! 신호가 두 번 울리자 아들 목소리가 나온다. 휴! 긴장했던 마음이 풀어지자 정신이 아득해 진다. 휴대전화를 떨어뜨린다. 엄마! 엄마! 땅바닥에서 아들이 애타게 부른다.

"우리 아들 잘 있나 해서……."

전화기를 주워들고 조용히 말한다.

"응, 그냥 그렇지 뭐."

아들 목소리가 더위 먹은 것처럼 힘이 하나도 없다.

"별 일 없니?"

별 일이 있는 것처럼 느껴져 묻는다.

"낮에 하도 답답해서 병무청에 가 봤어. 근데 아직 판정이 나지 않았는데 안 되기가 쉽대."

눈앞이 깜깜해진다.

"그럼 어떻게 되는 거야?"

나는 물으나 마나 한 걸 묻는다.

"할 수 없지 뭐."

아들 목소리 끝이 떨리며 목이 잠긴다.

"하지만 엄마!"

아들이 단호하게 부른다.

"……."

나는 대답할 기운조차 없어 가만히 있다.

"내가 병무청 직원을 붙들고 울었어. 살려달라고……. 내 동생과 엄마를 좀 살려달라고……. 내가 군대 나가면 우리 식구들 다 굶어죽는다고 울며 매달렸어. 직원이 가만히 쳐다보더니 이것저것 묻더군. 나는 아주

애매하대. 이틀이 모자란대. 확실한 대답은 하지 않고 기다리라고 했어."

아들의 목소리에 다시 울음이 섞인다.

달구어진 모래에서 뜨거운 기운이 올라온다. 자정이 지났는데도 열대
야는 누그러들 줄 모른다. 제철 만난 모기들이 종아리에 그악스럽게 달
려든다. 내 동생과 울 엄마 다 굶어 죽는다고요. 울부짖는 아들 목소리
가 귓가에서 자꾸 맴돈다.

여태까지는 아들이 내게 혹이었다. 괜찮은 재취(再就) 자리를 아들 때
문에 포기했다. 아들 인생에 흠집을 내는 것 같았다. 내가 견디더라도
어미로서 할 수 있는 것은 다 해주고 싶었다. 그런데 이제 서서히 나는
아들에게 혹이 되어가고 있다.

목구멍으로 무언가 치밀어 올라와 토해져 나온다. 윽윽! 울음이다. 한
참을 울다보니 나는 우는 것이 아니고 웃고 있다. 흐흐흐흐, 벤치에 앉
아 두 무릎을 끌어안고 미친 여자처럼 웃는다. 웃고 있는데 가슴 저 밑
바닥에서 복중(伏中) 태양보다 더 뜨겁게 이글이글 타오르는 것이 있다.
그건 누구를 향한 것인지 알 수 없는 살의다. 주인집 여자였다가 자라목
여자였다가 친구들이었다가 나였다가 모르는 다른 누군가였다가 뒤죽
박죽이 된다. 살의는 점점 더 기승을 부리며 한여름 밤의 열기처럼 타오
른다.

허리춤에 찬 벨트를 푼다. 벨트 한쪽 끝을 나무의자 틈새에 넣었다가
다른 나무 틈새로 끌어내어 고리를 만든다. 그 고리 안에 내 목을 넣는
다. 살의는 더욱더 강렬하다. 나는 천천히 벨트를 조인다. 숨이 막힌다.

그때였다.

"찌찌찌지 찌찌찌지……."

어디선가 끊이지 않고 이어지는 작은 소리가 들린다.

"찌찌찌지……. 찌찌찌지……."

딸이 코감기로 애 쓸 때 코에서 삐져나오는 소리 같기도 하다.

"찌찌찌찌……."

가만히 들어보니 풀벌레 소리 같기도 하다.

"찌찌찌지……."

이어지는 소리 사이로 가는 끄나풀 같은 바람 한줄기가 불어와 얼굴을 스친다.

벼랑 끝에 선 남자

벼랑 끝에 선 남자

 문을 열어준 사람은 웬 뚱뚱한 중년 여자였다. 머리가 부스스해서 막 낮잠을 자다가 일어난 것처럼 보였다. 나는 그녀가 여자의 친척쯤 될 것이라고 생각하며 대수롭지 않게 안으로 들어가려고 했다. 그녀가 놀라며 나를 문밖으로 내몰고 거칠게 문을 닫았다. 성급히 문 잠그는 소리가 났다. 안에서 흥분한 여자의 날카로운 목소리가 들렸다. 그녀는 놀랍게도 이사 온 지 일주일이나 되었다고 말했다.

 나는 내 집이라고 소리치며 다시 문을 두드렸다. 안에서 간헐적으로 여자의 비명이 들렸다. 잠시 후 층계 아래에서 경비가 허겁지겁 달려왔다. 경비는 나를 보고 뜻밖이라는 듯이 그 자리에 섰다. 그는 늘 팔짱을 끼고 다니는 여자와 나를 드물게 금실이 좋은 부부라며 부러워하곤 했다.

 경비가 눈앞에 벌어진 상황을 판단하기까지 그렇게 오랜 시간이 걸리지 않았다. 그는 대충 상황을 짐작하고는 자초지종을 더 알고 싶어 했다. 호기심이 가득한 얼굴에는 조롱에 가까운 웃음까지 띠고 있었다.

"짐도 별로 없더라고요. 저녁 어스름이 질 무렵인데 차가 오더니 짐 몇 개 싣더니 휙 가 버렸어요. 사장님 모습이 보이지 않아 어쩐지 이상하다 생각했죠."

경비가 능글거리며 말했다. 나는 분노와 창피로 얼굴이 화끈거렸다. 경비는 계속 야릇한 시선을 보내며 그날 상황을 더 얘기하려 했다. 나는 경비의 시선을 뒤로하고 주차장으로 달려갔다. 시동을 걸었다. 경비가 백미러 속에서 반쯤 뜬 눈으로 웃음을 마구 흘렸다.

차를 몰았다. 눈앞에 아무 것도 보이지 않았다. 머릿속이 하얗게 빈 것처럼 아무 생각도 나지 않았다. 나는 기계적으로 액셀러레이터를 밟았다.

얼마 후 나는 외곽순환도로를 달렸다. 미친 듯이 달렸다. 모든 차들이 뒤로 엉금엉금 기어가는 것처럼 느껴졌다. 나는 속도를 늦추지 않았다. 아니 더욱 더 액셀러레이터를 밟았다. 속도계 바늘이 시속 160킬로미터를 가리켰다. 이대로 방음벽 난간에 부딪혀 죽고 싶은 심정이었다.

한 달 예정으로 떠난 여행이었다. 떠난 지 열흘 만에 여자와 연락이 되지 않았다. 여자는 두 번 이상 벨을 울리게 하지 않았다. 언제 어디서나 전화를 받기 위해 손에 휴대폰을 들고 다니던 여자였다. 여자와 통화를 하고 싶으면 언제나 할 수 있었다. 그런 여자가 전화를 받지 않았다.

처음부터 내키지 않았던 이번 여행이었다. 여자는 내게 여행을 떠날 것을 은근히 그러나 꽤 집요하게 권했다. 선뜻 결정하지 못하자 여자는 내 가슴속 자리하고 있는 부성애를 들먹이며 유학 간 아이들에게 다녀올 것을 종용했다. 엄마 없는 아이들을 유학 보내 놓고 들여다보지 않는 무심함을 나무랬다. 여자의 말을 들으며 나는 아이들을 피하고 있는 나를 보았다. 아비가 자식을 두려워한다는 것이 마음에 걸렸다. 이번 여행은 그러한 내 마음 속에 있는 두려움을 없애자고 떠났다.

아내가 죽고 나서부터 아이들은 방학 때조차 한국에 나오지 않았다. 매달 꼬박꼬박 통장으로 돈을 입금시키고 나면 내가 아이들에게 해 줄 것은 없었다. 아이들은 받았다는 말도 어떻게 살아가고 있다는 말도 하지 않았다. 전화를 걸면 묻는 말에만 짤막하게 대답했다.

캐나다에 건너갔을 때도 아이들은 나를 보고 기뻐하지 않았다. 나는 아이들과 토론토의 한복판에 있는 음식점을 찾았다. 아이들은 어떤 음식점을 고를까 하는 아주 사소한 것을 가지고 싸웠다. 작은아이가 형이 지겹다며 방을 따로 얻어 달라고 말했다. 금방 큰 아이도 동의했다. 나는 형제가 먼 나라에서 서로 의지하며 살아야 하지 않겠느냐고 아비로서 당연한 충고를 했다. 그랬더니 그런 아버지는 왜 엄마를 배반했냐고 물었다. 아이들은 아직까지 위암으로 죽어간 엄마를 아버지 탓으로만 여겼다. 어쩜 아이들 생각이 맞을지도 모른다. 여자를 만나지 않았다면 아내는 아직도 살아 있을까.

깊은 늪과 같은 여자에 빠져 헤어나지 못하고 있을 때 아내는 소화불량을 호소했다. 나는 병원에 가 보라고 대수롭지 않게 말을 했을 뿐 관심을 갖지 않았다. 그때 병원에 갔더라면 위암은 초기에 발견되었을 것이고 수술은 성공적으로 끝났을 지도 모른다. 그러면 지금쯤 아내는 유학 간 아이들을 챙기고, 나는 여자와의 관계를 청산하고 아내에게 돌아왔겠지. 남들처럼 평범하게 아내와 나는 아이들의 진로문제로 갈등을 하고 할머니 할아버지가 된 이후의 노후를 설계했겠지.

106

처음 아내는 아주 조금씩 나를 의심하기 시작했다. 개만큼이나 발달한 후각을 가진 아내는 내게서 향수 냄새를 맡았다. 나는 여자에게 향수를 쓰지 못하게 했다. 아내는 왜 화요일이면 늦느냐고 물었다. 나는 여자와 만나는 날을 바꾸었다. 왜 잠자리를 피하느냐고 물었다. 나는 도무지 흥미가 없는 아내에게 의무방어를 했다. 그리고 일일이 내 출장지를 아내에게 보고해야 했다.

어느 날 아내는 내가 그 여자와 한 차를 타고 가는 것을 목격했다. 그때 아내는 위암 말기 판정을 받고 집으로 돌아오던 길이었다. 아내는 자신의 위암 말기 판정보다 여자와 나와의 관계를 더 억울해 했다.

속도위반 감시카메라에 붉은 빛이 번쩍 들어왔다 사라졌다. 순간 정신이 번쩍 들었다. 쉬어야겠다. 쉬지 않으면 무슨 일이라도 저지를 것 같았다. 나는 깜박이를 켜고 속도를 늦췄다. 갓길에 차를 세우고 핸들에 얼굴을 묻었다. 나 자신이 한심했다. 어디서부터 어떻게 잘못된 것일까. 나는 지금 어디에 서 있는 것일까.

한참 후 핸들에서 얼굴을 떼자 산을 깎아 쌓아놓은 축대가 보였다. 축대는 굵은 쇠그물망으로 씌워져 단단히 벽에 붙들어 매여 있었다. 많은 비가 내려도 무너지지 않을 듯 견고해 보였다. 철망 틈새로 지난여름에 무성히 자랐던 칡넝쿨이 축대를 따라 오르다가 주저앉은 듯이 누렇게 엎어져 있었다. 칡넝쿨이 감기지 않은 축대 옆으로는 풀들이 바짝 마른 채 있었다. 그 풀 옆으로 푸른빛이 보였다. 작은 소나무였다. 소나무는 축대에서 삐치듯이 자라 매달려 있는 것처럼 위태롭게 보였다. 마치 내가 손으로 벼랑 끝을 잡고 있는 것처럼 보였다.

아내는 결국 내가 죽인 것이다. 그것도 가장 잔인한 방법으로 죽였다.

물 한 모금 넘기지 못하는 아내는 통증으로 죽어가면서도 그 여자와 나에 대한 미움을 삭이지 않았다. 병실에서 아내의 악담을 귀가 아프도록 들으면서 나는 그 여자를 생각했다. 그 여자의 몸을 생각하고 그 여자에게서 나는 향기와 그 여자의 자유를 생각했다.

병실을 나가면 여자에게 달려갔다. 여자는 달려드는 나를 품에 안고 토닥거렸다. 여자의 품에 있으면 아내가 죽어가고 있다는 것도, 아내가 퍼붓는 악담도, 사람들이 손가락질을 하며 비웃는 소리도 잊을 수가 있었다.

여자는 내 몸 속에 있는 오감들을 모조리 들떠 일어나게 했다. 오감들은 제각기 맡은 쾌락들을 향해 질주하였다. 어느 감각 하나 처지거나 뒤지지 않았다. 그 오감이 회오리바람처럼 한꺼번에 하늘로 치솟아 오르고, 그것들이 마음껏 끼를 발산하고 나면 도덕이라든가 가족이라든가 가치관이라든가 하는 따위들이 내 몸속에서 빠져 나와 귀찮은 휴지조각들처럼 땅바닥에서 뒹굴었다.

만일 그때 누군가가 여자의 모습을 보면 그녀에게서 마치 살신성인하는 보살의 모습을 볼 수 있을 것이다. 제 몸을 던져 다른 사람의 마음속에 있는 온갖 번뇌를 잊게 해 주는 여자, 그런 여자가 쳐 놓은 쾌락의 미로에서 빠져 나올 수 있는 사람은 아마도 없으리라.

아내가 죽기 전에 마지막으로 한 것은 아이들을 캐나다로 유학 보내는 일이었다. 아이들에게 그 여자를 어머니라고 부르며 살게 하지 않겠노라고 했다. 아내는 자신의 자리를 그 여자가 차지할 것이라는 사실을 못 견뎌 하며 죽었다.

아내가 죽자 아이들은 아직 미성년자였기 때문에 아내 앞으로 된 재산이 모두 내게 들어왔다. 보험회사에서는 아내 명으로 들어놓은 거액의 암 보험금을 위로의 말과 함께 전달했다. 나는 아내가 그렇게 많은 돈을 가졌을 것이라고 생각하지 못했다. 아내가 그리웠다. 아내가 그리울수록 나는 여자를 탐닉했다.

어쩌면 나는 행복한 사나이일지 모른다. 아내는 평생을 쓰고도 남을 만큼의 돈을 남기고 죽었다. 곁에는 함께 있기만 해도 너무나 행복해 죽고 싶은 여자가 있다. 게다가 유학 간 아이들은 현지에서 잘 적응해서 살고 있다. 아마도 미스터리 스릴러 영화처럼 치밀한 계획을 세우고 일을 실행했어도 이처럼 완벽할 수 있을까.

내 인생이 엇나가기 시작한 여자에게 청혼을 했을 때부터였다.

"내가 당신에게 원한 건 아무 것도 없어. 당신 호적에 오르고 싶다고 한 적도 없고, 당신한테 돈을 달란 적도 없어. 난 언제나 당신이 주고 싶은 그만큼만 받았어. 더 달란 말도 하지 않았고, 더도 필요 없어. 만일에 내가 호적에 올라야 한다면 그건 당신이 아냐. 내 전 남편……, 내 아들과 함께 살고 있는 내 전 남편이야. 당신이 원하면 난 당신께 무엇이든 해 줄 수 있어. 그렇지만 결혼만은 안 해. 그깟 돈 몇 푼 있다고 날 당신 맘대로 할 수 있다고 생각하지 마. 맘만 먹으면 당신보다 더 많은 재산을 가진 사람 얼마든지 고를 수 있어."

결혼에 대한 여자의 생각은 단호했다. 나는 여자에게 살기 알맞은 집을 얻어 주었다. 그리고 은색 중형차와, 계절이 바뀔 때마다 철철이 옷을 사 주었다. 여자가 좋아하는 회를 사 주기 위해 밤새 고속도로를 달려 동해안을 찾기도 했다. 여자는 싫다는 말도 하지 않았지만 그렇다고 사달라고 조르지도 않았다. 언제나 내 의사에 순순히 쫓았다.

회사에 감원 바람이 일자 나는 회사에 사표를 냈다. 그리고 주식 시장이 열리는 시간이면 컴퓨터 앞에 앉아 있다가 장이 끝나면 여자를 만났다. 그것이 나의 하루 일과가 되어버렸다. 내게 남은 것은 아내가 남겨 준 돈과 그리고 그 여자밖에 없었다. 그런 여자가 나에게서 도망을 쳤다.

수원으로 나가는 인터체인지를 빠져 나왔다. 제일 먼저 간 곳은 여자의 전 남편과 아들이 살고 있다는 수원 외곽에 있는 아파트였다. 서너 번 여자를 이곳에 데려다 준 적이 있었다. 칠이 여기저기 벗겨진 삼십 년도 더 되었을 복도식 아파트였다. 가운데 경비실이 있고, 150세대가 경비실 앞에 설치된 엘리베이터를 이용하도록 되어 있었다. 한때는 중산층 젊은 새댁들이 살았을 법한 아파트 단지가 지금은 오래 되고 낡아 도시의 하층민이 살고 있다는 것을 한눈에 알 수 있었다. 청소가 안 된 복도와 누군가가 채소를 심기 위해 마구 파헤쳐 놓은 화단과, 복도에 내다가 쌓아 놓은 버려도 좋을 만큼 해묵은 그런 물건들이 그것을 말해 주었다.

꾸벅거리며 졸던 경비는 내가 사간 음료수 박스를 보더니 정신이 드는지 벌떡 일어났다. 나는 경비 주머니에 만 원 권 지폐 두 장을 쑤셔 넣었다. 경비는 자신의 일에 충실한 사람이었다. 그날그날 들락거리는 외부 차량을 모조리 적어 놓았다. 여자가 다녀간 것은 닷새 전이었다. 더 이상 여자가 그곳에 들른 적이 없다고 경비는 말했다.

여자는 나와 만나면서도 가끔 이 아파트에 들러 이혼한 전남편을 만나 잠을 자고 왔다. 여자의 전남편은 이혼한 지 오 년이 되었는데도 재혼을 하지 않았다. 아들하고 둘이 살았다. 여자는 지금도 전남편이 자신과의 재결합을 꿈꾸고 있다고 말했다. 그러나 여자는 아무에게도 속하고 싶지 않다고 말했다.

경비의 묵인 하에 거기서 여자를 기다리기로 했다. 차에 들어가 앉아 있다가 나오기를 몇 번이나 했는지 모른다. 끼니때가 되면 경비와 함께 밥을 시켜다 먹었다. 밤이 되니 견딜 수 없이 추웠다.

언젠가 여자가 크리스마스 때 어디선가 얻어온 사과초가 생각났다. 나는 조수석 앞에 있는 작은 서랍을 뒤져 그것을 꺼냈다. 아직 한 번도 불을 붙여본 적이 없는 초의 심지는 마치 성처녀 같은 느낌을 주었다. 불을 붙였다. 빨간 불이 타오르며 향이 났다. 나는 그 작은 불꽃이 차 안을 덥혀 주리라곤 기대하지 않았다. 그냥 불기운이 있으면 좋겠다는 생각에서 초를 켰다. 그런데 차 안은 사과 초의 불기로 따뜻해지기 시작했다.

여자를 처음 만났을 때도 마찬가지였다. 그 여자를 사랑할 것이라고는 전혀 생각하지 못했다. 그런데 아내의 표현을 빌리자면 나는 여자에 미쳐갔다.

여자를 처음 만난 것은 불행하게도 내 집에서였다. 그날 아내는 현관문을 따 주고는 배시시 웃으며 손님이 와 있다고 말했다. 손님은 부엌식탁 의자에 앉아 커피를 마시고 있다가 일어나 고개를 숙여 인사를 했다. 나는 인사를 받는 둥 마는 둥 부엌을 가로질러 안방으로 들어갔다.

이내 손님이 가는 현관문 소리가 났다. 아내가 방으로 들어와 옷을 받으며 수다스럽게 말하기 시작했다. 아내는 남편의 퇴근시간에 누군가를 집에 들여 커피를 마셨다는 것이 미안한 듯 했다.

"윗집에 사는 여자예요. 왜 먼젓번 집은 피아노 레슨 하는 집이었잖아요. 피아노 소리가 얼마나 시끄러웠어요. 당신도 나도 여러 번 싸웠잖아요. 얼마 전 새로 이사 온 위층은 너무 조용해서 누가 사나 늘 궁금했거든요."

아내는 윗집여자가 굉장히 마음에 드는 것 같았다. 말하면서 자못 흥분까지 했다.

"아까 저녁 찬거리를 사 가지고 오다가 엘리베이터 안에서 그 여자를 만났어요. 오 층을 누르니까 글쎄 육 층을 누르는 거예요. 그래서 육 층 사냐고 인사를 했어요. 그때 막 오 층 문이 열렸어요. 그냥 나오기 뭐해 커피 한잔 하고 올라가라고 했더니 순순히 따라 나오더라고요."

여자들은 시장 다녀오는 길에 잠시 만나 커피를 마신 사이임에도 불구하고 어떻게 서로에 대한 정보를 그렇게 많이 교환할 수 있을까. 나는 밥을 먹으면서 아내의 멈추지 않는 이야기를 들으며 내내 신기해했다.

아내는 같은 나이인데도 열 살 정도 젊어 보이는 그 여자의 젊음과, 그 나이까지 어느 것에도 구애받지 않고 혼자 사는 그 여자의 자유와, 몸에 걸친 것들 모두 가짜가 아닌 진품이라는 그 여자의 경제력에 대해 경이롭게 말하기 시작했다.

아내는 교직 생활 이십 년을 마치고 명예퇴직을 해 아내의 표현대로 말하자면 집에서 놀고 있다. 이십 년 동안 직장생활을 하며 혼자 힘으로 아이들을 키우고 살림을 하고 그리고 막중한 맏며느리 역할을 잘해냈다. 나보다 세 살이나 어리지만 함께 나가면 누나 같다는 소리를 빈번히 듣는다.

아내는 스스로 엄마로서 아내로서 며느리로서 구속받기를 좋아한다. 동료 선생들과 여행을 갔다가도 남들은 모처럼 집을 떠난 자유를 즐기는 그 밤에 아내는 혼자 무슨 핑계를 대서라도 돌아오기 일쑤다. 아무리 맏며느리라지만 피치 못해 시골에 못 내려가는 경우도 있으련만 아내는 무슨 수를 써서라도 꼭 내려가고야 만다. 내게 아내의 그런 모습은 별 것이 아닌 곳에 목숨을 거는 사람처럼 보인다. 하지만 아내는 그런 자신의 행동에 스스로 만족한다.

게다가 아내는 알뜰하다. 옷과 화장품 사는데 알뜰하고, 살림살이에도 알뜰하다. 모든 쇼핑은 세일 제품이 아니면 그들 중 가장 싼 물건을 선택한다. 나는 아내가 골라오는 물건들을 신기하게 바라보곤 한다. 그 물건이 어울리든 어울리지 않던 싸기만 하면 사들인다.

또 부모 형제들에게도 알뜰하다. 나는 아내가 그렇게 알뜰하게 모은 돈을 어디다가 쓸 것인가가 궁금하다. 어머니가 대형 냉장고로 바꾸고 싶어 할 때 아내는 냉장고 값을 동생들과 똑같이 나누었다. 막내가 형은 맞벌이고 게다가 형의 수입이 좋으니 좀 더 부담하라고 요구했다. 아내는 단번에 묵살했다. 나는 동생들 계좌번호를 알아내 아내가 이미 받은 몇 푼 안 되는 냉장고 값을 송금해 주었다. 아내가 어떻게 그 사실을 알았는지 한 달 내내 말하지 않아 곤욕을 치렀던 적이 있다. 누구나 똑같이 땀 흘리고 애써서 번 돈이라는 것이 돈에 대한 아내의 철학이다.

아내는 재테크에도 능하다. 명예퇴직금은 일시불로 받아 아파트 한 채를 사서 월세를 놓았다. 아내의 통장에 매월 꼬박꼬박 월세가 입금된다. 그리고 내 월급은 따로 적금을 들었다가 목돈을 만들어 이천 원짜리 코스닥 주식에 투자했는데 몇 배의 이익을 남기고 빠져 나왔다.

많은 돈이 아내 앞으로 들어왔는데도 아내는 여전히 콩나물을 무치고, 백화점 상설시장에 누워있는 철 지난 옷을 사며, 싸구려 세일품목의 가구들을 고르고, 교통카드를 충전시켜 지하철을 타고 다닌다. 내가 보기에는 아내는 돈이 전혀 필요하지 않은 사람이다. 돈이 있으나 없으나 똑같이 사는 것을 보면 돈의 효용 가치를 모른다. 좀 더 풍요로운 삶을 살기 위해 돈이 필요한 것이 아닌가.

아내의 눈에 여자는 어느 새 한심하면서도 놀랍고, 경멸하면서도 닮고 싶고, 질투가 나면서도 어여쁜 존재로 자리했다. 나는 그런 여자를 가까이 두었다가 나쁜 길로 빠질 수 있으니 조심하라고 아내에게 충고했다.

내가 우려해서인지 아내는 여자의 이야기를 내 앞에서 꺼내지 않았다. 그렇지만 나는 조금씩 변해 가는 아내의 모습에서 여자와 교류하고 있음을 알 수 있었다. 아내에게서 예전과 다르게 흥분된 듯한 모습과 한 톤 높은 목소리를 들을 수 있었다. 아내의 하루하루는 이전보다 더 활력이 있어 보였다. 예전에는 결코 볼 수 없었던 아내의 모습이다.

아내가 퇴직한 여선생들과 함께 여행을 떠난 것도 알고 보면 여자의 영향이었다. 며칠 동안 이렇게 살 필요가 없다는 말을 되풀이하더니 몇 날 며칠을 전화통에 매달려 함께 떠날 일행을 모았다. 일행이 결정되자 아내는 친구의 차를 타고 훌쩍 전국일주 여행을 떠났다. 떠나면서 해외여행의 전초전이란 말도 잊지 않았다.

아내가 떠난 날 밤, 초저녁잠이 많은 아이들은 먼저 잠들었다. 나는 모처럼 나만의 시간을 즐겼다. 위스키에 얼음을 넣고 창밖을 바라보고 서서 술을 마셨다. 술병에 별이 떨어진다는 목마와 숙녀를 읊어주던 젊은 날의 어떤 여자애도 생각했다. 메말랐던 시심을 꽤나 오랜만에 반추해 내려고 애를 썼다.

나는 원래 시를, 소설을 쓰고 싶었다. 읽기를 금지시킨 월북 작가 정지용의 시집을 구해 노트에 베껴놓고 외웠다. 「메밀꽃 필 무렵」을 따라 베껴 보기도 했다. 고교시절에는 가끔 백일장에 나가 상을 타오기도 했다.

114

아버지는 문학에 빠져있는 나를 용납하지 않았다. 기술이 있으면 밥걱정은 하지 않을 것이라며 문과를 이과로 바꾸게 했다. 수학은 나에게 영원히 풀리지 않는 수수께끼 같은 존재였다. 나는 이과에 가서 수학 때문에 꽤 오랫동안 애를 먹었다. 아버지는 그 당시 호황이어서 졸업만 하면 취직을 할 수 있는 기계과를 가게 했다. 나는 넉넉지 않은 살림과 동생들을 걱정하는 아버지에게 설득 당했다.

공대를 다니며 별 생각이 없는 친구들 틈에서 책 한 권 읽지 않고 지냈다. 강의가 없을 때는 나무 그늘에 앉아 포커를 하고, 가끔 고고장에 다니고, 시간이 허락하는 대로 미팅을 따라다녔다. 그렇게 아무 고민 없이 대학을 졸업했다. 그리고 탄탄한 회사에 들어가 기계를 설계하고 어떤 때는 현장에서 노무자들과 잔뼈가 굵어 오늘날까지 왔다.

아내는 수학과 출신이다. 살아가는 모든 것을 산출된 공식에 대입해 원칙대로 살아간다. 아내는 공식대로 살 뿐 고민하지 않는다. 그러한 아내가 편하지만 가끔씩 나를 못 견디게 한다.

언젠가 같은 방향의 직장 여직원을 차에 태워주었던 적이 있었다. 우연히 같은 방향임을 알고 태웠다. 칠칠치 못한 여직원이 차에 가방을 와르르 쏟았다. 이리 저리 살펴보며 다 챙겼는데 립스틱 하나를 챙기지 못했나 보다. 몇 달 뒤에 아내는 의자 밑에서 립스틱 하나를 찾아냈다. 나는 몇 달 전 여직원을 태웠다는 사실을 까마득하게 잊고 있었다. 아내는 립스틱이 왜 거기에 떨어져 있냐고 아내는 묻고 묻고 또 물었다. 아무리 모른다고 해도 또 묻고 물었다. 그때 여직원을 생각해냈다.

아내는 여직원을 찾아가 두 사람이 어떤 관계인지 확인하고 또 확인했다. 그냥 우연히 그 차를 탔을 뿐이라고 말해도 아내는 믿지 않았다. 앞으로 그런 일이 절대 없을 거라는 각서를 나한데도 또 그 여직원에게 받았다. 그러고 나서도 한동안 나에게서 감시의 눈길을 거두지 않았다. 그 후 회사에 아내가 의부증이라는 소문이 돌았다.

아내가 만들어 놓은 공식에 벗어나지 않으면 내 생활은 편안했다. 언제부턴가 나는 반항하지 않고 아내가 외워둔 공식 속으로 기꺼이 들어갔다. 그 속은 죽음같이 안온하다. 아무런 생각도 들지 않는다. 편안함만이 있다. 아내는 내 몸 속에 있는 아내가 보기에 천박하다고 느껴지는 감성의 싹을 잘라 버리려고 작정을 했나보다. 나의 감성은 아내의 의도대로 하나하나 제거되었다. 아주 오래 전에 제거되었다고 믿었던 그 싹이 놀랍게도 아내가 없는 이 밤에 꿈틀거리는 것이 아닌가. 내 가슴속에 말라 비틀어져 있던 싹은, 그 밤에 봄비를 듬뿍 맞은 알뿌리 화초처럼 고개를 디밀고 올라오고 있었다.

위스키를 혼자 한 병째 마시고 있었다. 머릿속이 몽롱해졌다. 한강변이 자동차들의 물결로 붉은 꽃이 가득 펴 있는 것처럼 보였다. 아내의 강요에 의한 안온함이 아니고 내 스스로 알코올 속으로 들어가 안온한 상태로 몰입했다. 빛깔과 모양과 향기가 각양각색인 꽃처럼 똑같은 편안함인데 스스로 들어간 편안함의 세계는 아내가 만들어 준 것과는 모양이 달랐다. 향기가 달랐다. 느낌이 달랐다.

현관문 두드리는 소리가 났다. 문을 열었다. 여자가 있었다. 젊었는지 예뻤는지 향기로웠는지 아무 것도 알 수 없을 정도로 나는 몽롱해 있었다. 여자는 코트를 하나를 걸치고 와서 내 앞에서 벗었다. 코트 안에는 있는 여자의 몸에는 아무 것도 걸쳐 있지 않았다.

사우나를 하고 오니 다른 경비가 부스 안에 있었다. 새로운 경비가 여

116

자를 찾는데 도움이 되지 않을 것 같아 경비와 사귀는 것을 포기했다. 그렇다고 무턱대고 기다릴 수만은 없었다. 여자가 갈 만한 곳을 생각해 보았다.

두 번째로 생각해 낸 것은 여자의 동생이 사는 곳이었다. 내가 그곳에 별로 기대하지 않았던 것은 먼저 살던 집과 그곳은 오 분 거리에 있었다. 전세금을 빼서 달아났다면 아주 먼 곳일 것이라는 생각에서였다.

그래도 가 보기로 했다. 여자의 아들을 찾아갔을 때도 여자의 동생 아파트를 찾아갔을 때도 내가 제일 먼저 하는 것은 주차장의 차를 살펴보는 일이었다. 여자는 동네 슈퍼마켓을 갈 때도 차를 몰고 갔다. 여자는 걷는 것을 아주 싫어했다. 운동은 일정한 시간을 정해 수영장에 가서 했고 그것이 끝나면 헬스를 했다. 차는 늘 여자 곁을 쫓아다니는 그림자와 같았다.

주차장에 시동을 끈 채 늘어선 차들은 꼭 숨을 멈춘 시체들 같다. 학살의 현장을 찍은 사진 속의 시체들처럼 차들이 즐비한 곳에는 여자의 차가 없었다. 주차장을 한 바퀴 다 돈 다음 건물 뒤 주차 공간이 좀처럼 있을 것 같지 않은 데서 용케도 여자의 차를 찾아냈다. 누가 봐도 차를 댈 공간이라고 생각하지 못했을 곳이다. 깊숙이 숨겨놓았다는 것을 알 수 있었다.

도색을 새로 해 색이 다르고 차번호가 바뀌었지만 첫눈에 그 차가 낯익었다. 차를 꼼꼼히 살펴보았다. 언젠가 수영장에서 누군가가 긁어 놓았다는 지렁이 모양의 흠이 교묘하게 감추어져 있었다. 손으로 만져보니 그대로 만져졌다.

조수석 앞 유리창에는 나무가 하나 그려져 있고 그 옆에 108동이라고 쓰인 스티커가 붙어 있었다. 어떤 단지 내의 차량이라는 것과 동을 표시해 놓은 것이라고 짐작 되었다.

여자가 동생 집에 있는 것이 틀림없다. 달려가 여자의 멱살을 끌고 나오려는 것을 그만 두었다. 동생이 모르는 사람이라고 우기면 나는 그저 불법침입자일 뿐이다. 나는 여자의 그 무엇도 아니었다. 구태여 이름 짓는다면 나는 여자의 내연남일 뿐이다.

내 차를 잘 보이지 않는 곳에 주차시키고 여자의 차가 보이는 가장 먼 장소로 가서 지켜보았다. 그리고 여자의 동생 베란다를 틈틈이 살폈다. 베란다에서 누군가가 서성거리고 있었다. 여자는 지금 쯤 내가 돌아와 자기를 찾으러 다니는 것을 알고 잔뜩 경계를 하고 있을 것이다.

낯선 남자가 서성거린다는 신고가 들어왔다며 경비가 내게 다가온 것은 저녁 무렵이었다. 나는 경비에게 만 원짜리 지폐 두 장을 찔러 주었다. 그리고 주민등록증을 보여주면서 돈 떼어먹고 도망간 사람을 찾는다고 말했다. 경비는 만일을 생각해서 라며 주민등록번호를 적어 놓겠다며 가지고 갔다가 와서 돌려주었다. 그리고 동네 사람들이 의심하지 않도록 행동하라는 의례적인 말을 하고 돌아갔다.

얼마쯤 지났을까. 모르는 남자가 여자의 차에 오르더니 순식간에 아파트 광장을 빠져나갔다. 내가 그 차를 알아보는가를 시험해 보고 있다는 느낌이 들었다. 차를 향해 달렸지만 소용없었다. 여자가 나간 것이 아니라 일단 안심을 하기로 했다. 나는 다시 계속해서 그 차가 들어왔는가를 보기 위해 주차장 살피는 것을 게을리 하지 않았다. 한밤중에 나는 내가 있던 곳과 반대쪽에 세워져 있는 여자의 차를 발견했다.

다음 날 아침 여자의 차를 지키다가 어제 저녁부터 굶주린 배를 채우

118

러 갔다가 왔더니 차가 없었다. 그 사이에 여자가 빠져나갔다. 빵으로 아무렇게나 끼니를 때운 것을 잠시 후회했다.

여자가 빠져나간 곳에서 더 기다린다는 것은 무모한 일이었다. 도망친 여자가 이곳으로 오지 않을 것이다. 어떻게 찾아야 할까 궁리를 하다가 떠오른 것이 108동이었다. 그래, 108동을 뒤지자. 어떤 아파트를 어디서 부터 뒤져야 할 지 얼른 떠오르지 않았다.

아내가 죽었을 때도 이렇게 황당했다. 무엇을 어떻게 해야 하는지 생각나지 않았다. 죽은 아내에 대한 미안함 때문에 여자를 정리해야겠다는 생각을 하지 않은 것은 아니었다. 그런 생각이 들수록 나는 더욱 여자에게 빠졌다. 나의 아내에 대한 미안함은 아내가 쓰던 물건에 집착하면서 보여 졌다. 파출부에게 아내가 평상시 쓰던 그대로 유지해 줄 것을 요구했다. 파출부는 아내가 쓰던 보잘 것 없는 그런 물건들까지도 매일 반짝거리게 닦아 놓았다. 아내가 살 때와 조금도 달라지지 않은 집에서 아내에 대한 죄책감을 느끼기고 때론 그리워하기도 했다. 그러면서 여자를 탐했다.

어느 날 여자가 내 집에 가 볼 것을 제안했다. 아내와 아이들이 없는 내 집에 여자가 온다고 해서 누가 뭐라고 할 것은 없었다. 죽은 아내에게 죄스러움을 느끼지 않는 것은 아니지만 아무튼 나는 홀아비가 아닌가.

집에 들어온 여자는 불편한 듯 식탁 의자에 십 분 정도 앉아 있었다. 나는 여자의 얼굴에서 불편한 심기를 읽을 수 있었다. 여자는 기분이 상할 때는 심하게 손을 꺾는 버릇이 있다. 엄지손가락으로 검지를 누르면 우두둑 하고 소리가 났다. 여자는 한동안 그렇게 있다가 아무 말 없이 가 버렸다. 여자에게 청혼하기 전의 일이었다.

내가 청혼을 하자 여자는 단호하게 거절했다. 그날 내 집에 방문했던 일과 무관하지 않다고 생각한다. 죽은 아내의 혼을 붙들고 사는 남자와 사느니 아들과 살고 있는 이혼한 남편과 재결합 하는 것이 낫다고 여자는 말했다. 여자는 내가 죽은 아내에게서 벗어나지 못할 것이라고 말했다. 여자의 말대로 아내는 살아서 보다 죽어서 더 내 가슴 속에 단단히 자리했다.

나는 아주 가능성이 희박한 일을 실행에 옮기기로 했다. 108동을 찾는 일이었다. 어디서부터 찾아야 할지 떠오르지 않았다. 그렇다고 마냥 앉아 있을 수만도 없는 노릇이었다. 이러는 나를 누군가가 본다면 정신병자쯤으로 오인할 것이다.

먼저 지도를 사다가 펴놓고 여자가 이사 갔을 법한 그런 지역을 체크했다. 안양, 시흥, 안산 정도에 있는 여자가 가지고 있는 전세금으로 얻을만한 집을 대상으로 108동을 찾기로 했다. 못 찾으면 차츰 반경을 넓혀갈 생각이었다.

안양에 있는 108동을 모조리 뒤져 여자의 차번호를 추적했다. 여자는 먼저 집에서 주민등록을 옮기지 않았지만 어쩐 일인지 새로운 번호판을 달고 있었다. 관리실에 자신의 차를 등록하지 않았을 수도 있었다. 전적으로 경비에게 의존하는 수밖에 없었다. 주차시켜 놓았던 차를 확인하기 위해 많은 음료수 값과 여러 장의 지폐가 필요했다.

이런 식의 추적으로 여자의 차를 찾을 수 있을 거라고 생각하지 않았다. 하지만 내가 할 수 있는 일이라곤 그런 방법밖에 아무 것도 없었다. 추적을 하다가 지치면 여자의 동생 집으로 가서 쉬곤 했다. 내 차가 여자의 동생 눈에 띄지 않았을 리는 없었다. 내가 나타난 것을 알고 있는 여자가 그곳에 오지 않을 것이란 것도 알고 있었다.

안양에 있는 24평 정도의 108동을 뒤지는데 꼬박 한 달이 걸렸다. 시간이 갈수록 여자에 대한 증오가 눈덩이처럼 불어났다. 전세금이 아까운 것은 결코 아니었다. 내게는 아내도 자식도 없었다. 주위의 친지들 역시 여자와의 관계가 알려지고부터 모두 다 내게 돌렸다. 내게는 그 여자 밖에 없었다. 그런데 여자는 어디에도 없다.

시흥의 아파트를 뒤질 때는 이미 내 정신이 아니었다. 눈앞에 여자가 있으면 죽일지도 몰랐다. 여자를 질겅질겅 씹어 먹는 꿈을 꾸기도 했다. 여자가 눈앞에 있고 내 손에 총이 쥐어졌다면 나는 당장에 여자를 쐈을 것이다. 그것도 한 발이 아닌 수십 발을……

나는 경비들에게 음료수를 사 주어가면서 108동을 찾는 그런 의미 없는 일을 하고 있는 나 자신에게 몹시 화가 나 있었다. 그래도 그 일은 계속되었다. 낮에 사우나에 가서 목욕을 하고 잠시 쉬는 일 외에는 108동 찾는 일을 계속했다.

안산에 있는 아파트를 뒤졌다. 여자를 찾을 수 있다는 희망을 버린 지는 오래이다. 습관처럼 아파트 숲을 돌아다니다가 108동이 눈에 띄면 경비에게 며칠 동안 차량이 들락거린 장부를 얻어 보는 것이 고작이었다.

쉴 때는 여자의 동생 아파트를 찾아갔다. 사람들은 아들이 있는 남편과 이혼한 여자를 고운 시선으로 볼 리가 없었다. 여자 주위에 있는 친지들은 모두 여자에게서 등을 돌렸다. 오로지 동생만이 여자 곁에 남아서 살림살이 같은 궂은일 들을 돌보아 주었다. 여자는 수족처럼 움직여 주는 동생을 떠나서 살 수 없을 것이라 짐작되었다. 나는 여자가 언젠가는 이곳에 나타날 것이라고 확신했다.

여자의 동생이 살고 있는 아파트를 올려다보고 있었다. 그때 건너편 아파트 단지에 108동이라는 숫자가 눈에 들어왔다. 처음에는 환각인 줄 알았다. 거리를 달리다가도 108동만 눈에 들어오는 환각현상이 나타나고 있었다. 그도 그럴 것이 나는 두 달째 108동을 찾아 헤매는 짓을 하고 있었다.

환각이 아니라고 확신한 순간 머리를 망치로 한 대 얻어맞은 느낌이었다. 여자는 동생이 살던 건너편에 살 생각을 했을 만큼 배짱이 있다는 것을 생각하지 못했다. 충분히 그렇게 하고도 남을 만큼 여자는 당돌했다.

언젠가 아내와 함께 엘리베이터의 닫힘 버튼을 누르려는데 여자가 달려오는 것이 보였다. 아내는 엘리베이터의 열림 버튼을 누르며 기다려 주었다. 나는 여자에게 다른 이웃여자에게 하듯이 약간의 고개를 숙여 아는 체만을 하였다. 아내가 먼저 내리고 비닐 쇼핑백 봉투를 정리하여 들고 내리는데 여자가 뒤에서 슬며시 엉덩이를 만졌다. 나는 급히 엘리베이터를 나왔다.

여자의 차를 발견한 것은 아파트 동에서 많이 떨어져있는 공터였다. 아파트 전체를 빙글빙글 돌다가 혹시나 해서 빈 공터를 뒤지기 시작하여 겨우 찾아낸 소득이었다. 경비에게 준 음료수 값 덕분에 쉽게 여자가 사는 동 호수를 알아낼 수 있었다. 경비는 아무런 망설임 없이 선선히 그것을 알려 주었다. 너무 쉽게 말해주는 경비의 태도에서 혼자 사는 여자를 경멸하는 모습을 볼 수 있었다.

여자의 집 앞에는 조그만 언덕이 있었다. 그곳에 서면 여자의 집안이 위로 건너다 보였다. 여자의 집 베란다는 커튼이 쳐 있었다. 밤에 불이 들어오자 그 안에 사람이 어른거리는 것이 보였다. 아무도 없이 혼자 서성거리는 모습이었다. 나는 여자의 집에 들어갈 궁리를 하였다. 어설피 갔다가는 안에 아무도 없는 것처럼 문을 열지 않고 그냥 도망칠 것이 뻔했다.

우선 과일가게에 가서 사과를 한 박스 샀다. 그리고 여자의 집으로 배달을 부탁했다. 과일가게 남자는 한 푼도 깎지 않고 선뜻 돈을 냈을 뿐 아니라 배달료라고 웃돈까지 얹어 주는 나 때문에 신바람이 났다. 자전거에 사과박스를 싣는 모습이 아주 흥겨워 보였다. 나는 과일가게 남자의 자전거를 따라갔다. 문을 열지 않으면 어떻게든 문을 열게 해 달라고 부탁을 했다.

벨을 누르자 안에서는 기척이 없었다. 과일 장수가 여러 번 벨을 누르자 마지못해 누구냐고 물었다. 당연히 여자의 목소리였다. 남자가 사과 배달 왔다고 말했으나 여자는 문을 열지 않았다. 남자는 내가 시켰던 대로 일 단지 사시는 동생 분이 보낸 것이라고 말했다. 안에서 열쇠 따는 소리가 났다.

문소리를 들으며 여자를 어떻게 할까 순간적으로 생각했다. 하얗게 질린 여자의 머리채를 잡을지도 몰랐다. 잘못했다고 싹싹 비는 여자를 발길로 후려치게 되지 않을까 생각했다.

문을 연 여자는 과일가게 남자 뒤에 서 있는 나를 보고 예상했던 것처럼 하얗게 질렸다. 그렇지만 문을 거칠게 밀고 들어가는 내게 여자는 싹싹 빌지 않았다. 나는 발길로 후려칠 기회를 잡지 못했다. 대신 여자는 거만하게 팔짱을 끼고 서서 내가 밖에 나갔다가 들어왔을 때처럼 일상적인 목소리로 이제 와요 하며 말했다.

그 순간 내 머리 속에는 여자가 내게 남은 마지막 사람이라고 생각되었다. 여자가 전세금을 빼 가지고 도망을 쳤다는 사실이 별스럽게 느껴지지 않았다. 여자가 지금 내 곁에 있다는 사실만이 중요했다.

　과일가게 남자가 나가고 나자 여자가 나를 보고 방긋 웃었다. 그 속에는 어리광까지 섞여 있었다. 나는 내가 여자를 거실 카펫 위에 쓰러뜨릴 거라고는 생각하지 못했다.

　여자는 급하게 서두르는 나를 다독거려주었다. 여자는 봄바람 같았다. 증오를 서서히 녹여주는 따뜻한 봄바람이었다. 부처의 모습과도 같았다. 어리석은 중생을 구원하는 부처의 모습과도 닮았다. 여자는 천천히 내 몸 속에 있는 증오를 한 가닥 한 가닥 끊어 나갔다. 그때 내가 할 수 있는 일이라곤 여자의 몸속으로 들어가는 것밖에 없었다.

마른장마

마른장마

여동생으로부터 전화가 온 것은 텃밭에 있을 때였다. 그때 나는 아들네 가져다주려고 채소를 잔뜩 따서 차 트렁크에 싣는 중이었다. 아들은 아침마다 채소 주스를 마셨다. 상추와 치커리와 토마토, 당근, 양배추 등의 채소를 사과와 함께 갈아 마시는 것으로 아침을 대신 했다.

"언니, 내 밭으로 와."

여동생이 대뜸 말했다.

"새벽부터 밭에 있다가 지금 막 들어가려고 하는데 또 너네 밭으로 가? 힘들어서 싫다."

난 볼멘 목소리로 말했다.

"알았어. 밭에 강낭콩도 있고, 상추도 뜯으려고 했지. 그럼 집으로 와."

여동생은 전화를 끊었다.

며칠 있으면 엄마의 세 번째 기일이다. 그래서 형제들과 하루 날을 잡아 오늘 산소에 가기로 했다. 예전 같으면 3년 탈상을 하는 중요한 제사지만 형식을 멀리하는 집안 내력이니 간소히 하기로 했다. 형제들이 각자 음식을 하나씩 맡아가지고 산소 가는 길목에 사는 여동생네 집에 모여 한 차로 가기로 했다.

나는 거의 삼 년 동안 엄마 제사에는 물론 산소에도 가지 않았다. 49제 이후 기일이 돌아오면 이 핑계 저 핑계를 대며 참석하지 않았다. 며칠 전 이번 일요일 날 함께 산소에 가자는 언니의 문자를 받았을 때, 삼년이면 형제들 사이에 남아 있던 앙금이 사라지지 않았을까 하여 가마하고 약속 했다. 그러나 기일이 다가오자 여전히 마음이 불편하여 참석할까 말까 망설이다가 그 근처에 사는 아들네도 갔다가 올 겸 가려던 참이었다.

나는 위로 언니가 있고 밑으로 남동생과 여동생을 하나씩 본 둘째딸이다. 언니는 예뻐서 동네 사람들이 구경을 왔을 정도였다고 했다. 내가 태어났을 때 두루뭉술한 아기가 얼마나 못났는지 나중에 어떻게 시집을 보내겠느냐며 이모가 걱정했다고 한다. 형제들 중에서 키가 제일 작고 얼굴이 시커멓고 못 생긴 둘째딸인데다가 밑으로 남동생을 보았으니 집안에 나의 존재는 없었다.

나는 식탐이 많다. 눈앞에 먹을 수 있는 음식은 모조리 먹어치운다. 그 식탐의 가운데 누룽지가 있었다. 엄마는 누룽지를 긁으면 꼭 넷으로 나누어 주었다. 누룽지를 받아들면 나는 다른 형제들 것부터 쳐다보곤 했다. 늘 내 누룽지는 작았다. 언제부터인가 입이 짧아 밥투정을 하는 언니와 남동생에게 큰 덩어리의 누룽지를 주기 위해서 나누어 주는 것이라는 것을 알게 되었다. 그 사실을 알고 난 후부터 내 배는 여름날 긴 오후에 찾아오는 시장기처럼 늘 허기져 있었다.

부모가 나에게 주는 사랑 역시 엄마가 나눈 누룽지처럼 작게만 느껴졌다. 그러니 주길 기대하지 말고 스스로 받을 수 있게 노력해야 한다는 것을 사춘기 때 이미 알아차렸다.

고등학교 2학년, 그 해 첫눈이 내린 날의 기억은 아직도 생생하다. 집에 쌀이 떨어졌다. 쌀은 무거우니 집안의 어른인 아버지나 엄마가 가야 마땅했다. 하지만 아버지는 여고 2학년인 나에게 시골 큰집에 가서 쌀을 가져오라고 시켰다. 언니도 있고 2살 어린 남동생도 있는데 우리 집에서 그런 일은 당연히 내 차지였다. 싫다는 말 한마디 하지 못하고 길을 나섰다.

버스를 타고 벌판을 달리자 우중충했던 하늘에서 함박눈이 펑펑 쏟아지기 시작했다. 아직 김장 배추가 밭에 새파란 채로 있는 늦가을에 내리는 첫눈이었다. 버스는 눈 속을 엉금엉금 기어 고향 정류장에 나를 내려놓았다. 정류장에서 내려 20분 거리에 있는 큰집을 어떻게 들어갔는지 몰랐다. 큰아버지는 자전거에 쌀을 싣고 눈 속을 뚫고 차부까지 와 버스에 실어주었다. 김포공항에서 내릴 때는 조수가 쌀자루를 내려주었다. 시내버스로 갈아탈 때도 차장이 내려와 함께 쌀을 버스에 실어주었다. 영등포시장에서 내려 집까지는 택시를 탔다. 몇 번을 갈아타고 쌀자루를 옮기는 내내 목화솜 같은 눈송이가 펑펑 내렸다.

죽을 고생을 하고 쌀자루를 끌고 집에 왔을 때 아버지는 술에 만취되어 마루에 쓰러져 있었고, 엄마는 이웃집에 놀러갔는지 보이지 않았다. 대학교 일 학년이었던 언니는 약속이 있다며 거울 앞에서 몸단장을 하고 있었다.

여동생네에 거의 다 왔을 때 다시 전화가 왔다. 갓길에 차를 세우고 전화를 받았다.

"언니! 내 밭으로 와. 다들 밭으로 오겠대."

다들은 언니와 남동생을 말하는 것이다.

"알았어. 할 수 없지 뭐."

나는 투박스럽게 말했다.

아버지 퇴직 후, 우리는 주말이면 모여 아버지와 함께 농사를 지었다. 감자와 고구마를 심고, 배추씨를 뿌리고, 들깨 모를 내고, 파밭을 매는 일들을 우리는 아버지와 함께 했다. 아버지는 딸들은 뻔질나게 불러 내렸어도 남동생은 부르지 않았다. 그래서인지 아버지가 돌아가시자 남동생을 제외하고 모두는 각자 자기들 집 근처에 텃밭을 빌리든지 마련하든지 하여 농사를 짓고 있다.

여동생이 농사짓고 있는 밭은 벌판 초입에 있었다. 한강물이 들어왔던 곳을 둑으로 막으면서 생겨난 넓은 벌이다. 아버지와 함께 농사지을 때 그곳은 논이었다. 아버지는 논두렁조차 내버려두지 않았다. 모내기가 끝나고 나면 논두렁의 풀을 뽑아내고 그 자리에 서리태를 심어 거두었다. 아버지는 풀 한포기 없이 논두렁을 관리해 남들은 그대로 내버려둔 곳에서도 많은 콩을 수확을 했다.

아버지가 가시고 나서 그 땅은 여동생이 물려받았다. 여동생은 논을 흙으로 돋우어 밭으로 만들었다. 사는 것이 힘들어도 이 땅만은 유지하겠다고 여동생은 누누이 말했다. 내가 도착했을 땐 강낭콩을 뽑아다가 쌓아놓고 콩꼬투리를 따서 양파망주머니에 넣고 있었다. 초승달 모양인 콩꼬투리가 내 밭에 있는 콩보다 실했다. 동생이 나보다 더 농사를 잘 짓는 것 같았다.

동생은 밭 입구에 삼 미터 길이 정도의 비닐하우스를 만들어 놨다. 그리고 그 위에 검은 그물을 씌워 그늘을 만들었다. 사방이 벌판으로 나무 한 그루 없으니 그렇게라도 해 놓고 일하다가 쉰다고 했다. 하우스 한가운데는 누가 버린 것을 주어다 놓았는지 낡은 식탁과 의자들이 있었다. 허름하긴 했지만 제법 쓸 만했다. 동생은 가끔 친구들이 놀러오면 그곳에 앉아 커피를 마시고 밥도 해 먹는 모양이다. 그 옆에는 낡은 컨테이너를 구해다가 방을 꾸며 놓았다. 날이 추우면 그 안으로 들어가 일하던 사람들과 밥을 해먹는다고 했다.

컨테이너 안에는 제법 그럴 듯한 주방기구들이 갖춰 있었다. 가스레인지부터 집에서 안 쓰는 그릇들과 헌 전기밥솥 등 그곳에 살아도 손색이 없을 만한 살림들이 구비되어 있었다. 구석에는 김치 냉장고까지 있었다. 그러고 보니 낯이 익은 화분들이 눈에 띄었다. 아파트가 좁아 버리려고 모아둔 화분들을 가져간 적이 있었다. 그 화분 안에는 백일홍이 심겨져 컨테이너 밖을 단장하고 있었다. 백일홍은 막 첫 꽃망울을 터트렸다. 그 꽃은 어린 시절 살던 시골집 뜰에서 해마다 꽃을 피우던, 엄마가 제일 좋아하는 꽃이다.

언니와 남동생이 한 차로 왔다. 남동생이 언니네 집에 들러 함께 온 것 같았다. 언니와 남동생과 여동생은 모두 고향 근처로 귀향했다. 남편이 퇴직했을 때 나 역시 서울과 가깝고 아들네가 가까이 사는 고향으로 귀향을 꿈꾸었다. 그러나 이것저것 복잡한 감정이 얽히고설킨 친정 동네를 피해 나는 남편 고향으로 귀향했다.

아버지가 나를 남편에게 시집을 보낼 때 서울 사람들은 깍쟁이라 안 좋고 시골에 땅이라도 있으면서 서울에 사는 사람들이 순박하니 좋다고 권했다. 그때는 땅이 허울뿐이고 그다지 돈이 되지 않았다. 대부분의 사람들은 땅을 팔아다가 돈이 되는 아파트를 장만하고 살았다. 나 역시 아파트 장만할 때 땅을 팔아다 보태고 싶었지만 팔리지 않아 애를 태웠다. 그 후로도 돈이 필요할 때마다 땅을 내놓았지만 팔리지 않았다. 그래서 남은 천덕꾸러기 땅이었다. 하지만 세월이 흐른 지금은 우리 부부가 귀향해 뿌리를 내리고 살고 있다.

날이 무척 덥네. 나는 언니와 남동생을 슬쩍 외면한 채 지평선만을 쳐다보며 혼잣말처럼 말했다. 비는 안 올 거 같아. 남동생 역시 딴청을 피우며 말했다. 우리 형제들이 이렇게 만난 것이 삼 년 만이다. 어색했고 무슨 말을 어찌해야 할 지 불편했다. 오랜만이구나. 보고 싶었다. 언니가 말했지만 누구 하나 대꾸하지 않고 못들은 척 했다.

언니는 과일을 준비하고 나는 떡을, 남동생은 포와 술을, 여동생은 전과 녹두부침개를 준비했다. 우리는 밭모퉁이에 차를 두고 각자가 준비한 제수들이 든 가방을 하나씩 들고 남동생이 운전하는 카니발에 올랐다. 남동생과 언니가 앞에 타고 여동생과 나는 뒷좌석에 올라탔다.

어린 시절 사방치기나 줄넘기를 하기 위해 편을 가르게 되면 나는 늘 남동생과 한 편이 되고 언니는 여동생과 한 편이 되었다. 엄마는 세 살 터울로 사남매를 낳았다. 나와 남동생의 나이를 합치면 언니와 여동생과 합친 나이와 같았다. 어릴 때 같았으면 남동생이 운전하는 차 옆 좌석에 내가 앉고 뒷좌석에 언니와 여동생이 앉았을 것이다. 엄마가 돌아가시기 전까지는 그렇게 앉았다. 그런데 지금은 언니가 앞에 앉았다.

차가 출발했다.

"소나기가 온다 하여 콩을 뽑았어."

여동생이 말했다.

"가물 때는 비가 온다고 하여도 몇 방울 떨어지다가 마니 비는 와도 얼마 안 올 것 같아."

내가 말했다.

"어제 뒷산에 갔더니 너무 가물어서 풀도 말라 비틀어졌더구나."

언니가 말했다.

그때 남동생이 내년에 들일 며느리감에 대해 자랑을 하기 시작했다. 회계사 시험에 합격한 며느리감이 유명 회계 법인에 취직을 했다는 것이다. 대학을 졸업하고 직장에 다니는 조카와 사귀는 아가씨는 캠퍼스 커플이었다. 일 학년 때 만나 여태껏 사귀고 있었다. 요즘은 결혼식장에 들어가야 안다고 언니가 말했다. 그러나 동생의 조카며느리감은 그런 걱정할 필요가 없을 거 같다. 엄마가 돌아가시면서 아파트를 손자에게 주었다. 대기업 임원인 시아버지 자리에 아파트를 가진 신랑감을 마다 할 아가씨는 그리 흔치 않을 것이다.

남동생은 잘 나가는 대기업 임원이다. 게다가 아버지가 돌아가시며 꽤 많은 땅을 물려주었다. 아버지는 본래 딸들에게는 재산을 물려줄 생각이 없으셨다. 하지만 워낙에 땅이 많아 딸들에게도 좀 나누어 주었다. 올케는 무슨 이유에서인지 엄마마저 돌아가신 후에는 시댁과 전혀 교류를 하지 않았다. 제사 때 가는 것조차 싫어해 기일이나 명절 때면 우리 형제들끼리만 날을 정해 산소에 다녀오는 것으로 행사를 끝냈다.

딸 셋이 잘 살지는 않지만 알뜰하게 살아 그런대로 살았다. 그런데 아버지가 돌아가신 이듬 해 여동생 남편이 갑작스러운 병으로 죽었다. 여동생은 자식이 셋이었다. 제부가 죽었을 때 막내는 중학교 일 학년이었다.

여동생은 세 아이를 데리고 혼자 살아갈 생각에 제부의 퇴직금으로 한방 오리집을 냈다. 각종 한약재를 넣고 푹 고아 먹는 한방 오리는 인기가 있었다. 훈제오리를 찌고 그것을 채소와 곁들여 먹는 메뉴도 인기가 좋았다. 바쁘고 힘든 나날이었지만, 조선족 일손을 빌리고 파트타임으로 사람을 써서 그런대로 수익이 괜찮았다.

어느 날 갑자기 풀어 닥친 조류독감은 몇 달 동안 계속해서 매스컴에 오르내렸다. 매스컴에서 익혀 먹으면 괜찮다고 해도 손님들은 오지 않았다. 메뉴를 바꾸어 육개장을 만들어 팔아 보기도 했지만 한 번 간 손님들은 오지 않았다. 결국 몇 달 재미보다 일 년을 적자를 내고 문을 닫았다.

아버지는 건강하여 감기 한번 제대로 앓아본 적이 없었다. 학교에 계시던 아버지는 정년퇴직하던 해 학생들을 데리고 제주도로 수학여행을 가서 백록담까지 함께 올라갔다. 퇴직 후 고향으로 내려가 농사를 지을 때도 대강대강 해도 좋은 농사일을 아버지는 직장에서 사람들과 경쟁하듯이 전력투구했다. 아버지 밭에서는 곡식들이 쏟아져 나왔다.

반면 엄마는 젊은 시절부터 골골하여 나는 엄마 대신에 고등학교 때부터 온 집안 식구들의 빨래를 산더미처럼 쌓아놓고 빨아야 했다.

올 때는 순서가 있지만 갈 때는 순서가 없다 했던가. 병약한 엄마는 그토록 건강하셨던 아버지가 가시고, 또 젊은 제부가 간 후에도 오 년을 더 사셨다. 하지만 엄마의 삶은 아버지가 가셨을 때 멈추어 있었다. 그 이후의 삶은 사는 것이 아니었다. 옷을 입다 넘어지시어 고관절 접합 수술을 했다. 그마저 제대로 되지 않아 재수술을 해야 했고, 그것도 결과가 좋지 않아 누워서 지냈다.

아버지가 돌아가신 후에 남동생 집에 살던 엄마가 거동을 하지 못하자 남동생은 엄마를 노인 병원으로 보내려 하였다. 엄마는 그곳만은 보내지 말아달라고 남동생이 아닌 나에게 애원을 했다. 나는 그런 엄마를 못 본 척 할 수가 없었다. 결국 엄마를 내 집으로 모시고 왔다.

엄마에게 차츰차츰 치매가 왔다. 걷지 못하는 엄마는 새벽이면 침대에서 굴러 내려와 밥 한다고 엉금엉금 기어 나갔고, 새벽 4시면 밥 안한다고 소리소리 질러 온 집안 식구들을 깨웠다. 욕 한마디 못하시던 고운 엄마였는데 요양사가 오면 상대방이 치욕을 느낄 만한 말을 골라 욕을 하고, 손이 닿으면 때렸다. 엄마의 몸속에 마귀가 살고 있는 듯했다. 요양사가 바뀌고 또 바뀌었다. 그래도 새벽마다 일어나 동네 사람들을 다 깨우고 다녀 할 수 없이 노인병원에 보내진 이웃 할머니에 비해 엄마는 양호했다. 걷지를 못하여 적어도 이웃에 피해주는 불상사만은 막을 수가 있었다.

나는 엄마를 모셔갈 때 어렵게 혼자 사는 여동생에게 말했다. 사는 게 힘들겠지만 너무 걱정하지 마라. 내가 엄마를 모시고 있으니 엄마가 돌아가시면 발언권이 좀 있을 거야. 엄마 집을 너와 오빠와 함께 나누게 할 게. 오빠는 착하니 그 정도는 해 주겠지 뭐.

엄마를 돌봐주러 오는 요양사가 일주일에 세 번 와 4시간씩 돌봐주었다. 그런 날 아니면 집을 비울 수도 여행을 갈 수도 없었다. 이 년 반 동안 나는 여행도 못가고 친구들과의 모임에도 나가지 못하며 엄마의 대소변을 받아냈다.

엄마가 돌아가셨을 때 엄마의 아파트를 동생과 나누어야 한다는 나의 주장은 받아들여지지 않았다. 언니는 이 년 반이나 엄마를 모신 내가 여동생의 어려움을 앞세워 엄마의 아파트를 차지하려 한다고 뒤에서 쑥덕거렸다. 언니는 내가 아무리 아니라고 해도 엄마를 모셨으니 당연히 내가 내 몫을 챙기려고 술수를 쓰는 것으로 생각했다.

나는 아버지의 벌판 땅을 이미 다 가진 것이나 다름없었다. 큰 아들이 고등학교에 들어가던 해에 남편이 명예퇴직을 했다. 남편은 구멍가게라도 해야 한다고 온종일 돌아다녔다. 그때 아버지가 나를 불러 앉혀 놓고 말했다. 마음대로 해라. 만일 네가 저 벌판 땅을 다 팔아달라고 하면 아버지가 그렇게 해 주겠다. 그러니 너 마음대로 해라.

결국 나는 남편의 퇴직금으로 조그만 가게 하나 마련해 아버지께 손을 내밀지 않았다. 하지만 아버지의 말씀은 벌판 땅을 다 가진 듯 든든했고, 그만큼 믿어준 아버지의 마음을 저버리지 않기 위해 새벽부터 밤늦게까지 열심히 일했다. 엄마를 모신 것도 그래서 생색내지 않았고, 어렵게 사는 여동생을 지하에 계신 아버지의 마음으로 바라보니 가슴이 아플 수밖에 없었다.

부모로부터 한 뱃속에서 태어난 형제들인데 적어도 돈 고생하는 자식은 없어야 되지 않느냐, 나는 됐으니 어떻게든 막내를 좀 살게 해 줘라. 목이 쉬도록 달래다가, 소리쳐 야단치다가, 동생도 아니라고 협박하다가 나중에 나는 침묵을 했다. 남동생과 언니는 내가 여동생을 앞장세워 엄마의 집을 갖으려고 한다는 생각에는 변하지 않았다. 얼마 후 남동생은 힘들게 사는 여동생에게 얼마간의 현금을 주고 형제들에게 엄마의 집을 조카에게 상속한다는 도장을 받아갔다.

　카니발은 한강변을 따라 달리다가 초지대교 쪽을 향했다. 친정 선산 가는 이 길은 아버지 차를 타고 가끔 행락 삼아 드라이브 하던 곳이다. 신도시가 되고 논밭이었던 곳이 아파트 숲이 되었다. 분양이 안 되어 파격적으로 할인해 주겠으니 사라는 아파트 광고 현수막이 여기저기 걸려 펄럭거렸다. 아버지는 차로 고향 구석구석까지 누비어 모르는 길이 없었다.

　"이쪽으로 가면 멀리 도는 게 아닌가? 아버지는 저쪽으로 가셨었는데……."

　남동생이 우회전을 하자 언니가 말했다.

　아버지는 퇴직하기 전부터 금방 돌아가실 것처럼 아프셨다. 나는 아버지에게 운전면허를 취득해 보라고 권했다. 아버지는 아픈 몸인데도 불구하고 운전 학원을 다녔다. 우연인지 알 수 없지만 아버지는 한 번에 운전면허를 취득 했다. 그 순간 면허시험장이 생긴 이래 66세 노인이 한 번에 면허증을 취득한 것은 처음이니 우리 모두 박수로 축하해주자는 아나운서 멘트가 나왔다. 그렇게 쏟아져 나온 박수 소리에 아버지의 병은 씻은 듯이 없어졌다. 아버지는 십이 년을 손수 운전을 하며 다녔다. 선산 갈 때도 자식들을 곁에 앉히고 노인이 운전하는 광경은 아버지가 가시기 일 년 전까지 계속되었다. 몸에 이상이 있자 아버지는 제일 먼저 차를 처분했다. 운전하고 싶은 유혹을 떨치기 어렵다는 이유에서였다.

　"큰누나가 말한 그쪽 길은 신도시가 생기며 없어지고, 새로운 길이 나서 내비게이션이 가르쳐주는 쪽으로 가는 것이 빨라."

　남동생이 말했다.

"넌 자주 가는 길인데도 내비를 쓰니?"

내가 빈정거리며 말했다.

"이곳은 없던 길이 뚫리고 또 자주 바뀌어서 스마트폰 내비를 쓰는 것이 가장 빨라."

남동생이 말했다.

"저기가 내가 베이비시터 교육받던 곳이야."

여동생이 말했다.

"너 베이비시터 자격증 땄니?"

언니가 물었다.

"응. 나중에 손자 보면 쓸모 있을 거 같아서……."

여동생이 말꼬리를 흐렸다.

나는 여동생이 집 근처에서 베이비시터를 하고 있다는 것을 알고 있다. CCTV가 설치된 집에서 아이를 돌보았다. 아기가 자는 시간에는 하지 않아도 되는 청소를 해 주고, 음식도 만들어 준다고 했다. 돌쟁이들도 어린이집에 보내는 세상이라 그나마 있는 일자리라도 유지하려면 어쩔 수 없다고 했다. 내가 딱해 힘들지 않느냐고 물으면 오리 집 운영할 때보다는 몸도 마음도 편하다며 오히려 나를 달랬다. 여동생이 베이비시터 하는 일에 대해 남동생이나 언니는 더 이상 묻지 않았다.

선산 가는 길은 초지대교가 새로 생기고는 가까워졌는데 길까지 새로 뚫리고 나니 더 가까워졌다. 초지대교를 건너 얼마 전까지는 오른쪽으로 가다가 좌회전을 했는데 직진하는 길이 뚫리고부터 신호도 없는 길을 얼마쯤 달리니 아버지가 계신 곳이 나왔다.

우린 각자 준비해 온 가방을 들고 차에서 내렸다. 묘까지 가파른 언덕인데도 길이 나 있었다. 묘를 팔 때 포클레인이 다니던 길이다.

엄마는 장마 한복판에 가셨다. 임종이 가깝다고 달려갈 때도, 임종 때도, 조문객들이 문상을 올 때도, 서울이 떠내려갈 듯이 비가 내렸다. 나는 생전에 그렇게 많은 비가 몇 날 며칠 억수로 쏟아지는 것을 보지 못했다. 장대가 내리 꽂히는 듯한 빗발 속을 뚫고 어머니 묻을 생각을 하니 아득했다. 나는 발인 날을 하루나 이틀 연기하자고 의견을 냈다. 내일도 마찬가지로 비가 온다며 남동생은 강행했다.

앞이 안 보일 정도로 내리는 빗속을 뚫고 산소에 도착하니 인부들이 아버지 산소 위에 커다란 텐트를 쳐 놓고 그 밑에서 포클레인이 땅을 팠다. 텐트 밖은 물속 같았지만 포클레인은 땅 속에서 뽀송뽀송한 붉은 흙을 파냈다. 사람들이 아버지의 묏자리가 좋다고 말했다.

그 말은 헛말이다. 젊은 제부가 병으로 급히 저 세상으로 가고, 엄마는 걷지도 못하고 고생 하다 가시고, 남은 형제들은 그나마 서로 만나지도 않고 살고 있다. 그 모든 것이 아버지 돌아가시고 나서 생긴 일이었다.

"엄마 가실 때는 그렇게 내리던 비가 올해는 거의 안 오네. 며칠 전 영월 동강으로 래프팅을 갔더니 계곡의 물이 말라 물이 없는 구간에서는 배를 들고 옮겨주어야 했어."

남동생이 말했다.

봉분 근처에는 개망초가 흐드러지게 피어 안개가 서린 듯 했다. 봄에 벌초를 한 번 했다는데도 개망초는 다시 자라 꽃을 피웠다. 가물어서 키가 작달막한데다가 이파리가 무성하지 않아 꽃망울이 유난히 더 커 보였다. 푸른 잔디를 배경으로 서 있는 하얀 개망초 꽃이 청초하니 아름다웠다. 산소가 사람의 정성스런 손길로 잘 가꾸어 놓은 꽃밭 같았다.

개망초는 사람의 손길이 닿지 않는 버려진 땅에 지천으로 피어 자신의 존재를 알린다. 노랑 갈색의 작은 꽃타래에 촘촘히 달라붙은 가녀린 흰 꽃잎들을 보니 왠지 서글퍼 보인다. 그런 개망초를 볼 때마다 나는 특별한 연민을 느낀다.

초등학교 1학년 때 아버지의 전근으로 인해 아버지 고향으로 전학을 했다. 전학 첫날 나는 4학년인 언니와 등교 하는 어린이들을 따라 20분 정도의 거리에 있는 학교에 갔다. 학교가 끝나고 집으로 돌아가려고 하자 난감했다. 어디로 어떻게 가야 할지 생각이 나지 않았다. 후문으로 나갔다가 아닌 것 같아 되돌아오고 정문으로 나갔다가 되돌아오길 여러 번 반복을 했다. 그때 내가 할 수 있는 건 교문 앞에 앉아서 우는 것 밖에 없었다. 그때 어떤 아이가 지나가다가 '너 며칠 전에 이사 온 우리 동네 이장 아저씨네 친척이구나. 근데 왜 우니?' 하고 물어 집에 가는 길을 모른다고 하니 따라 오라며 앞장섰다. 가끔 어떤 난감한 상황에 처하면 그때가 생각난다. 형제들 중 유독 부모의 손길이 닿지 않았어도 때가 되었다고 자라는 내 모습이 꼭 개망초 같다.

우리는 제례를 하기 전에 산소 주위를 돌며 개망초부터 뽑기 시작했다. 마른 개망초대는 흙을 떨치며 작은 힘에도 쑥쑥 뽑혔다. 가물어서 뿌리조차 말라 이대로 며칠만 더 두면 저절로 시들어버릴 것 같았다. 잔디들도 말라 잎이 안쪽으로 도르르 말렸다. 걸을 때마다 땅에서 흙먼지가 폴폴 날렸다. 나는 뽑아 놓은 개망초 대에서 꽃을 꺾어 모았다. 금방 안개꽃 같은 꽃다발이 만들어졌다. 엄마는 이맘때 가끔 이 꽃을 꺾어다가 집 단장을 하곤 했다.

상석 위에 진열된 제수들이 빈약해 보였는데 꽃다발을 놓으니 제법 정성 들여 마련한 제사음식 같았다. 남동생부터 술을 따르고 절을 했다. 그 다음 언니가 절을 하고, 그 뒤로 내가, 내 뒤로 여동생이 술을 따르고 절을 했다. 우린 제례를 끝내고 묘 앞에 앉아 가져간 것을 먹었다. 칼도 없고 접시도 준비가 되지 않아 비닐 위에 음식들을 놓고 먹었다. 떡 몇 개와 전 몇 개가 없어졌다.

"점심은 어떻게 할까?"

산을 내려오며 남동생이 물었다.

"점심은 무슨, 떡도 먹고 전도 먹었는데 그냥 집에 가자."

나는 빨리 헤어져 집으로 가고 싶은 마음에 대뜸 말했다.

"그래, 그럼 그냥 가."

남동생도 성질이 났는지 대뜸 말했다.

"내 밭에 가서 국수 말아 먹을까?"

여동생이 말했다.

"그럼 그래라."

남동생이 말했다.

"그거 좋다 애."

언니가 거들었다. 나는 그대로 헤어져 집으로 가고 싶었지만 형제들 모두의 의견이 그러하니 마지못해 따를 수밖에 없었다.

비록 지붕에 검은 그물망을 씌워 그늘을 만들어 놓기는 했지만 정오의 하우스 안은 앉아 있기 어려울 정도로 뜨거웠다. 땅에서 뜨거운 기운이 올라왔고 위에서는 비닐을 뚫고 열기가 내려왔다. 의자에 앉아 있으려니 뜨거운 용광로 안 같았다. 바람 한 점 불지 않았다. 언니와 남동생과 나는 하우스 안에 있는 식탁의자에 앉아 땀을 비질비질 흘리며 숨을 헉

헉거리고 있었다. 그 더운 와중에도 여동생은 컨테이너를 들락거리며 무언가 부지런히 움직였다.

"빨리 해라. 안 먹어도 되는데 귀찮게 국수를 만다고 그러네."

내가 여동생을 재촉했다.

"잠시만 기다려 이 시간 잠깐 이렇게 뜨거워. 조금 지나면 바람이 일어나 괜찮아져."

여동생이 오이를 따가며 말했다.

우두커니 앉아 있던 언니가 무슨 생각인지 일어나 밖으로 나가 잎이 누렇게 된 강낭콩을 골라 뽑기 시작했다. 강낭콩은 대개 장마 통에 수확을 했다. 장마가 길 때는 수확을 제대로 못해 콩꼬투리가 물러 썩고 그 안에서 싹이 나 밖으로 허연 뿌리들이 삐져나왔다. 올해는 장마 때가 되어도 비가 오지 않으니 콩꼬투리는 씻어 놓은 듯 깨끗했다. 여동생이 틈이 날 때마다 수로의 물을 길어다가 주어 키운 콩이었다.

언니는 콩대를 뽑고 남동생은 나르고 나는 자리에 앉아 콩꼬투리를 땄다.

"남편도 없는 쟤가 이걸 혼자 하려면 얼마나 힘들겠니. 이렇게 함께 하니 순식간이구나."

콩대를 얼추 뽑은 언니가 내가 따 놓은 콩꼬투리를 앞에 놓고 앉아 콩을 까며 말했다. 콩대를 다 나른 남동생도 앉고 얼마 후 콩꼬투리를 다 딴 나도 앉았다.

콩꼬투리는 살짝만 비틀어도 하얀 배를 드러냈다. 그 안에는 한 어미의 배에서 나온 형제들처럼 콩들이 나란히 누워있었다. 어떤 꼬투리에는 똑같이 실한 콩이 가득 차 있었고, 어떤 꼬투리는 끄트머리에 놓인 것이 작았다. 똑같은 환경에서도 콩들은 크기도 하고 작기도 했다. 어떤 콩은 더 여물고 어떤 콩은 덜 여물기도 하였다.

셋이서 까는 강낭콩은 순식간에 식탁 위에 쌓여갔다. 겨우 익은 콩은 푸르스름한 빛을 띠고, 잘 익은 콩은 불그스름하고, 아주 여문 콩은 짙은 자주 빛을 띠었다. 푸르고 붉고 자줏빛 콩들이 어우러져 소복이 쌓였다. 금방 까놓은 콩들은 보석처럼 반짝였다.

"이 강낭콩은 몇 알 두어서는 맛이 안 나. 콩인지 밥인지 모를 정도로 잔뜩 넣어야 맛있어. 엄마는 콩범벅을 해서 드셨지."

나는 엄마를 생각하며 말했다. 나는 엄마와 식성이 똑 닮았다.

"이맘때면 우물가에 큰 독을 놓고 그 안에 썩은 감자를 넣어 썩혔지. 요즘에야 썩은 감자는 버리지만 예전에는 썩은 감자로는 감자녹말을 만들었지. 그걸 잘 반죽해 이 콩을 박아 쪄 먹었잖니. 난 젊었을 땐 강낭콩에서 냄새가 나 안 먹었어. 그런데 늘그막에 그게 먹고 싶으니 무슨 조화니? 장날이면 일부러 감자떡 사 먹으러 장에 나간단다까."

이상한 냄새가 난다며 강낭콩이 한 개만 들어가도 뱉으며 까다롭게 굴었던 언니가 말했다.

"아버지는 콩을 꼭 네 개씩 심으라고 말씀하셨어. 그래야 하나가 나오지 않아도 자라고 서로 의지가 된대."

컨테이너 안에 있는 여동생이 큰 소리로 말했다.

"우리 벌판 식구들은 다 감자, 강낭콩 그런 것들 좋아하잖아. 작은 엄마는 감자가 무슨 맛이냐고 안 드셨어. 근데 임신만 했다 하면 감자를 드신데. 뱃속에는 우리 벌판 식구 씨가 들어 있었던 거지. 그런 거 보면 참 신기해."

142

언니가 부지런히 손을 놀리며 말했다.

"이맘 때 감자를 캐면 엄마가 숟가락으로 껍질을 베껴서 쪄 줬잖아. 사카린 물을 타서 넣고 가마솥에 노릇노릇할 때까지 바짝 쪘어. 그리고 소금을 뿌리고 기름을 좀 둘러 주시면 정말 맛있었지. 난 그 생각하고 집사람한데 그렇게 쪄달라고 해. 그런데 아무리 해도 그 맛이 안 나."

남동생이 콩꼬투리를 끌어다 앞에 놓으며 말했다.

"예전에는 먹을 것이 그것밖에 없었고 요즘은 사방이 맨 먹을 건데 그 맛이 나겠어?"

내가 콩꼬투리를 비틀며 말했다.

"난 사람들이 감자를 껍질째 물에 넣고 빨래 삶듯이 삶는 것을 보고 놀랐어. 그렇게 감자를 삶아 먹더라고."

남동생이 말했다.

우린 각자 콩을 까며 예전 벌판에 살던 때를 말하기 시작했다. 감자, 옥수수가 나오고 단호박이 나오고 오이가 나오고 밭에서 가지 따 먹던 이야기 까지 끝없이 쏟아져 나왔다.

이때 여동생이 커다란 소쿠리를 내 왔다. 소쿠리에는 하얀 국수가 둘둘 말려 덩어리 덩어리 놓여 있었고, 양푼에는 열무를 썰어 얼음을 둥둥 띄운 빠알간 김칫국물이 들어 있었다. 더운데다가 떡과 전을 먹었기 때문에 칼칼하고 시원한 국물이 먹고 싶었던 차였다. 우리는 대접을 가져다가 국수를 덜고 열무김치 국물을 부었다. 금방 삶은 국수는 차가운 열무김치 국물이 닿자 흰 살을 드러내고 스르르 풀렸다.

우리는 머리를 맞대고 국물을 후르르 마셔가며 국수를 먹었다. 열무김치가 알맞게 시어 새콤하면서 감칠맛이 났다. 입안에서는 오이가 아삭

아삭 씹혔다. 오이 향과 새콤한 김치 냄새가 어우러져 식욕을 막 돋워 주었다. 손이 큰 여동생이 삶은 국수는 먹으면 나오고 먹으면 또 나왔다.

국수를 다 먹자 동생이 노랗게 익은 참외를 한 바구니 따 왔다. 금방 딴 참외는 사각사각 소리를 내며 깎였다. 참외를 넷으로 잘라 놓자 각자 하나씩 집어갔다. 참외는 와삭 소리를 내며 부셔져 목 안으로 내려갔다.

참외까지 다 먹자 여동생이 오빠 줄 것이라며 강낭콩 자루를 가지고 나왔다. 김치냉장고에서 오이지가 든 플라스틱 통을 꺼내왔다. 바구니 속에 남은 참외도 비닐 봉투 안에 담았다.

나는 자리에서 일어나 내 차로 갔다. 트렁크를 열었다. 거기서 아들네 주려고 따 놨던 채소 바구니를 꺼냈다. 나는 그 바구니를 남동생에게 건넸다.

"나? 애들 주려고 딴 것들 아니야?"

남동생이 놀라며 물었다.

"내 속으로 난 자식이나 같은 뱃속에서 나온 형제나……, 아무나 먹으면 어때."

남동생이 큰 바구니를 성큼 받아들고 식탁 위로 가 봉지들을 하나하나 꺼내 열었다. 오이, 가지, 방울토마토, 아욱, 상추, 파, 깻잎, 감자…….

"와! 농사 잘 지었다."

남동생이 봉지들을 열고는 감탄 하며 소리쳤다.

"그럼 아버지한테 얼마나 무섭게 농사일을 배웠는데……. 풀은 뽑아도 뽑아도 또 나잖아. 근데 아버지 밭에는 풀 한포기 없었어. 얼마나 부지런하셨는지."

"작은누나는 아버지 말씀을 잘 들었어, 그래서 아버지가 제일 예뻐

했지."

"뭐? 아버지가 날?"

나는 의외의 동생 말에 놀라서 되물었다.

"그럼, 아버진 누나 말 아니면 안 들으셨잖아. 아버지 간병할 때 생각
나? 누나에게만 나흘씩 오라고 한 거."

"그럼 내가 얼마나 힘들었는데 그걸 잊어."

항암치료를 하기 위해 병원에 입원했을 때 아버지는 간병인을 쓰지 못
하게 하고 자식들이 당번을 정해 간호하게 했다. 아버지는 다른 형제들
은 일주일에 하루씩 당번을 하게 하고 장사를 하고 있는 나에게는 나흘
이나 시켰다. 일주일에 네 번이나 병원에서 살면서도 나는 아버지께 아
무런 말도 하지 못했다.

"아버진 누나가 제일 편해 하셨어. 그래서 누나에게 나흘씩이나 오라
했지. 그때 내가 얼마나 섭섭했는지 누나 모르지? 나는 누나가 부러웠
어. 누난 우리 형제 중 제일 건강하고 마음씨도 착하고 머리도 좋잖아.
시집가서도 잘 살고…… 가장 아버지의 기대에 찬 자식이 작은누나였
을 거야. 그러고 보니 형제들 중 아버지를 제일 많이 닮은 사람이 작은
누나야."

진짜로 그런가? 남동생이 말하기 전에는 전혀 인식하지 못했던 사실
이다. 내가 시집을 잘 가서 잘 산다는 생각도 못해봤고, 머리가 좋다는
생각도 못했다. 내가 아버지를 제일 많이 닮았다는 것도, 내가 아버지
기대에 제일 찬 자식이란 것도 생각하지 못했다.

오히려 난 오늘까지 내가 우리 집안에 미운 오리 새끼인 줄만 알았다.
그런 나의 존재가 부모님께 누가 될 것 같아 언제나 조바심을 하며 살았

다. 형제들 중에 키가 제일 작고, 얼굴도 시커멓고 못 생긴데다가 머리도 둔하고, 어디 가서 말 한마디 제대로 하지 못했다. 그런 자식을 측은해 하며 바라볼 아버지의 마음을 헤아리니 늘 죄송한 마음뿐이었다. 게다가 아들이 유난히 귀한 집에서 태어난 둘째 딸이니 얼마나 아버지를 실망시켜드렸을까 생각하면 비록 그것이 내 잘못은 아니더라도 면목이 없었다. 그런 내가 아버지를 가장 많이 닮아 아버지의 기대를 채워주었던 자식이었다니 생각지도 못했던 뜻밖의 말이다.

모내기한 것이 얼마 전같은데 논에는 모들이 검푸르게 퍼져 자라고 있었다. 조금 있으면 벼꽃이 팰 것 같다. 벌판 끝에서 바람이 시원하게 불어 뺨을 스쳤다. 하우스 안에 놓여있던 비닐봉지가 바람에 팔랑거리며 빙빙 돌아다녔다.

"어때 아까 잠시 뜨거웠지. 벌판 바람이라 시원해."

더운데 하우스 안으로 언니, 오빠를 끌어들여 내내 미안해 하던 여동생이 바람이 불기 시작하자 얼굴을 활짝 펴며 말했다. 눈을 들어 하늘을 보니 먹구름이 잔뜩 껴 비가 쏟아질 기세다.

"하늘을 좀 봐. 비가 올 것 같아. 맞아. 일기예보에선 오후 한때 소나기가 오는 곳이 있다고 했어."

여동생이 말했다.

논에 앉아 있던 하얀 두루미가 하늘로 날아올랐다. 잠시 후 먹구름에서 소나기가 후두둑 떨어졌다. 쏴아! 빗줄기가 쏟아져 내렸다. 굵은 빗줄기가 마른 흙에 내리 꽂히니 먼지 냄새가 피어올랐다. 별안간 샤워를 한 듯 등줄기가 시원해졌다. 우리는 나란히 서서 비닐하우스 끄트머리로 굵게 쏟아져 내리는 비 구경을 했다.

우의를 입은 늙은이가 빗속을 뚫고 자전거를 타고 지나갔다. 자전거 뒤를 비에 젖어 털이 지저분하게 엉긴 검은 개가 따라갔다.

"우리 집에서 키우던 검둥이 생각나니?"

언니가 물었다.

"새끼 많이 낳았던 그 개?"

여동생이 말했다.

"족보가 있다고 아버지가 어디선지 얻어 오신 검둥이 생각나지."

남동생이 말했다.

검둥이는 새끼를 일곱 마리나 낳고 모두 훌륭히 키웠다. 검둥이가 새끼 젖을 먹이는 광경이 지금도 눈에 선하다. 검둥이가 누우면 새끼들이 젖을 하나씩 물고 늘어졌다. 젖은 실한 젖도 있고 흔적만 있는 젖도 있었다. 힘세고 큰 새끼들은 언제나 젖이 잘나오는 실한 젖꼭지를 차지했다. 그것을 아는지 검둥이는 가끔 몸을 뒤집었다. 그러면 빈약한 젖꼭지를 빨던 새끼들도 실한 젖꼭지를 차지할 수 있었다. 검둥이는 처지는 놈하나 없이 건강하게 일곱을 키워냈다.

아버지는 검둥이가 젖을 먹이다 뒤척일 때마다 우리 형제들에게 검둥이가 몸을 뒤적거리는 행위에 대해 성명해 주곤 했다.

"검둥이를 보거라. 개도 자기 새끼가 하나라도 처질까봐 저리 애쓰고 몸을 뒤척이는구나. 세상의 모든 부모 마음은 저 검둥이 같을 거야. 아버지는 너희들 중 하나라도 처질까봐 늘 노심초사하고 있어. 아버지 말뜻 늘 명심해라."

한동안 아무 말도 하지 않았다. 아마도 아버지의 말씀을 생각하고 하고 있을 것이다.

방금 지나간 우비 입은 사람은 어디 있는지 보이지 않았다.

"방금 자전거 탄 사람 어디로 갔지?"

언니가 떨리는 목소리로 말했다. 우리는 발끝을 들고 사방을 둘러보며 자전거를 찾았다.

"귀신이 곡할 노릇이네. 방금 지나간 사람이 어딜 갔다는 거야."

남동생이 떨리는 목소리로 말했다.

"우리가 헛 거 본 게 아닐까?"

내가 말했다.

"언니, 그런 게 어딨어. 찾아보자."

여동생이 우산을 찾아 들고 빗속을 뛰어나가 소리쳤다.

"검둥아! 검둥아!"

여동생은 마치 자전거를 따라가던 그 개가 예전에 키우던 검둥이라도 되는 듯이 소리쳐 불렀다.

비는 점점 더 거세게 내렸다. 거센 빗줄기에 벼들이 이리 쏠리고 저리 쏠리며 춤을 추었다. 콸콸콸. 밭고랑으로 물이 흘렀다. 빗줄기로 인해 바로 앞도 보이지 않았다.

"검둥아! 검둥아!"

우리는 자전거가 사라진 쪽을 향해 소리를 질렀다. 비가 내리는 벌판은 거대한 바닷속 같았다. 벼가 물풀들처럼 춤을 추었다. 우리 남매는 왜 찾는지도 모르게 검둥이를 애타게 찾았다. 얼마쯤 찾았을까. 빗줄기 속에 어떤 것이 움직이는 것 같기도 하고, 움직이지 않는 것 같기도 하였다.

얼마 후 멀리 서쪽 하늘에서부터 천천히 파란 하늘이 드러났다. 비도 차츰 잦아들었다. 한바탕 소나기를 맞아 갈증을 식힌 벌판은 초록으로 반짝반짝 빛났다. 어느새 하늘에는 잠자리가 날았다. 메말랐던 대지가 생동감으로 넘쳤다.

마른장마가 이쯤에서 멈춰졌으면 좋겠다.

리모콘

리모콘

　택시가 산모퉁이를 돌자 산에 가렸던 시야가 트이고 넓은 아파트 단지가 나타난다. 아파트 정문이 보이자 기사가 백미러 속으로 쳐다보며 몇 동이느냐고 묻는다. 나는 대답 대신 만 원짜리 지폐 두 장을 내민다. 건너편에서 붉은 투피스 차림의 여자가 택시를 보고 손짓한다. 기사는 빠른 손길로 거스름돈을 내준다. 여행용 가방을 내리자마자 택시는 급히 출발한다.

　뜨르륵 가방이 충직한 개처럼 따른다. 채소가게 앞에는 시퍼런 배추들이 작은 동산을 이루고 있다. 두툼한 파카를 걸친 상인 부부가 짐수레에 배추를 싣고 있다. 배추를 던지는 남자 얼굴의 반이 입이다. 남자가 던지면 여자가 받아서 수레 안에 차곡차곡 쌓는다. 남자의 동작이 빨라지면 여자의 몸짓도 빨라진다. 두 사람의 몸짓이 춤추는 것처럼 보인다.

총각무는 허연 몸을 보이며 가지런히 쌓여 있다. 잔잔한 알들이 한 잎에 베어 먹기 좋아 보인다. 김장때면 아내와 함께 김장 시장을 돌아다녔다. 아내는 몸이 단단하고 알이 잔 총각무를 골랐다. 나는 그것을 아내와 마주 앉아 다듬었다. 언젠가 고무장갑을 끼고 총각김치를 버무리고 있는데 이웃에 사는 후배 부인이 왔다. 그날 후배 부인은 집에 가서 울었다고 했다. 부부가 함께 김치 담그는 광경이 너무나 부럽고 질투가 나서 눈물이 났다고 했다. 그 말을 전하며 후배는 민폐를 끼쳤으니 책임을 져야 한다며 웃었다. 지금쯤 후배는 내가 살던 관사에 짐을 들여놓고 내가 떠난 자리에 앉아 회전의자를 돌리고 있겠지.

여러 개의 굵은 화살표 모양의 푯말이 제각각의 동을 가리킨다. 어디로 가야 할지 몰라 난감하다. 주머니를 뒤져 아내가 보낸 편지를 찾는다. 한참만에야 편지는 양복 안주머니에서 나온다. 무지개마을 5동 803호. 아내는 한마디 말도 없이 동 호수만 메일로 써서 보냈다. 이것이 지난 몇 개월 동안 아내와 소통한 유일한 언어였다.

바람이 불자 낙엽들이 뭉텅뭉텅 굴러다닌다. 은행나무 이파리가 눈 오듯이 쏟아진다. 은행나무 밑은 노란 양탄자를 깔아 놓은 것 같다. 5동이라 쓴 푯말이 가리키는 쪽을 향해 걷는다. 화단 모퉁이에 단풍나무 한 그루가 서 있다. 나무는 몇 개 남지 않은 선홍색 이파리를 떨친다. 이파리들이 선혈처럼 보인다.

오래전에 전역한 동기생이 생각난다. 그는 오로지 군인이 되기 위해 세상에 태어난 사람 같았다. 사관학교를 두 번 낙방한 끝에 입학했지만 사 년 후에는 우수한 성적으로 임관이 되었다. 나는 그와 함께 휴전선 근방에 배치 받았다. 첫 부임지에서 완벽하게 임무를 수행한 그는 부대를 떠나기 이틀 전 지뢰를 밟았다. 지뢰 터지는 소리를 듣고 달려갔을 때는 그의 몸 주위에 선혈이 낭자했다. 안아 일으키자 다리에서 피가 뚝뚝 떨어졌다. 다리 하나를 나라에 바친 동기생은 화려한 전역식을 하고 개선장군처럼 부대를 떠났다.

"군관의 명예가 더럽혀진 지금 내가 할 수 있는 일이라곤 아무것도 없어. 군인에게 명예는 생명과도 같다는 거 자네가 더 잘 알잖아. 앞으로도 난 자네에게 해 줄 게 없네. 그러니 옷을 벗든지 말든지 알아서 하게나. 참고로 내가 자네라면 미련 없이 옷을 벗겠네."

진급에서 탈락했을 때 모시던 상관은 말했다. 얼마 전까지 임기가 끝날 때쯤이면 함께 일하자는 제의가 여기저기서 들어왔다. 동기생 중 나는 맨 앞에 서서 달렸다. 100미터 달리기를 하듯이 나는 그렇게 달리고 달렸다. 아무도 나를 따라올 자가 없었다. 그 여자를 만나기 전까지는……. 여자를 생각하자 머릿속이 아득해진다.

아내의 차는 경비실 옆에 반듯하게 세워져 있다. 차 위에 낙엽들이 소복이 쌓여 있다. 아내는 오랫동안 외출을 하지 않은 것 같다. 주차하기 위해 차를 몇 번씩이나 앞으로 뺐다가 넣는 아내의 모습이 눈에 그려진다. 아내는 장롱 속의 옷이나 주방의 그릇, 아이들 방의 책들까지 어느 것 하나 흐트러뜨리지 않는다.

경비는 낙엽을 쓸어 모으느라 부산스럽게 움직인다. 쓸어 모은 낙엽을 두 손으로 들어 마대 안에 담는다. 바람이 불자 애써 모아놓은 낙엽들이 제멋대로 다시 흩어진다. 경비실에서 무슨 일이 난 것처럼 요란하게 인터폰이 울린다. 그는 담다가 만 마대자루를 벌려놓은 채 두고 경비실로 뛰어 들어간다. 자루 안에 담긴 낙엽이 바람에 흩어진다.

154

허둥대며 뛰어 들어가는 경비의 뒷모습을 보며 큰형을 생각한다. 큰형도 낙엽을 담다가 인터폰이 울리면 저렇게 달려갔을까. 온종일 경비실 안에 들어앉아 들락거리는 방문객들을 체크했을까. 경비실 안에서 때가 되면 밥을 먹고, 시간 맞추어 순찰을 돌고, 아침이면 다른 경비와 교대를 했을까. 엄마를 대신해 준비물을 챙겨주고 손을 잡고 학교를 데리고 다녔던, 얌전하고 내성적인 큰형이 저 일을 했다는 사실이 믿어지지 않는다. 아버지 같았던 아니 엄마 같았던 큰형이 죽었다는 사실은 더더욱 믿어지지 않는다.

천천히 걷는다. 어느 새 아내가 적어준 5동 803호 앞이다. 초인종에 손을 대었다 뗀다. 몇 번을 망설인다. 여긴 내 집이야. 내 집에 내가 찾아온 거야. 마음속으로 나 자신에게 다짐하듯 말한다. 벨을 꾹 누른다. 안에서 아무런 기척이 들리지 않는다. 그 고요함이 오히려 평화롭게 느껴진다. 순간 현관문 따는 소리가 철컥하고 난다. 그 소리는 심장을 향해 당겨지는 방아쇠의 쇳소리처럼 서늘하다.

밖은 너무 밝고 집안은 어둡다. 현관문을 닫으니 센서 등이 저절로 켜진다. 어둠은 쉽게 익숙해지지 않는다. 어둠 속에서 아내는 뒷모습만을 보이고 타박타박 걸어 문간방으로 들어간다. 잠시 후 방문 잠그는 소리가 난다. 그 문은 영원히 열리지 않을 것만 같다.

나는 현관 모퉁이에 끌고 간 가방을 세운다. 그 속에는 지난 이십여 년을 정리한 물건이 들어있다. 여러 작전에 참가한 페넌트와 전근할 때마다 받은 감사패, 면도기, 노래테이프, 필기도구, 낡은 수첩……. 액자 하나를 꺼낸다. 승진 축하 때 가족들과 함께 사진관에 가서 찍은 사진이다. 푸른 절개를 상징하는 대나무로 만든 꽃 세 개가 양어깨에서 빛난다. 보일 듯 말 듯 한 미소를 띠고 있는 사진 속의 내 모습이 늠름하다 못해 아름답다.

어둠이 익숙해진다. 벽에 걸린 사진이 눈에 들어온다. 푸른 바다를 배경으로 아내와 아이들이 웃고 있다. 깔깔거리며 웃는 웃음소리가 사진 밖으로 튀어나오는 것 같다. 방으로 들어간다. 방 한가운데는 앉은뱅이 탁자가 놓여 있다. 탁자 위에는 사진액자 하나가 놓여 있다. 산을 등지고 찍은 사진이다. 바다에도 산에도 나의 모습은 보이지 않는다.

투명한 유리창을 사선으로 통과한 햇볕이 노란 식탁 위에 얌전히 앉아 있다. 햇볕은 사다리꼴 모양을 하고 있다. 햇볕 한가운데는 녹색 무늬의 커피 잔 하나가 놓여있다. 잔은 아직 따뜻하다. 방 안에는 아내의 체취처럼 커피향이 흐른다. 아내는 틈만 나면 커피를 마셨다. 초조하거나 흥분되는 일이 있으면 애연가들이 줄담배를 피우듯 하루 종일 커피를 입에 달고 살았다. 지금 아내는 방 안에서 커피를 생각하고 있으리라.

부엌으로 가 주전자에 찻물을 올린다. 잔을 꺼내 커피 알을 덜어낸다. 커피 한 스푼과 같은 양의 프림과 설탕을 넣는다. 솔밭에 바람이 떼 지어 지나가는 소리를 내며 물이 끓는다. 첫물은 아내가 하는 것처럼 싱크대에 따라낸다. 잔에 물을 따른다. 커피는 작은 소용돌이를 치며 녹는다.

커피 마실래? 나는 아내가 사라진 방 앞에 가서 문을 두드리며 말한다. 집에 들어온 지 한참만이다. 아내는 대답하지 않는다. 순간 아내가 나올까 봐 두려워진다. 아내가 나오지 않는 것이 다행이라 생각한다.

"당신은 군인이에요. 군인이 여자 문제를 만든다는 건 옷을 벗겠다는 소리와 마찬가지란 걸 당신이 더 잘 알잖아요. 없었던 걸로 하겠어요. 그러니 제발 더는 그 여자를 만나지 마세요. 그렇다고 당신을 받아들이겠다는 건 아니어요. 내가 이러는 거 아빠 없는 아이들 만들고 싶지 않아서예요."

아내는 녹음해 놓은 것처럼 똑같은 말을 되풀이했다. 격양되었던 아내의 목소리는 차츰 맥이 빠졌다. 어느 날부터는 아예 침묵하고 있다.

커피 두 잔이 식탁 위에서 싸늘하게 식어간다. 창밖을 본다. 목련은 어느새 나목이 되어 있다. 봄에, 봄볕에 겨워 지는 목련 꽃잎을 바라보며 아내와 이 자리에 앉아 커피를 마셨지. 아내의 행복해 하는 얼굴이 목련처럼 벙긋이 벌어져 있었다. 아내의 얼굴을 보며 문득 그 행복이 땅바닥에 내던져지는 상상을 했다. 나는 그렇게 될 거라는 것을 무참하게도 알고 있었다. 얼마 후 나를 둘러싼 안개가 서서히 걷히고 그것은 외면할 수 없는 현실로 드러났다. 여자와 만난 지 삼 년 만이었다.

주머니 속에서 휴대전화가 울린다. 여자다. 여자는 내가 아내에게 돌아가려고 결심할 때마다 전화를 걸었다. 내 마음은 언제나 여자의 감각에 노출이 되어 있다. 여자 앞에 서면 내 몸 안에 있는 이성들은 수초들처럼 흔들거렸다. 그 수초들 사이를 금단의 감각들이 물고기처럼 헤엄쳐 다녔다.

지금 막 도착했노라고 여자가 말한다. 외국산 세제를 목표치 이상으로 달성한 여자는 회사 경비로 해외여행을 갔었다. 여자의 목소리는 내 몸 안에서 싹트던 죄의식을 순식간에 잘라버린다. 여자가 만나자고 한다. 나는 마음이 급해진다. 여자를 만나러 아내의 집을 서둘러 나와 현관문을 닫는다. 쾅! 문 닫는 소리가 유난히 크게 들린다. 문을 쳐다본다. 마지막일 것 같은 생각이 든다. 나는 뭔가를 떨쳐내겠다는 듯이 고개를 흔든다.

여자의 감각은 신기하게도 정확하다. 휴대전화가 울리기 전 나는 아내에게 매달려 용서를 빌려는 참이었다. 당신에게 성실한 남편이 되겠다고, 아이들에게 더는 부끄럽지 않은 아버지가 되겠다고 맹세하고 또 맹세하려고 했다.

여자는 시끄러운 음악 속에 앉아 줄줄 웃음을 흘린다. 오늘따라 그 모습이 더욱 천해 보인다. 여자는 천해 보일수록 빛난다. 자리에 앉자 여자는 나를 품는다. 아기에게 하는 것처럼 토닥이며 얼굴을 만진다. 여자는 이내 나를 의자에 눕히고는 바지의 지퍼를 내린다. '립스틱 짙게 바르고', '나팔꽃보다 짧은 사랑아' ……. 어느새 호남선에는 비가 내린다. 여자는 언제나 다섯 곡을 미리 예약해 둔다. 여자가 내 몸 위로 오른다. 여자의 등 뒤로 붉은 사이키 조명이 빙빙 돈다. 시끄러운 반주 소리가 빗발처럼 쏟아져 내린다. 나는 눈을 감고 소리를 지른다. 소리는 시끄러운 반주 속에 묻힌다.

아내가 불쑥 내려왔을 때도 나는 관사에서 지금처럼 여자와 이러고 있었다. 여자는 아내를 보고도 당황하지 않았다. 천천히 일어나 휴지를 뜯어 밑을 닦고는 벌거벗은 몸을 돌려 아내를 보며 말했다. 함께 살지 않는다 뿐이지 우린 부부와 똑같아.

아내가 여자의 얼굴에 두루마리 휴지를 던지며 어서 옷을 입으라고 소리쳤다. 휴지가 거실을 가로질러 굴러가 창문 앞에서 멈췄다. 아내가 바둑 알 통을 던졌다. 바둑알들이 집 안 구석구석까지 흩어졌다. 아내가 식탁 의자를 내 던지고 식탁 위에 있던 수저통을 내던져도 여자는 조금도 서둘지 않았다. 천천히 옷을 다 입은 여자는 남자들을 이해를 해줘야 한다고 아내에게 충고하듯이 말했다.

아내가 여자와의 관계를 안후에도 변한 것은 아무 것도 없다. 나는 여전히 여자를 만나 섹스를 한다. 아아! 죽고 싶어. 절정에 오르면 여자는 언제나 그렇게 소리쳤다. 나도 그러고 싶었다. 굵은 동아줄로 여자와 함께 칭칭 묶여 펄펄 끓는 쇳물 속으로 들어가 그대로 녹아버리고 싶었다. 환희와 말초적인 쾌락과 어떠한 욕망도 더는 일어나지 않을 것 같이 소진된 나른함의 끝이 죽음일지라도 기꺼이 받아들일 것 같았다. 단 한 번의 교미를 마치고 수컷을 아삭아삭 깨물어 먹는 암사마귀처럼 나도 여자에게 잘근잘근 씹혀 몸속으로 들어가 여자의 일부가 되고 싶었다. 이상한 일이다. 행복의 절정에서 나는 언제나 죽음을 떠올렸다.

다섯 개의 예약한 곡과 함께 모든 행위는 끝난다. 불이 들어오고 노래방 기기는 선곡해 달라고 보챈다. 방음이 잘 된 방 밖에서는 모기소리마냥 앵앵거리며 노래들이 흘러 다닌다.

"나 전역했어. 아까 막 왔어."

여자는 전역이란 소리에 미간을 찌푸린다.

"우리 관계가 보안대까지 알려져 더 이상 견딜 수가 없었어. 상부로부터 강한 압력도 있었어."

아내에게 그런 모습을 보이고도 전혀 당황해하지 않던 여자는 한동안 말이 없다.

"나 이혼 할 거야. 당신도 그래. 그리고 우리 함께 살아."

나는 여자에게 간청한다.

"뭘 먹고 살아. 나보고 자기까지 먹여 살리라고? 그래도 내 남편은 중장비 기술이라도 있지."

말을 마친 여자는 머리를 매만지더니 가방을 들고 일어난다.

"가지 마! 내가 뭐든 해서 먹여 살릴 거야!"

나는 여자에게 매달린다.

"그놈의 명예가 밥 먹여 줘? 내쫓는다 해도 붙어있어야지. 생각해 봐. 지금 세상에 사회에 나와 뭘 먹고 살려고 해?"

여자의 아버지는 원사로 전역한 군인이었다. 전역하고 이것저것 손대다가 손해를 보고 뇌경색으로 쓰러져 지금은 노인병원에 있다고 했다. 여자는 내 어깨의 계급장을 눈부시게 쳐다보곤 했다.

차라리 젊고 예쁜 여자라면 덜 분하겠어. 어디 여자가 없어서 그런 여자와…… . 더러워! 아내를 더욱 분노케 한 것은 뚱뚱하고 못생긴 여자의 모습이다. 혼란스럽다. 언제부턴가. 그래 그 여자를 만나고부터 나의 몸은 내 의지대로 움직여지지 않았다. 여자가 리모컨으로 조종하고 있었다. 있을 수 있는 일이다, 없던 일로 하겠으니 여자를 더는 만나지 마라. 아내는 울며불며 여자와의 관계를 청산할 것을 간청했다. 그렇지만 나의 의지와 상관없이 여자는 떠나지 않았다. 이제 여자는 떠났다.

지하 노래방에서 올라오니 오후의 햇볕이 머리 위로 하얗게 부서져 내린다. 아내도 가고 여자도 가고 목숨처럼 여기던 직장도 다 나를 떠났다. 아마 지금쯤 아내는 식어빠진 커피를 싱크대 하수구에 버릴 것이다. 어제까지 앉아있던 내 자리는 후배가 앉아 전임자의 흔적을 먼지처럼 털어내고 있을 것이다. 머리를 매만지고 떠난 여자는 남편과 아이들을 위해 푸짐한 장을 볼 지도 모르지.

거리에 우두커니 섰다가 아무 버스에나 오른다. 버스가 정거장에 서자 여드름이 더덕더덕 붙은 남학생들이 차에 가득 올라와 선다. 누가 무슨 이야기를 했는지 남학생들이 한꺼번에 와글거리며 웃는다. 그들 또래의 아들 얼굴이 떠오른다. 아들의 꿈은 아버지처럼 자랑스러운 군인이 되는 것이었다. 아들은 어릴 때부터 목례 대신 멋진 거수경례를 했다. 그 모습이 흐뭇하고 자랑스러웠다. 아들의 얼굴이 눈에 어른거린다.

눈을 감는다. 와글거리는 소리가 들린다. 와글와글 웃으며 아이들이 어머니를 쫓는다. 대낮에는 멀쩡한 정신이던 어머니가 태양이 바닷속으로 빠져들 때쯤이면 바닷가를 뛰어다녔다. 어머니의 얼굴은 열꽃 않는 사람처럼 들떠 있었다. 하늘도 바다도 어머니의 얼굴도 온통 붉은빛으로 들끓었다. 아이들은 어머니 꽁무니를 따라다니며 소리쳤다. 미친년. 화냥년. 남편 잡아먹은 년.

차가 로터리를 돌자 낯익은 이름 하나가 눈에 들어온다. 민경표 건축설계사사무소. 간판은 깨끗한 빌딩 오층에 매달려 있다.

경표가 전화를 한 것은 부대에 짓는 아파트 건 때문이었다. 자기가 설계한 것을 작은 건설 회사를 운영하는 동창이 짓게 해 달라는 것이었다. 별로 어려운 것이 아니라 기안해 올렸더니 위에서 결재가 났다. 내가 너의 신세를 질 줄이야. 언제 원수 갚아야지. 시간 있으면 들러. 꼭이다. 베풀면 베풀었지 남의 도움을 전혀 받고 싶어 하지 않는 경표는 다짐하고 또 다짐했다.

경표는 고등학교 일 학년 때 반장이었다. 그는 사생대회나 교내외 백일장, 음악 콩쿠르, 하다못해 장학퀴즈까지 나가 상을 받아왔다. 그는 무엇이든 먹어치우는 괴물처럼 상이란 상은 다 독식했다. 그 시절 나는 신이 있다면 달려가 따지고 싶었다. 그가 가지고 있는 것 하나만이라도 아니 반만이라도 나에게 달라고 애걸하고 싶었다.

고1때 어느 날이었다. '썰어 놓으면 한 접시'라는 두툼한 입술을 가진

담임이 교실에 들어오더니 이름을 부르기 시작했다. 김덕환, 김영철, 한성민, 장수명……. 담임은 열 명을 불러일으켰다. 꼴찌에서부터 열 명이라고 했다. 그날 그들은 청소를 했다. 그날 이후 그들은 자기들끼리만 놀았다. 아니, 호명되지 않았던 아이들이 자기들끼리만 놀았다고 하는 것이 옳을 것이다.

나는 다행히 열 명 안에 끼지 않았다. 그 후의 내 삶은 그들에게 끼이지 않기 위한 몸부림이었다. 밤 열 시까지 학교에 남아 자율학습을 했다. 점심 먹을 때조차 한 손에 단어장을 끼고 외웠다. 쉬는 시간에는 수학정석 문제를 풀었다. 나는 내가 원하는 대학에 어렵지 않게 들어갔다.

아내와는 동문미팅 때 만났다. 아내는 눈에 띄게 예뻤다. 훤칠한 키와 반듯한 이마가 나를 사로잡았다. 생글생글 웃는 모습을 보면 나까지 웃음이 저절로 흘러나왔다. 초등학교 때부터 반장에 회장에, 내가 보기에 대강대강 공부해도 무난히 대학에 들어가는 그런 부류였다.

그녀와 결혼할 때 나는 꿈만 같았다. 원하는 대학을 나와 좋은 직장에 들어가고, 예쁘고 똑똑한 여자와 결혼한다고 둘째형이 몹시 부러워했다. 어려서부터 공부뿐 아니라 재주도 나보다 훨씬 낫다는 평을 들었던 둘째형이었다. 둘째형은 지금 상도동에서 지물포를 하고 있다.

엘리베이터는 작은 미동도 없이 나를 오 층에 내려놓는다. 원목으로 장식되어 있는 사무실 내부는 고급스러워 보인다. 경표는 네 명의 직원과 함께 앉아 머리를 맞대고 무언가를 하고 있다. 경표는 그들에게 무언가를 지시하다가 문 앞에 서 있는 나를 본다. 그는 진심으로 반가워한다. 경표는 그들에게 몇 가지 더 지시하고 밖으로 나온다.

짧은 십일월의 저녁 해가 빌딩 너머에서 피를 토해내고 있다.

경표는 일식집으로 들어간다. 벽 전체에 바다가 그려진 집이다. 물고기들이 바다 밖으로 튀어 오른다. 문을 열고 들어가자 지배인이란 사람이 허리를 굽혀 정중히 인사를 한다. 지배인은 제주에서 방금 직송했다는 다금바리가 있다고 말한다. 경표는 고개를 끄떡인다.

"잘 왔어. 믿을지 몰라도 일하다가 잠깐 니 생각을 했는데 니가 거기서 있더라. 이건 텔레파시가 통한 거 아니니?"

나는 실소한다. 경표는 일등만 하는 반장이고 나는 하위 그룹이었다. 서로 숭배하고 경멸하던 그런 관계였다.

"어제는 말이야, 아들놈이 성적표를 받아왔는데 중간이더라. 서울도 아닌 지방. 그것도 평준화 지역에서 말이야. 황당하더라. 정말 자식 농사만은 맘대로 안 되는가 봐. 과외 시키고 학원 보내고 별짓을 다 해 봐도 안 돼. 내게 비결 좀 가르쳐 줘라."

큰아이가 대학에 들어갔을 때 나는 동창들 사이에서 유명해졌다. 동창 중에 제일 먼저 아들을 대학에 보낸 것이 그랬고 명문 의대를 보낸 것이 또 그랬다. 그러나 내가 더 유명해진 것은 작은아들이 재직 중인 학교에 근무하는 동창의 말 때문이었다. 동창은 동문회에 와서 떠들었다. 작은아들도 전교 일 등을 해. 와이프는 또 어떤지 알아? 대소변 받아내는 시어머니를 모시고 있어. 오 년이나 되었대. 선생들은 효부라 누군가가 자식들을 보살펴 주는 거라고 말하곤 하지. 어버이날엔 효부상을 받았어.

그의 말대로 아내의 인내력은 대단했다. 중풍으로 누워 있던 어머니는 큰형 집에서 작은형 집으로 옮겨졌다. 큰형수가 몇 번이나 가출을 시도한 뒤였다. 작은형수는 큰형 등에 업혀온 어머니를 구급차를 태워 노인

병원으로 보냈다. 그 후 우리 삼 형제는 다달이 병원비를 마련해야 했다. 큰형이 제일 먼저 두 손을 들었다. 다음 달에는 작은형도 병원비를 만들지 못했다. 나 혼자 병원비를 부담했다. 어느 날 아내는 병원에서 어머니를 모셔왔다. 병원에 간 지 육 개월 만이었다.

아내는 어떠한 내색도 하지 않고 어머니의 대소변을 받아냈다. 밥을 떠서 먹이고 등창이 난 곳에 약을 발라주었다. 휠체어에 태워 목욕도 시켰다. 어머니는 말도 못하고 움직이지도 못하지만 눈만은 살아 텔레비전을 종일 켜 놓고 살았다. 그런 삶의 방식에 익숙해져서인지 어머니는 누워서도 뿌옇게 살이 쪘다.

"허긴 내 아내는 효부가 아니니까 누군가가 보살펴 줄 리 없지. 어머니가 오신다고 하면 며칠 전부터 두통약을 먹어. 내 아내는……."

경표는 자식에게도 아내에게도 재미가 없는 모양이다. 이놈의 술은 아무리 먹어도 취하지 않는다며 술을 자꾸자꾸 마신다. 나도 마구마구 술을 위 속에 들어붓는다. 경표는 네가 무슨 걱정이 있어 그렇게 술을 마시느냐고 게슴츠레하게 눈을 뜨며 말한다.

경표와 어떻게 헤어졌는지 생각이 나지 않는다. 그러고도 포장마차에서 술을 더 마신 것도 같다. 눈을 뜨니 바다가 보이는 모텔 안이다. 탁자 위에는 뚜껑을 따지 않은 소주가 두 병 놓여 있다. 기억이 나지 않지만 이곳에 들어올 때 사 온 모양이다.

나는 서둘러 소주 뚜껑을 따고는 벌컥벌컥 들여 마신다. 머릿속이 몽롱하다. 이대로…… 이대로 깨어나지 않을 수 있다면…… 이대로…… 아아! 나는 아내가 아닌 여자를 생각한다.

여자에게 전화를 한다. 고운 목소리의 여자가 지금은 전화를 받을 수 없다고 말한다. 술을 먹으면서 여러 번 전화를 했었다. 그때도 똑같은 목소리가 전화를 받을 수 없다고 대답한다. 빌어먹을! 휴대전화를 던진다. 땅바닥에서도 휴대전화는 전화를 받을 수 없다고 쉬지 않고 말한다.

여자는 부대 안으로 출퇴근하던 왼손잡이 미용사였다. 왼손에 가위를 들고 뒤에서 누가 쫓아오는 것처럼 빠르고 거칠게 손을 움직였다. 가끔씩 살이 드러나 보이는 옷 속으로 졸병들이 손을 넣고 장난을 쳐도 여자는 그저 비쭉 웃었다. 땀으로 범벅이 된 여자의 살에는 늘 짧은 머리칼이 달라붙어 있었다.

처음 졸병들에게 희롱을 당하는 여자를 보았을 때 나는 무섬증을 느꼈다. 이 도시로 굴러 들어와 한 번도 가보지 않았던 고향을 여자에게서 떠올렸다. 내가 버리고 온 고향은 지금도 저 여자와 같이 천한 한 여자를 아직도 기억하고 있을까. 여자는 나와 같은 나이라 했다. 그 후 나는 부대 내 이발소를 이용하지 않았다.

그 후 여자는 다단계 판매하는 외국계 회사로 가게 되었다고 고맙다는 인사와 다른 미용사를 소개하는 자리를 만들었다. 몇 번을 마다한 끝에 마지못해 자리에 나갔다. 소개받은 미용사는 젊은 남자와 함께 왔다. 술을 곁들어 저녁을 먹고 얼큰하게 취해 노래방에 갔다. 좁은 공간에서 고막이 터질 듯이 반주가 흘러나왔다. 그들은 음도 맞지 않는 노래를 열심히 불렀다. 점점 흥이 나자 소개받은 미용사는 함께 온 남자를 부둥켜안고 춤을 추었다. 어느 순간 그들은 멈추어 서서 압축기마냥 입을 포개고 서로를 빨아들이고 있었다. 여자가 부르던 노래가 끝날 때까지 그들은 그렇게 있었다. 젠장, 이젠 그만 떨어져. 여자가 사내의 엉덩이를 치며 소리쳤다. 그들은 오줌이 마려운 사람처럼 황급히 방을 나갔다.

여자와 둘이 남게 되었다. 어색해진 나는 집에 가야 한다고 일어났다. 여자가 더 놀다 가라며 붙들어 앉혔다. 얼떨결에 자리에 앉았다. 여자가 여러 곡의 노래를 예약했다. 여자는 엉덩이를 육감적으로 흔들었다. 손을 들어 허공을 향해 동그라미를 그리며 노래를 불렀다. '상하이, 상하이, 상하이…….' 여자의 목소리는 간드러졌다. 그 노래는 아내가 유치하다며 특별히 싫어하는 노래였다. 여자가 마이크를 탁자 위에 놓았다. 반주는 여전히 고막 속으로 꾸역꾸역 밀려 들어왔다. 머릿속이 난장판이 되었다. 여자가 나를 쓰러뜨리듯이 의자에 눕히고 바지의 지퍼를 내렸다. 순식간의 일이었다. 발버둥을 쳤던가. 마이크 줄이 발에 걸렸다. 마이크가 땅바닥에 내동댕이쳐졌다.

그때 왜 어린 시절 바닷가가 생각났을까. 학교에서 돌아오면 책가방을 내던지고 아이들과 갯벌을 향해 달렸다. 물이 빠져나간 개흙에서 게를 잡고 조개를 캤다. 그러다가 싫증이 나면 그 자리에서 뛰었다. 개흙이 다져지면 수렁처럼 밑으로 가라앉고 그 안에 물이 고였다. 우리는 더욱 신나게 땅을 밟았다. 그리고 고인 개흙 물을 서로에게 끼얹으며 깔깔댔다. 우리는 개흙으로 범벅이 되어 두 눈만이 반짝거렸다. 그때 한없이 편했다. 더는 더럽혀질 것이 없다는 것이 우리를 그렇게 만들었다.

그날, 노래방에서 여자와 헤어져 돌아오며 미친년 가랑이처럼 지저분한 여자가 생각나 몇 번이고 멈추어 서서 구역질을 했다. 절대로 다시는 만나지 않으리라 입술을 깨물며 다짐했다.

당신은 처음부터 날 원했어. 난 당신을 본 순간부터 알 수 있었어. 아니면 아니라고 말해. 그럼 나 이대로 가서 연락하지 않을 수 있어. 두 번째로 만나 섹스를 끝냈을 때 여자가 말했다.

아냐. 난 아내를 사랑해. 아내가 인내의 물을 주며 가꾸고 있는 가정을 사랑해. 이 세상 어느 꽃보다도 어여쁜 아이들을 사랑한다고. 그 울타리 안에 풍요로운 햇빛을 공급해 주는 빛나는 계급장을 사랑해. 아냐. 아니야! 나는 수도 없이 소리쳤지만 입안에서만 맴돌 뿐 소리는 나지 않았다. 나는 몸부림치며 다시 한 번 여자의 가슴에 얼굴을 묻었다. 아냐! 정말 아냐!

여자의 자궁 속을 헤집고 있을 때 이상하게 마음이 아늑하고 편했다. 그때서야 내 몸에 맞는 내 옷을 입고 내 집에 앉아 있는 것처럼 느껴졌다. 오랜 방랑 생활을 하다가 마침내 집에 돌아온 것 같았다.

아내가 여자를 보고 올라와 처음으로 한 것은 어머니를 텔레비전과 함께 큰형님네로 보낸 일이었다.

얼마나 잤는지 모른다. 문 두드리는 소리가 난다. 주인남자다. 하루 종일 인기척이 없자 올라왔다고 말한다. 창밖을 보니 벌써 해가 바닷속으로 피투성이가 된 채 죽어가고 있다. 나는 부스스 대며 일어난다. 주인남자는 안심한 얼굴을 하고 밖으로 나간다. 나는 소주 세 병을 사 들고 들어온다. 벌컥거리며 한 병을 다 마신다. 알 수 없는 힘이 솟는다. 양 주머니에 소주 한 병씩을 쑤셔 넣는다. 밖으로 나온다. 버스 종점이 보인다.

피는 못 속여. 피는 못 속여. 버스에 탄 사람들이 나를 향해 손가락질하는 것 같다. 피는 못 속여. 피는 못 속여. 내 몸의 온갖 세포들이 고개를 쳐들고 일어나 자기 피를 찾겠다고 아우성치는 것 같다.

퇴근시간이 지난 전철 안은 그런 대로 서 있을 만하다. 기숙사에 있던 시절, 주말이면 전철을 타고 지금은 아내가 된 여자를 설레는 마음으로 만나러 다니곤 했었지. 미용사 여자를 만나기 전까지 아내는 나에게 첫 사랑이자 마지막 사랑이었다. 아내는 그 사실을 언제나 흐뭇해했다.

연애시절 개통된 역은 예전의 산뜻함이 조금도 없다. 낡은 간판들이 층마다 매달려 경쟁이라도 하듯이 현란한 빛을 뿜고 있다. 역사와 통하는 육교를 내려오니 택시 정류장이 있다. 정류장에는 순식간에 긴 줄이 만들어진다. 맨 뒤에 가 선다.

큰형이 전화를 한 건 진급 발표가 있던 날이었다.

"네가 여자 문제로 진급에서 탈락될 줄은 몰랐어. 넌 일등이었잖아. 넌 내가 키운 것이나 마찬가지야. 아버진 없고 어머닌 널 버리고 미쳐 돌아다니고 그런 널 내가 밥 먹이고 기저귀 갈고 그렇게 키웠다고. 넌 내 꿈이고 희망이었어. 경비실에서 뜬눈으로 지세며 무슨 생각을 하는 줄 아니. 네 어깨의 계급장을 생각해. 우리 집안에 장래에 나올 의사 조카들을 생각한다고. 아냐! 이건 꿈이야. 꿈. 넌 도저히 그럴 애가 아니잖아. 어서 말해. 꿈이라고. 내가 지금 꿈을 꾸고 있다고 어서 말해줘."

벌컥벌컥 술을 들이키는 소리가 전화선을 타고 들려왔다.

"아버지가 떠났을 때보다 어머니가 미쳐 돌아다닐 때보다 지금이 더 비참해. 난 어떻게 해야 하니. 느이 형수 집을 나갔어. 똥오줌 받아내는 거 몇 달 하구선, 오 년 한 사람도 있는데 몇 달 하구선…… 집이 엉망이야. 이거 꿈이지. 어서 말해. 꿈이라고……"

술 취한 형의 목소리는 늘어진 테이프처럼 천천히 들렸다.

뒤에서 어떤 무시무시한 물체가 쫓아왔다. 도망치려니 발이 앞으로 나가지지 않았다. 진흙구덩이에 빠져 헛도는 바퀴처럼 나는 계속 제자리를 뛰며 마구 소리를 질렀다. 쫓아오지 마! 이건 꿈이야! 꿈. 날 쫓아오지 마! 그 꿈을 가르고 아득히 먼 곳에서 어떤 소리가 들렸다. 전화벨 소리였다. 무시무시한 물체는 전화벨 소리에도 아랑곳하지 않았다. 전화는 울고 누군가는 쫓아오고 그래도 내 몸은 움직일 수가 없었다. 벨소리는 계속해서 끈질기게 울렸다. 그러고도 눈은 금방 떠지지 않았다. 전화벨은 더욱 더 요란히 울렸다.

"형이…… 형이 죽었어. 아파트 옥상에서 떨어졌대. 밤에 술을 꽤 많이 마신 것 같아. 경비실에서 자는 걸 다른 동 경비가 깨웠다는 거야. 지하 주차장에 도둑이 들어 내비게이션을 열 개나 떼어갔대. 그 길로 형이 보이지 않았대. 새벽에 우유 아줌마가 형을 발견했어. 아파트 화단에 피투성이가 되어 죽어있었대."

둘째형은 더 이상 말을 잇지 못하고 울음을 터뜨렸다.

택시는 장승백이를 지나 상도동 오래된 주택가로 들어선다. 곧 재개발이 될 거라는 플래카드가 내걸린 동네 입구에서 내린다. 좁은 골목길을 따라 올라간다. 집들은 똑같이 대문이 녹슬고 반쯤 무너져 내렸다. 누군가가 일부러 허물어 놓은 것처럼 낡아있다. 불빛만 보이지 않았다면 사람이 살고 있다고 생각하지 못했을 것이다.

벨을 누른다. 둘째형수가 신발을 지익지익 끌며 나온다. 형수는 화들짝 놀라 안으로 달려 들어간다. 잠시 후 둘째형이 씩씩대며 나온다. 형은 다짜고짜 달려들어 주먹으로 얼굴을 친다. 꽃잎처럼 후두둑 코피가 떨어져 발등을 적신다. 내 집 안에 한발자국도 들여놓지 마! 형의 고함 소리를 뒤로하고 안으로 들어간다. 형이 옷자락을 붙잡았지만 나는 한 손으로 뿌리친다. 대문 안에 들어오니 배설물 냄새가 났다. 냄새는 별채에서 났다. 세를 받기 위해 따로 들인 방에서 냄새를 풍기고 있다. 큰형이 죽고 어머니는 다시 둘째형 집으로 옮겨졌다. 세들인 사람을 내보내고 그곳으로 어머니를 옮겼다.

"형! 미안해. 나 어머니와 하루만 자게 해 줘. 부탁이야. 어머니와 마지막이니까 일어날 때까지 깨우지 말아 줘."

"어디 가니?"

"떠날 거야. 아주 멀리……."

"어디로 갈 건데?"

"몰라."

방문을 열자 어둠 속에서 훅 하고 오물 냄새가 난다. 아내가 종일 닦고 닦아도 어느 곳인가에서 풍겨 나오던 그 냄새는 거침없이 코를 밀고 들어온다.

벽을 더듬어 불을 켠다. 형광등은 스타트 전구가 다해 계속 깜박거린다. 누운 어머니가 보였다 사라졌다 한다. 물그릇과 일회용 기저귀와 헝클어진 옷가지들이 보였다 사라진다.

이불을 들쳐 어머니의 아랫도리를 본다. 허옇게 쉰 털 무더기 속으로 누런 배설물이 뭉개져 말라 있는 것이 깜박거림 속에서 보인다. 그 속으로 힘없는 두 다리가 뻗어 있고 냄새는 기승을 부리고 뿜어져 나온다. 나는 아내가 하던 것처럼 일회용 장갑을 끼고 말라붙은 배설물을 뜯어낸다. 배설물이 붙었던 자리는 벌겋게 부풀어 오른다. 나는 여러 장의 걸레를 빨아다가 어머니의 온몸을 구석구석 닦는다.

윽윽, 어머니는 무언가 말하고 싶어 하는 것 같다. 나는 어머니의 얼굴을 들여다보며 물을 축여 헝클어진 머리를 빗긴다. 머리를 쪽처럼 가지런히 뒤로 모은다.

어머니의 눈을 똑바로 들여다본다. 베개 밑이 홍건히 젖어 있다. 손바닥으로 어머니의 눈물을 닦는다. 닦아내도 눈물은 멈추지 않는다. 어머니의 얼굴 위로 내 눈물이 떨어진다.

"어머니! 나도 몰라요. 왜 이렇게 됐는지. 하지만 어쩔 수 없었어요."

어머니의 눈을 들여다보며 말한다. 어머니는 다 알고 있다는 듯이 두 눈을 깜빡인다.

어머니가 풍으로 갯벌에 머리를 박고 쓰러져 있는 것을 발견한 것은 동네 아이들이었다. 병원에서 깨어났을 때 어머니는 내가 한 번도 본 적이 없는 편안하고 그윽한 얼굴이었다. 손가락질을 받지 않아도 된다는 사실이 어머니를 편하게 했었나 보았다. 방구석에 처박혀 있는 것이 나아. 차라리 잘 된 거야. 큰형이 그런 어머니를 붙들고 울부짖었다. 계속해서 어디인가에서 큰형의 울부짖음이 들려오는 듯하다. 차라리 잘 된 거야. 차라리. 형이 다시 울부짖는다.

나는 전역하기 전에 모아 두었던 알약을 꺼내 어머니 입 속에 넣는다. 어머니는 그것을 허겁지겁 받아먹는다. 주머니 속에 있는 소주를 입 안에 붓는다. 어머니는 그것도 갈증이 난 사람처럼 한 병을 다 받아 마신다. 나는 남은 약을 입에 넣고 천장을 보며 소주를 벌컥벌컥 들이킨다. 지켜보는 어머니의 눈에서 눈물이 흐른다.

형광등을 끄고 가만히 어머니 곁에 눕는다. 두 팔로 어머니를 안는다. 사랑할 수도 버릴 수도 없는 어머니의 품은 그 여자의 품 같다. 손을 들어 어머니의 가슴을 가만가만 더듬는다. 손끝에서 갯벌에 물이 빠져나가는 것처럼 힘이 빠져나간다. 시간이 아주 느리게 흘러간다. 눈이 감긴다.

몸은 이미 늪과 같은 잠 속에 빠졌지만 머릿속은 또렷해진다. 아아! 커피 향 나는 아내의 따뜻한 품이 그립다. 아내는 여전히 무지개처럼 높이 떠서 빛나고 있다. 한 번도 만져 보지 못한 일곱 가지 찬란한 무지개. 무지개가 가물거린다.

약속

약속

화창한 봄날

　문을 밀고 들어갔을 때 증권회사는 텅 비어 있었다. 영화가 끝나고 관객이 빠져나간 것처럼 썰렁한 객장에는 빈 의자들만 놓여 있었다. 모퉁이에 놓인 커피 자판기 앞에는 제복을 입은 여직원 서넛이 서서 높은 웃음소리를 내고 있었다. 전광판에는 파란 형광글씨들이 촘촘히 박혀 쉴 새 없이 깜박거렸다. 증권회사를 난생처음 들어가 보는 영진은 그 낯선 모습에 어리둥절했다. 그녀는 여직원들이 모여 한가하게 잡담을 하고 있는 곳으로 걸어갔다.

　"김광식 과장님 만나러 왔는데요."

　"지금 점심시간인데……. 아, 김 과장님은 식사하러 안 가셨군요. 저기 계세요. 1호 상담실 안에요."

함께 차를 마시던 여직원이 상담실에 있는 김 과장을 찾아내고는 손끝으로 가리켰다. 함께 앉아 있던 여직원이 김 과장님 하고 부르자 유리부스 안에 있던 한 남자가 쳐다보았다. 그는 또래의 남자와 한창 무언가를 이야기하던 중이었다. 영진은 잠시 멈칫거리며 서 있다가 상담실을 향해 걸어갔다. 가슴에 '과장 김광식'이라는 명찰을 단 사람은 친절하면서도 지극히 사무적인 태도로 어쩐 일이냐는 듯이 영진을 보았다.

"아침에 통화했던 윤경민 씨 안사람입니다."

"아, 그러세요. 확인만 해 주시면 됩니다. 글씨가 맞는지."

응접세트에 앉았던 과장은 자신의 명패가 놓여있는 책상으로 가 앉으며 영진에게 의자를 내 주었다. 영진이 앉자 그는 책상 속을 열어 서류 한 장을 꺼내 펼치며 말했다.

"지금 우리 지점은 휴면계좌 찾아주기 운동을 하고 있어요. 십 년 동안 거래가 없고 통지서를 보내면 돌아오곤 해서요. 사실 주식 사 둔 거 잊는 사람은 없을 거예요. 근데 연락 드렸을 때 주식 산 일이 없다고 하셔서요. 나오셔서 확인해 보라고 한 거예요."

영진은 김 과장이 내민 종이를 죽 훑어보았다. 개봉동 산 34번지의 주소와 윤경민이란 이름이 적히고 677로 시작하는 전화번호가 쓰인 서류는 남편의 글씨였다. 남편의 글씨는 폭이며 넓이가 자로 잰 듯이 일정하고 글씨 끄트머리를 약간 구부려 써서 무늬가 반복되는 천장 무늬를 보는 것 같았다. 이중섭 엽서전을 보고 와서 글씨체를 그렇게 바꾼 것이라 했다. 그의 손은 요술쟁이처럼 남의 글씨를 흉내 내는 것뿐만 아니라, 만드는 것이라든가, 물건을 정리하는 것에서 남과 달랐다. 그가 손을 대꿈쩍꿈쩍 하면 무언가 만들어지고 손을 이리저리 움직이면 흩어진 물건들이 금방 주위의 물건들과 완벽한 조화를 이루며 제자리에 서 있곤 했다. 사람들은 그런 그를 재주꾼이라 하며 경이로운 눈으로 보곤 했다.

영진 역시 그런 그의 섬세하고 특별한 재주를 신기해하며 사랑했다. 결혼하고 잠깐 살았던 오래 전 그 주소와 전화번호와 글씨를 보자 반갑다는 생각보다 그리움과 함께 안타까움이 교차됐다.

"옛날 주소 맞아요. 남편 글씨도요."

"저 증권회사 직원 십오 년간 했어도 이런 일은 처음이거든요. 어떻게 산 주식을 잊어요. 사고라도 당했으면 몰라도……. 그런 일은 아주 가끔 있어요. 사고 당해서 주인이 나타나지 않는 경우요."

과장은 카드를 잃어버렸으면 다시 발급 받아 지금이라도 팔 수 있으며, 인감만 있고 관계를 증명할 수 있는 증명서만 있으면 본인이 아니라도 괜찮다고 했다. 영진은 남편에게 어찌된 영문인지 물어봐 다시 오겠다며 일어섰다. 과장은 일어선 영진을 올려다보며 조심스럽게 물었다.

"주식을 현 시가로 팔면 얼만지 아세요?"

영진은 그런 것에는 관심 없다는 듯이 무덤덤하게 과장을 내려다보았다.

"88년도에 이천 원 할 때 오천 주 사놓으셨네요. 지금은 이만 원이니 열 배가 올랐네요. 십 년 동안 열 배 올랐으니 남편께서 투자 잘 하신 거죠."

영진은 지금 눈앞에 앉아 있는 과장이 자신을 놀리고 있는 거라 생각했다.

"네? 그럼 얼마예요?"

"일억이죠."

176

"네? 일억요?"

영진은 일억이란 숫자가 실감이 나지 않았다. 무언가 잘못되었을 것이라고 생각했다. 영진이 사는 집은 오천만 원도 하지 않았다. 시댁에서 살다가 결혼한 지 오 년 만에 처음 장만한 집이었다.

일억 원은 영진을 흥분시키기에 충분했다. 하지만 영진의 마음은 조금도 들뜨지 않았다. 세상은 항상 그녀를 등 돌려 세워 놓고 저 혼자 빠르게 달려가고 있었다. 언제부턴가 그녀에게 기쁘거나 즐거운 일은 좀처럼 일어나지 않는다. 세상에 존재하는 크고 작은 희로애락들이 이상하게 영진에게만 오면 평범한 일상이 되었다. 영진이 바라보는 세상은 기쁠 것도 그렇다고 슬플 것도 없었다. 영진은 무언가 착오가 있지 않기를 바라며 증권회사를 나왔다.

쇼윈도 안에는 울긋불긋한 색상의 봄옷들이 진열이 되어 있었다. 노란 바바리코트를 입은 흑인 마네킹이 두터운 입술을 내민 채 도발적인 모습으로 서 있었다. 쇼윈도 밖은 마네킹이 입은 바바리코트 같은 봄볕이 다글다글 끓었다. 반투명하게 비치는 유리창 안에 검은 바바리를 입은 여자가 우두커니 서 있었다. 검은 저 바바리는 영진의 트레이드마크 같은 것이었다. 봄이 시작되고 부터 끝날 때까지, 그리고 가을이 시작되고 겨울이 올 때까지 항시 입고 다니는 단벌 코트였다. 검은 바바리가 나왔으니 봄이 시작되려는 모양이야 하며 동료들이 농지거리를 해도, 저 바바리는 서 선생을 위해 세상에 태어난 것 같아. 어쩜 저렇게 잘 어울려 하며 단벌인 영진을 꼬집어 말해도, 그녀는 신경 쓰지 않고 줄곧 그 옷을 입고 다녔다. 그 바바리는 남편이 첫 월급을 탔을 때 월급의 반을 뚝 잘라 사준 것이었다.

거리는 백화점으로 들어가려는 차량 행렬들로 꽉 차 있었다. 차들이 거북이처럼 움직였다. 건너편 백화점 벽에는 노란 유채꽃밭을 배경으로 젊은 가족이 손잡고 하늘을 날듯이 뛰고 있는 그림이 그려져 있었다. 그 위로 봄 세일한다는 대형 현수막이 걸렸다. 백화점 정문 앞에는 무슨 일이 일어난 것처럼 사람들이 몰려나와 들끓었다.

영진은 사람들을 등지고 천천히 걸었다. 평일 대낮의 거리가 몹시 낯설었다. 아침이면 용수철처럼 집을 튀어나와 학교로 달려갔다. 하루 종일 학생들과 생활하다가 집에 가면 학교보다 더 바쁜 일상이 영진을 기다리고 있었다.

점심시간에 나온 영진은 빈 택시를 기다리다가 천천히 걸었다. '빵, 빵' 뒤에서 경음기 소리가 들렸다. 영진은 발걸음을 보도블록 쪽으로 옮겼다. '빵, 빵' 다시 소리가 났다. 영진은 그 소리가 자기와 상관이 있을 거라고 생각하지 않았다. 잠시 걷다가 다시 택시가 지나가나 살폈다. 검은색 승용차 한 대가 영진의 걸음에 맞춰 천천히 따라 오고 있었다. 무슨 일인가 해서 쳐다보자 승용차가 서고 한 남자가 운전석에서 내려 영진을 향해 다가왔다.

"택시 잡으시려고요?"

당황한 영진은 대답하지 않고 그대로 서 있었다.

"제가 모셔다 드릴게요, 타세요."

"어떻게 처음 본 사람이……."

"아까 봤어요. 증권회사 상담실 안에 김 과장과 함께 있었어요. 김 과장을 찾아 왔었잖아요?"

잠시 후 영진은 김 과장이 누군가와 상담실 의자에 앉아 얘기하고 있었다는 것을 기억해냈다. 그렇지만 타라는 남자의 권유를 영진은 사양을 했다. 남자의 얼굴에 잠시 보였던 천진스런 장난기가 사라지고 얼굴색이 빨갛게 변하며 당황하여 어쩔 줄 몰라 했다. 영진은 남자의 얼굴에서 남편의 얼굴을 떠올렸다.

영진은 상현과 심심하면 가끔씩 연락해 만나는 사이였다. 연인이라고 하기는 덤덤하고 그렇다고 안 만나면 궁금하고 만나면 역시 늘 그렇듯이 지루한 영진과 상현은 그렇게 일 년 이상 만나고 있었다. 매사가 논리적이고 자신만만하여 자신의 뜻을 굽혀 본 적이 없는 상현에게 영진은 든든하다는 생각뿐, 별다른 느낌이 없었다.

어느 날 영진을 만나러 온 자리에 상현은 고등학교 동창이라는 한 사람을 데리고 왔다. 오랜만에 만나 그대로 헤어지기 뭐해 함께 왔다고 동창을 영진에게 소개했다. 그날 영진은 모처럼 활기차고 즐거운 시간을 보냈다. 그는 커피를 가져다 준 아가씨에게 메모지를 부탁해 좋아하는 노래가 무엇이냐고 물어 신청했다. 자신이 좋아하는 노래에 얽힌 특별한 사연을 얘기했고 남은 메모지 여백에다 그림을 그리고 짧고 예쁜 말들을 적었다. 순수학문이나 문학을 공부할 것 같은 그는 건축학과에 다니고 있었다.

이튿날 영진은 주머니 속의 돈이 마를 때까지 무교동 술집을 헤매고 다녔다. 친구들이 무슨 일이냐고 물어도 대답할 수가 없었다. 대학교수 아버지를 둔 고시공부 하는 상현은 친구들의 우상이었다. 그러나 영진을 쫓아다닌 것은 상현이 아닌 함께 온 그였다. 다음 날 영진은 심한 몸살로 학교에 갈 수가 없었다. 다음 날도, 또 다음 날도…….

일주일 만에 오후 늦게 든 강의를 들으러 가던 영진은 교문 앞에 서 있는 그를 보았다. 그는 어쩔 줄 몰라 하며 차 한 잔 마시자고 말했다. 영진은 그를 교문 앞에 세워 두고 강의실을 향했다. 강의를 들으며 그가 그대로 가 버리기를 바랐다. 강의를 마치고 본관 앞에 불타고 있는 단풍나무 숲을 지나 교문을 향해 걸으며 영진은 자신의 마음을 그림으로 그린다면 저 단풍나무 같다고 생각했다. 저 나무처럼 타오르다가, 저렇게 타오르다가 그 자리에 낙엽이 되어 떨어질지라도 그가 기다리고 서 있는 교문으로 가면 안 된다고 생각했다. 교문으로 갔을 때 그는 석양의 붉고 긴 햇살 속에 서 있었다. 영진이 말없이 서서 보자 그는 더욱 수줍어 얼굴이 빨개지며 어쩔 줄 몰라 했다. 그는 차 한 잔만 마시고 가겠다고 말했다. 영진은 남편 경민과는 그렇게 만났다.

차는 올림픽대로에 들어서고 있었다. 양옆으로 만개한 개나리가 쇼윈도에서 본 마네킹처럼 도발적으로 보였다. 설렘이 지나쳐 무언가 일을 만들어 보겠다는 의지가 도로로 넘쳐흘렀다. 여느 때와 똑같이 달리는 자동차들도 새로운 일을 만들려고 달려가는 것처럼 느껴졌다. 남자는 뜻밖에 승용차에 올라탄 이 여자에게 무슨 말을 어떻게 해야 할지 몰라 쩔쩔매고 있었다.

"먼발치에서 봤을 텐데 어떻게 증권회사에서 본 여자인지 아셨어요?"

영진이 먼저 말을 걸었다.

"아, 그거요?"

남자는 영진이 먼저 말을 꺼내준 것이 고맙다는 듯이 말했다.

"바바리 때문예요. 택시를 잡으려고 서 있는 사람이 아는 사람 같았어요. 잠시 생각했죠. 어디서 만난 적이 있는 사람인가 하고요. 금방 생각이 났어요. 증권회사에서 봤다는 걸요."

"처음 본 사람의 차를 왜 탔는지 궁금하시죠?"

"솔직히 저 그렇게 용기 있는 사람 아니에요. 차를 세우고 태워 주겠다고 말한 내 용기에 나도 놀랐어요. 하지만 선뜻 타는 그대에게도 놀랐어요."

남자는 영진을 그대라고 장난스럽게 불렀다.

"그쪽은 내 추억을 불러냈어요."

영진은 그대라는 말 대신 그쪽이란 말을 사용했다.

남자가 백미러로 영진을 보며 말했다.

"아름다운 추억이신가 보죠."

"네. 7년을 먹고 산 추억이죠. 저, 추억을 먹고살아요."

"그래요? 저는 추억을 잊으면서 사는데요."

영진은 운전하는 남자의 옆얼굴에서 잠시 스쳐 가는 그늘을 보았다. 남자는 계속 말했다.

"잠깐 봤다는 이유로 차를 세운 건 아니에요. 몰라요. 왜 차를 세웠는지."

그때 길동 사거리를 가르쳐주는 도로 표지판이 나왔다.

"부탁이 있어요. 이 길을 쭉 가면 미사리가 나와요. 바쁘지 않으시면 거기 찻집에서 차 한잔 마시고 가면 어떨까요."

영진은 남자의 말이 너무도 정중해 그대로 가만히 있었다. 차는 교차로를 그대로 스쳤다.

"저 얼른 들어가 봐야 해요."

"전화하시면 안 될까요?"

남자가 백미러로 영진을 보았다. 영진은 코트 속에 있는 휴대전화를 꺼냈다. 전화는 교감선생님이 받았다.

"교감선생님! 저 서영진인데요. 일이 늦어져서요. 조금 늦어질 것 같아요. 죄송합니다."

교감은 아무 걱정 말라고 했다. 더 늦으면 비담임이 종례까지 해 줄 테니 조금도 걱정하지 말라는 말을 보태는 것도 잊지 않았다. 언제부턴가 주위의 모든 사람들은 그녀에게 지나치게 호의적이다. 직장 상사나 동료들은 물론 친구들이나 심지어 시댁식구들까지 그녀의 말 한 마디면 작은 토도 달지 않고 그대로 통과되었다. 어떤 것들은 그녀가 말도 꺼내기 전에 이미 주위 사람들이 알아서 배려해 주기도 했다. 그런 것들이 고맙지만 때론 그녀를 짜증나게 했다.

영진이 전화를 끊고 휴대전화를 다시 주머니 속에 넣었다. 남자는 선생님이냐고 물었다. 영진은 그냥 미소를 지었다. 남자는 익숙하게 카폰을 눌렀다.

"일이 좀 있어 한두 시간 늦어. 좀 기다리라고 해. 두 시간 후에 오시든지. 아무튼 빨리 들어갈게. 참, 김 간호원. 오늘 실리콘 주문한 거 왔어? 알았어. 알았다고."

그쪽에서 빨리 들어오라고 재촉하는 것 같았다. 남자는 작은 신경질을 부리며 전화를 끊고는 민망한지 말했다.

"점심시간에 잠깐 나온 건데 들어가기 싫어요."

"의사이신가 봐요?"

"네. 여자들의 허영끼를 부추기고 있죠."

영진이 남자를 바라보았다.

"성형외과 의사예요. 의사지만 여자들이 무서워요. 예뻐지기 위해서 무슨 일이건 해요. 턱이나 광대뼈도 마구 깎아달라고 해요. 뼈는 조금만 건드려도 얼마나 아파요. 그걸 밤톨 깎듯이 깎는다고 생각해 보세요. 저는 칼을 잡고 있지만 생각만 해도 끔찍해요."

남자는 진저리 치듯이 말했다. 차는 한강을 끼고 달리기 시작했다. 미사리 조정경기장이란 표지판이 보였다. 남자는 즐비하게 서 있는 카페들 중 해적선이 놓여있고 해골이 그려져 있는 그곳에 차를 세웠다.

카페 안은 아무도 없었다. 카운터에서 책을 읽던 청년이 일어나 인사를 하고는 전망 좋은 곳이라며 이층으로 안내했다. 조정경기장이 한 눈에 내려다보이는 자리에 앉으며 영진은 지금 이 시간 이런 곳에 있는 자신이 지극히 낯설었다.

남자에게 휴대전화가 두 번 더 왔다. 그러자 남자는 아예 휴대전화를 진동으로 해 놓았다. 잠시 후 메시지가 오는지 남자는 다시 휴대전화를 들어보고 아무렇지도 않게 주머니에 넣었다. 청년이 커피를 내왔다. 작은 바구니에 스낵을 따로 담아냈다. 남자는 커피보다 먼저 스낵을 장난스럽게 씹어 먹었다. 영진은 스낵을 먹는 남자의 옆모습을 자세히 보았다. 마흔 중반쯤 보이는 작은 체구에 얼굴은 까맣고 동안이었다. 결코 호감이 가는 얼굴은 아니었지만 표정이 장난스럽고 해맑았다. 영진은 그의 얼굴에서 오랜 습관처럼 잠깐씩 스치는 어두움 같은 것을 볼 수 있었다.

해적선이 그려진 카페에 앉아 있던 시간은 겨우 커피 한 잔을 마실 만한 시간밖에 되지 않았다. 남자의 주머니에서 계속 휴대전화가 진동하고 있었다. 요즘 뜨는 배우 모 씨가 코를 높이기 위해 기다리고 있는데 자꾸 보챈다고 남자는 말했다. 잠시의 짬도 나지 않는다며 투덜거리며 남자는 명함 한 장 내밀었다. 영진은 망설이다가 남자가 무안해 할까봐 명함을 받았다.

서울로 들어서자 남자는 택시 정류장에 차를 멈추고는 차에서 내려 택시를 잡기 시작했다. 변두리라서 그런지 시내보다 택시 잡기가 훨씬 수월했다. 택시가 서자 남자는 영진을 택시에 태우고는 미안하다는 말과 함께 꼭 연락을 달라는 부탁을 했다. 영진을 실은 택시가 떠났다. 로터리를 돌며 뒤를 돌아다보니 남자가 우두커니 서서 영진의 차를 바라보고 있었다. 남자의 모습이 보이지 않자 영진은 주머니 속에 든 명함을 꺼내 찢었다. 그리고 택시 안에 있는 담배 재떨이를 열어 조각들을 쓸어 넣었다. 멀리 영진이 근무하는 중학교가 보였다. 화창한 봄날 잠시 꿈을 꾸다 깨어난 것 같았다.

누군가의 슬픔이 내 슬픔 되어

선배가 강의에 들어온 것은 교수가 강의를 마무리할 때쯤이었다. 교수가 농담 반 진담 반 출석체크 하러 나왔냐고 물었다. 선배는 대답대신 활짝 웃었다. 선배가 자리에 앉고 얼마 되지 않아 강의는 끝났다. 강의실을 나오면서 선배는 영진을 보며 배시시 웃으며 말했다.

"출석체크는 뭘 이 나이에 박사학위 받을 것도 아닌데 뭘. 오늘은 안 올까 했는데 네가 궁금해서 왔어. 휴대폰도 꺼져 있어서 궁금해서 살 수가 있어야지. 어떻게 됐어? 증권회사에 갔던 일은……."

"남편 글씨가 맞아요. 옛 주소도 맞고요. 남편도 기억해냈어요."

"사 놓은 걸 잊고 있었단 말이지?"

"그 회사에 취직한 친구가 있어요. 취직하고 보니까 자기 회사가 듣던 거 보다 좋은 회사라고 권했대요. 그땐 이천 원두 안 했고요. 마침 특별 상여금 나온 게 있어……."

"지금은 얼마래? 이천 원도 안하던 주식이……."

선배는 잔뜩 기대에 차서 물었다.

"십 년 전에 산 건데 지금은 이만 원 한대요."

"뭐? 가만있자……. 그럼 열 배? 열 배가 되었단 말이야?"

선배는 흥분을 해서 물었다. 선배는 자신의 일보다 더욱 기뻐했다.

"근데 너 냉혈인간이니? 나보다 흥분하지 않는 거 같네."

"흥분은 하죠. 먹고 살아야 하는 게 덜 답답해요. 하지만 돈이 좀 더 있다고 해서 제 생활이 달라지겠어요."

"살다보니 너 같이 쥐구멍에도 볕 들 날이 있었네? 야! 한턱 쏴라! 근사한 걸루다."

선배는 앞장서서 이탈리안 레스토랑으로 들어갔다.

선배는 기분 좋게 웃으며 제일 좋은 자리에 가 앉는다. 영진은 선배를 만나면 세상 근심이 반으로 줄어드는 듯 기분이 좋아진다. 세상일을 뭐든지 좋고 밝게만 생각하는 선배의 삶은 그래서인지 편안하다. 영진이 교육대학원을 다니는 것은 선생이란 이 직업이 평생 벌어먹기 위한 수단이라는 생각에서지만, 선배는 취미처럼 즐기려고 다닌다. 그런 선배가 부럽고 닮아 보려고 하지만 생각하는 그 순간 뿐 뒤돌아서면 영진은 자기 자신에서 조금도 변하지 않는다.

선배를 만난 것은 시골학교에서였다. 영진은 첫 발령을 받고 고속터미널에 가서 고속버스를 탔다. 버스는 고속도로를 달려 이천이란 낯선 고장에 영진을 내려놓았다. 영진은 시외버스터미널에서 시골 버스를 기다렸다. 그곳으로 가는 버스는 두 시간마다 한 대씩 있었다. 그렇지만 그마저 시골버스는 제멋대로였다. 손님이 없다는 이유로 한 대의 운행이 취소되고 서너 시간을 기다려 버스를 탔다.

버스는 비포장도로를 달렸다. 고목이 된 떡갈나무 가로수가 오래된 길이란 것을 말해주고 있었다. 버스는 끝도 없이 산 속으로 달렸다. 경기도에도 이런 산골짜기가 있다는 사실이 놀라웠다. 저수지를 세 개나 지났다. 얼마쯤 가니까 산 속에 바다같이 넓은 저수지가 보였다. 운전기사는 영진에게 거기서 내리라고 했다.

은행나무 가로수 길 끝에 조그만 학교가 보였다. 교문 왼쪽에는 중학교 이름이 오른쪽에는 고등학교 이름이 함께 붙어있었다. 학교 담 주위로 오래된 떡갈나무가 가지를 하늘 끝으로 뻗고 있었다. 작지만 오래된 학교였다.

교문에 들어가기 전에 영진은 망설였다. 자신이 없었다. 한 번도 집을 떠나서 살아본 적이 없었다. 게다가 이렇게 한 번 내려오기도 힘든 시골학교에 몸담고 살 자신은 더 없었다. 그대로 돌아가려고 정류장에 섰다. 한참을 기다려도 돌아가는 버스는 오지 않았다. 하는 수 없이 교문 안으로 발길을 옮겼다.

교감선생님이 직원들에게 영진을 인사시켰다. 정오에 나선 길이었지만 이미 퇴근 시간에 가까웠다. 영진은 이미 녹초가 되어 있었다. 낯선 길에서 버스를 기다리느라, 또 먼 길을 비포장도로로 흔들리며 오느라

지칠 대로 지쳤다.

오시느라 애 많이 쓰셨어요. 선생님들이 한마디씩 했다. 아마도 모두 영진과 같은 경험을 다 한 사람들이었을 것이다. 익숙해지면 괜찮아요. 시간 맞춰 다니면 그래도 다닐 만합니다. 선생님들의 위로는 계속되었다.

"서영진 아니니?"

시골학교와 어울리지 않게 세련된 차림의 선생님이 소리쳤다.

영진은 자신을 알아보는 선생님조차도 낯설었다.

"왜 학보사에 자주 놀러왔었잖아. 진 기자 친구잖니. 진 기자가 가끔 네 얘기해서 난 널 잘 알고 있어."

그러고 보니 학교 기자로 활동하던 친구를 따라 학보사에 가서 차도 마시고 책도 보았었다. 그곳 선배들과 정식으로 통성명 하며 인사도 나눈 기억이 난다.

"어떻게 이름까지 기억하세요?"

"기자들은 원래 이름 기억은 잘 해. 그렇지만 넌 뭐랄까. 한 번 보면 안 잊히는 그런 묘한 매력이 있어. 보호본능을 자극하면서도 한편으로는 강해 보이고 얼음장처럼 차가우면서도 뜨거움을 간직한…… 뭐랄까 양면성? 암튼 그래."

시골학교에서 선배를 만났다는 것이 영진에게 큰 위로가 되었다. 선배의 위로에도 불구하고 영진은 번번이 사표 말을 꺼냈다. 우선 신혼이라 남편 경민과 떨어져 살기 싫었다. 경민은 우리나라에서 가장 보수가 좋다는 굴지의 건설 회사를 다니고 있었다.

선배에게 사표 얘기를 꺼낼 때마다 선배는 말했다.

"얘 우리들처럼 도시가 고향인 사람들이 언제 이런 시골에 살 기회가 있겠니? 일이라 생각하지 말고 여행을 왔다고 생각하거나 취미 생활을 한다고 생각해. 경민 씨랑은 주말마다 애인 만나러 간다고 생각해. 이 바보야! 왜 시누이, 시어머니까지 다 있는 시댁에 들어가 살려고 해."

선배의 설득으로 사표를 미루고 또 미루다가 어느 날 보니 자신의 어깨에 다섯 식구가 매달려 살아가고 있었다.

"그때 선배 말 뿌리치고 학교를 그만 두었으면 어떻게 되었을까?"

선배는 생각하고 싶지도 않다는 듯이 스테이크를 썰며 말했다.

"지금쯤 너 남의 집 파출부로 나가고 있을 거야. 아니면 집집마다 다니며 학습지 장사를 하든지 아니면 보험회사에 나가던가."

"왜 부잣집 안방마님이 되어 외제차 몰고 다니면서 골프나 치러 다닐지도 모르지요."

선배가 너에게도 그런 꿈이 있었냐는 듯 안쓰러운 눈으로 보았다. 영진도 괜한 말을 했다고 생각하며 양상추를 집어먹었다.

"누가 알았겠어요. 그때 시작한 그 교단에서 평생 벌어 먹고 살게 될 줄을······."

"그래도 직장이라도 반반한 걸 고맙게 생각해. 근데 너 오늘 왜 그러니? 안 하던 푸념을 다 하고······."

"봄인가 봐요."

"봄?"

선배가 되물으며 영진을 보았다. 그 눈 속에서 영진은 어떻게든 서른만 지나면 마흔은 지나기가 좀 더 쉬울 거라는 언젠가의 선배의 말을 생각해냈다. 서른이 지나고 마흔이 지나가는 데도 사는 게 만만하지가 않다.

화제를 돌리려고 선배는 한 학교에서 끼리끼리 연애하는 동료교사를 흥보기 시작한다. 끼리끼리 모인다는 것은 선배가 영진 부부를 표현할 때 늘 쓰곤 했던 말이다. 주변이 없는 거며 상대를 너무나 세심하게 배려하느라 아무 것도 못하는 그런 성격들이 꼭 닮았다. 그런 것들이 살아가는 데 힘든 것이라고 했다. 그 착한 남편이 지금 얼마나 고통스럽겠느냐고, 그런 남편의 고통을 덜어주기 위해 너도 집과 학교에만 매이지 말고 적당히 네 생활을 즐기라고 충고하곤 했다. 영진은 선배의 그런 말들이 또 나올까봐 얼른 화제를 돌렸다.

"지난주에 옆 반 애가 불량배에게 학원비를 빼앗겼어요. 친구랑 학원에 가고 있는데 애들 셋이 주위를 감싸더니 '돈 있는 거 다 내 놔 아님 저기 있는 오빠들 불러서 혼내줄 거야' 그러더래요. 그러면서 반항할 틈도 없이 몸을 들들 뒤져 돈을 갖고 달아나더래요."

영진은 며칠 동안 옆 반에서 일어난 일을 선배에게 말했다. 돈을 빼앗긴 학생은 명퇴한 아버지에게 학원비를 타가지고 학원에 가던 중이었다. 그래서 더 억울해 했다. 도망칠 때 보니까 덩치가 자기와 비슷하더라는 것이다. 그때 함께 가던 친구가 어디서 많이 본 듯하다고 말했다.

학교에 신고를 했지만 그 뿐 아무런 진척이 없었다. 돈을 빼앗긴 학생의 친구는 어디서 본 적이 있는지 곰곰이 생각해봤다. 친구가 어떤 학원에서 같이 수강을 했던 것 같다고 말했다. 그들은 근처 초등학교 졸업 앨범을 가져다가 결국 돈을 빼앗은 아이를 찾아냈다.

학생부장이 경찰에 연락했다. 부모가 이혼하고 할머니와 사는 아이라고 했다.

종례를 들어가기 위해 복도를 걸으며 주차장 쪽에서 걸어가는 한 남자를 보았다. 짧은 종례를 마치고 교무실에 들어오니 선생님들이 돈을 빼앗은 아이의 부모에 대해 말하고 있었다.

　　"대개 문제아 부모 밑에 문제아가 있기 마련인데 아버지란 사람은 괜찮아 보여. 근데 그런 사람이 왜 이혼을 했을까. 미안해 어쩔 줄 모르고 돈을 물어주고 갔어. 선생님들께 폐를 끼쳐 미안하다며 회식비도 놓고 갔대."

　　"그 애 엄마가 탤런트래. 거 왜 있잖아. '이슬비'에 나오던 그 여자. 아, 맞다. 문영. 그 애 엄마가 문영이래. 아까 낮에 교장실에 살짝 다녀가더라고, 그래서 알았어."

　　"그래? 문영이라면 의사와 결혼했다가 이혼하고 매니저와 재혼한 여자 아냐?"

　　영진은 선생님들의 말을 들으며 무심코 창밖을 내다 봤다. 그 남자가 아직까지 한 손으로 나무를 잡고 가만히 서 있었다. 선생님들이 하나 둘 퇴근하고 있었다. 선생들이 힐끗힐끗 동정 어린 눈길로 쳐다보며 지나쳤다. 영진이 가방을 챙겨 교무실을 나왔을 때는 남자의 모습이 보이지 않았다.

　　영진은 교문을 나서서 버스정류장 쪽으로 걸어갔다. 버스정류장에 약간 못 미쳐 검은색 승용차가 한 대 서 있었다. 무심결에 쳐다봤더니 남자가 핸들에 얼굴을 묻고 있었다. 어디선가 본 듯한 하다고 생각하며 차를 다시 보았다. 아! 그 차! 그때 남자가 얼굴을 들고 앞을 뚫어지게 응시하고 있었다. 영진은 깜짝 놀랐다. 증권회사 앞에서 본 그 사람이었다. 그가 시동을 걸었다. 영진은 자신도 모르게 달려가 차창을 두드렸다. 남자가 영진을 보았다. 남자의 눈은 붉게 충혈 되어 있었다.

영진을 태운 남자는 운전을 하면서 아무런 말도 하지 않았다. 차가 올림픽대로를 빠져 나와 지난 번 갔던 미사리에 도착했을 때는 해가 서쪽으로 기울기 시작했다. 해적선이 그려진 그 집에 주차시켰다. 조정경기장이 내려다보이는 이층으로 올라갔을 때까지도 그는 말이 없었다. 지난 번 책을 보던 그 청년이 주문을 받을 때야 비로소 양주를 달라고 그는 말했다. 그리고 영진을 똑바로 쳐다보며 말했다.

"선생님을 거기서 만날 줄은 몰랐어요."

청년이 가져다 준 양주를 한 잔 마신 그가 말했다. 남자는 괴로운 듯 두 손으로 머리를 감싸고 잠시 말을 멈추었다가 차분한 목소리로 계속했다.

"아내는 결혼한 지 여덟 달만에 아기를 낳았어요. 팔삭둥이라 했지만 저는 그 아이가 제 아이가 아닌 줄 알고 있었어요. 하지만 사랑하는데 무슨 그게 무슨 상관이 있나 생각했어요. 아기는 예뻤어요.

아내가 자주 외출을 했어요. 가끔 다투기도 했죠. 이상하게 아이가 생기지 않더라고요. 아이가 초등학교 3학년 때 아내가 이혼하자고 했어요. 아이의 아버지와 살겠다고 했어요.

나는 아이만은 내가 키우고 싶었어요. 그렇지만 아내는 매몰차게 아이를 데려 갔어요. 그런데 지금 그 아이가 거리에서 돈을 빼앗은 아이가 되었어요."

남자는 참고 참았다는 듯이 굵은 눈물을 흘렸다.

"교무실에는 고등학교 졸업 이후 처음이었거든요. 정말이지 선생님을 만날 줄은 몰랐어요."

얼마 후 그는 진정이 되는지 영진에게도 술 한 잔을 따르고 권했다. 영진은 사양하지 않고 받아 마셨다.

알코올이 몸속에 들어가자 세상이 편안해 보였다. 누구와 함께 왜 여기에 앉아 있는지도 생각나지 않았다. 시간이 평온히 흐르고, 모르는 누군가의 슬픔이 자신의 슬픔이 되어 익숙한 손님처럼 영진의 가슴에 들어와 앉았다. 슬픔은 아무런 노크도 없이 그녀의 몸속으로 들어와 편안하게 자리를 틀고 앉았다. 그녀는 술 몇 잔을 더 받아 마셨다.

잠이 오지 않을 때마다 영진은 계절에 맞춰 담근 과실주를 한 컵씩 마셨다. 그녀의 시어머니는 유리병을 여러 개 장만해 두고 병이 빌 때마다 그 계절에 나온 과실을 사다가 담가두고는 했다. 시어머니는 조금의 알코올 기운이라도 있으면 얼굴이 홍당무처럼 되어 정신을 못 차렸다. 콜라만 마셔도 취한다는 체질이었다.

언제부터인지 영진은 시어머니가 며느리인 그녀를 위해 과실주를 담근다는 것을 알았다. 그때부터 그녀는 거리낌 없이 차를 마시듯 혼자서 술을 따라 마셨다. 어차피 무방비 상태인 그녀에게 무조건 떠 안겨진 삶이라면 어떤 식으로라도 견디며 살아가리라 마음먹었다.

영진은 시어머니가 그녀를 위해 담근 술을 마시며 자신의 앞에 내동댕이쳐진 당돌한 삶에 조금씩 익숙해져 갔다. 그러나 이렇게 남 앞에서, 그것도 두 번밖에 만나지 않은 낯선 남자 앞에서 먹어보기는 처음이었다. 단지 슬픔을 공유한다는 이유로 혼자 마실 때처럼 익숙하게 술을 마셨다. 남자가 오랜 동지처럼 여겨졌다.

카페촌은 불빛이 요란했지만 조정경기장 쪽으로는 깊숙한 어둠이었다. 영진은 그대로 길을 따라 걸었다. 도로변에는 차들이 드문드문 서

192

있었다. 대부분 쌍쌍이 들어앉아 있었다. 무심히 들여다 본 차 안에는 한 덩어리로 엉긴 사람이 격렬하게 꿈틀대고 있었다.

차들이 씽씽 지나갔다. 영진은 가로수에 기대어 서서 눈을 감았다. 알코올 기운이 온몸으로 물결처럼 번져 나갔다. 남자가 다가와 그녀처럼 가로수에 몸을 기대고 서서 말했다.

"서영진 씨?"

"어떻게 아세요?"

"그날 전화 통화하는 걸 들었어요."

"그쪽 성함은요?"

"그때 명함 드렸잖아요. 안 보셨어요?"

"네."

"왜요?"

연락할 것 같아서라는 말을 영진은 하지 않았다. 알코올이 적당히 퍼져 그녀의 몸속으로 안개처럼 흘러 다녔다. 어둠이 편안했다.

남자는 주머니 속에서 다시 명함을 꺼내 나무에 기대어 있는 그녀의 손에 쥐어 주었다.

"지인상이예요. 이번에는 연락하시라고 드리는 겁니다."

인상은 손등을 어루만지다가 두 손을 나무에 대고 영진의 몸 앞으로 섰다. 그리고 조심스럽고 천천히 그녀의 입술에 자신의 입술을 대었다. 석류처럼 그녀의 입술이 벌여졌다. 떫고 아린, 열대지방 어딘가에 나는 한 번도 맛보지 못했던 어떤 과일 맛 같은 것이 그녀에게서 났다. 인상은 숨 쉴 수가 없을 정도로 뜨겁게 그녀를 빨아 들였다. 영진은 온몸이 그의 몸속으로 빨려 들어가는 것 같아 그의 어깨를 감싸 안았다. 눈물이 났다. 그녀는 자신이 왜 울고 있는지 알 수가 없었다. 오랜 입맞춤을 끝낸 인상이 손으로 영진의 얼굴에 어려 있는 물기를 닦았다. 영진도 그의 얼굴을 어루만졌다. 그 역시 울고 있었다.

다음 생에도 당신을 만난다면

영진이 목욕탕에서 한참을 씻고 나왔을 때 시어머니는 뜨겁게 데운 목욕물을 안방에 가져다 놓았다. 경민은 그녀가 목욕탕에 있는 시간이 너무 길었다는 것을 느꼈다. 그녀는 그런 남편의 눈길을 외면하며 수건을 물에 담갔다. 경민은 혼잣말처럼 계속해서 말했다.

"난 말이야. 말까지 빼앗아 갔으면 이 생활이 좀 더 쉬울 거 같다는 생각을 해."

영진이 물에 젖은 수건으로 얼굴을 닦자 경민은 아픈 듯 찡그리며 말했다. 아기처럼 영진에게 얼굴을 맡긴 경민이 할 수 있는 일이란 아무것도 없었다. 영진이 경민의 손을 들어 물속에 담가 비누칠을 하고 헹구었다. 이번에는 가슴을 문질렀다. 한때 그녀를 향한 사랑의 열정이 가득했던 가슴은 앙상하게 갈비뼈를 드리운 채 무방비상태로 열려 있었다. 젖가슴이며 잘록하게 들어간 배는 물컹물컹했다.

"다음 생에서 우리 만난다면 난 엄마 할게, 당신은 아들 해. 그것도 속 썩이는 아들. 지금 내가 당신에게 속 썩인 것만큼 엄마 속 썩여도 돼. 나 다 받아줄 거야. 지금 당신처럼……."

영진은 경민을 쳐다보지 않았다. 묵묵히 손을 놀려 물수건으로 몸을 닦아내고 있었다.

"이것 한 가지만은 믿어도 돼. 당신 사랑하는 거. 당신을 처음 봤을 때부터 이제까지 변함없이 사랑한다는 것. 당신도 알지?"

영진은 시어머니가 고무줄 대신 천을 넣어 묶을 수 있게 만든 폭이 넓은 팬티를 끌어내렸다. 경민의 생식기는 말라비틀어진 고구마처럼 주글주글한 모습으로 붙어 있었다. 물수건을 적셔 천천히 닦았다. 한때는 영진에게 더할 수 없는 기쁨과 환희를 분수처럼 뿜어나게 해 주던 그건 이미 한 가지 기능을 상실한 채 오로지 배설의 기능만을 하기 위해 측은하게 매달려 있었다.

아이들이 유치원을 다니기 시작하자 제일 먼저 배운 것은 제 방에서 옷을 머리맡에 개 놓고 자는 잠자리 습관이었다. 유치원 선생님 말씀이 부모의 말보다 더 잘 먹혀 들어가던 그 시절, 옆에 붙어서 자던 아이들은 신기하게도 다른 방에서 자기 시작했다. 경민은 그때부터 영진의 몸을 탐하기 시작했다. 매일 밤, 어떤 때는 한바탕 육체의 향연을 벌리고 자더라도 한밤중이나 새벽에 또 영진의 몸을 더듬었다. 영진의 몸 세포 하나하나 다 경민을 향해 나팔꽃처럼 활짝 열려 있었다.

삶이 농익은 봄날처럼 꿈결 같았던 그 시절은 그러나 그리 오래 지속되지 않았다. 건설현장에서 사고가 났다는 소식을 접하고 달려가던 길에 경민의 차는 커브 길에서 차선을 무시하고 달려오던 트럭에 부딪혀 뒤집혔다. 경찰은 고철더미가 된 차 속에서 고개가 꺾긴 경민을 끄집어냈다. 사람의 목뼈에는 뇌와 몸 전체를 이어주는 신경이 지나가고 있는데 이것을 척수라고 했다. 경민은 이 신경에 심한 손상을 입었다. 결국 뇌와 몸을 이어주는 길이 끊어져 심한 전신마비 장애가 되었다. 영진이 서른다섯 살 때의 일이었다.

경민은 손끝 발끝 하나 맘대로 놀리지 못하고 누워서 병원에서의 일 년을 보내고 퇴원하고서의 육 년을 보냈다.

영진은 여느 때처럼 밖에서 있었던 일들을 말하기 시작했다.

"오늘요, 학원비 빼앗은 애 아버지가 학교에 왔었어요. 부모가 이혼해 어머니는 오전에 아버지는 오후에 따로따로 왔어요. 아이 아버지가 빼 앗은 돈을 물어주고 아이를 잘 돌보겠다는 각서를 쓰고 갔어요. 미안하 다고 선생님들 회식비도 놓고……."

"뭐 하는 집이래?"

"의사래요. 아버지가 성형외과……."

"의사 집 애가 그래?"

"전에는 검사 집 애도 그런 적이 있었잖아요."

경민의 몸을 다 씻기고 나온 영진은 안팎으로 돌아다니며 빨래를 찾아 다가 빨기 시작했다. 세탁기로 빨면 될 것을 공연히 애쓴다고 성화하는 시어머니를 모르는 체 했다. 빨래를 널고, 아이들 도시락을 부셨다. 그 리고 아침쌀을 씻어 취사예약시간을 여섯 시에 맞추어 놓았다.

이젠 시어머니도 아이들도 다 방으로 들어가고 텅 빈 부엌에 혼자 남 았다. 영진은 싱크대 속에 넣어둔 과실주 병을 꺼내 잔에 가득 부었다. 포도빛깔의 술이 잔에 넘실댔다. 그녀는 커피를 마시듯 홀짝거렸다. 머 릿속이 몽롱해 왔다.

그래도 너는 남아, 너는

인상의 전화는 햇볕이 폭포처럼 쏟아지는 한 시가 조금 지나서 왔다.

"그냥요, 잘 있나 해서요."

인상이 말했다. 영진은 오후 수업 전이었다. 인상 역시 오후 진료를 시작하기 전에 거는 것 같았다.

"네. 잘 있어요."

"저, 전화하고 싶을 때 전화해도 돼요?"

인상이 수줍게 물었다.

"네. 그러세요."

"고마워요."

조심스럽게 묻던 인상의 목소리가 기쁨에 배어 별안간 커졌다. 그리고 그런 자신이 쑥스러운지 막 웃었다. 웃음소리가 수화기를 타고 영진의 귀가로 흘러들어왔다. 살아있는 사람의 목소리였다. 가슴이 뛰었다.

영진은 창밖에 노랗게 타던 개나리가 연둣빛으로 물들어 가는 것을 보고 있었다. 동료교사들이 감탄을 하며 봄이 온 것을 말했어도 전혀 눈길 한번 주지 않았다. 꽃이 피는지 꽃이 지는지 전혀 관심 없던 그녀였다. 영진은 전화 끝에다 대고 말했다.

"개나리가 지고 있어요."

그 후 햇볕이 폭포수처럼 쏟아지는 그 시간이면 영진은 습관처럼 인상을 생각했다. 뒤에서 그가 울리던 클랙슨 소리와, 한낮에 미사리 조정경기장을 보며 마신 커피와, 온몸이 그의 몸속으로 빨려 들어가듯 전율하던 입술과, 미사리의 어둠을 생각했다. 태엽 풀린 시계추처럼 나른하게 가던 영진 앞에 놓여있던 시간이 팽팽히 긴장 하며 돌아갔다.

하루가 지루하지 않고 빨리 지나갔다. 나른하기만 했던 오후 수업조차 생동감 있게 지나갔다. 그녀의 목소리는 윤기가 나고 걸음걸이는 힘이 있었고 작은 우스갯소리에도 많이 웃었다. 걸을 때마다 어깨가 약간 들썩이던 처녀적 버릇도 다시 생겼다. 동료들은 영진의 이 모든 변화를 남편이 숨겨 두었던 주식 덕분이라고 했다.

대학원에서 야간수업을 마치고 선배와 함께 가로등 불이 밝혀진 길을 걸어내려 왔다. 지난 시간에 결석한 선배의 걸음걸이는 늘어질 대로 늘어져 있었다. 앞서 걷던 영진이 뒤돌아보고 서서 선배가 다가오기를 기다리며 물었다.

"왜 그렇게 기운이 없어요? 선배답지 않게."

"너야말로 오늘 너 답지 않다."

선배는 영진을 의아하다는 듯이 쳐다보았다.

경양식집에 앉아서 선배는 영진을 한동안 쳐다보다가 왠지 예전에 팔팔 거리는 모습이 보이는 것 같다고 말했다. 영진은 대학 때 늘 싱싱하게 펄떡거린다고 해서 친구들이 붙여준 별명이 물고기였다. 휴강시간이나 점심시간에 끼리끼리 잔디밭에 모여 앉아 시간을 보낼 때 영진이 끼어있으면 그 그룹은 더욱 환하고 생동감이 넘쳤다. 친구들은 그녀가 걷고 이야기를 하고 웃을 때에 어깨를 들썩이는 그런 버릇이 분위기를 생동감 있게 하는 것이라고 했다.

영진이 시킨 맥주가 나오자 선배는 잔을 들어 쭉 바닥까지 드러나게 단숨에 마시고는 잔을 탁자에 소리 나게 놓았다. 영진이 무슨 일이 있느냐는 얼굴로 쳐다보았을 때 선배는 아무렇지도 않게 말했다.

"나 이혼할까봐."

"왜요?"

"여자가 있어."

"설마요! 선배에게 신선하다고 했다면서요?"

"신선하다고 진력이 안 나겠어? 뭐든 지천이면 식상하나봐. 가끔은 인스턴트식품도 생각나는 법이지."

선배는 꽤 유복한 집 막내아들과 결혼을 했다. 집들이 때 영진 부부를 초대를 했다. 신혼부부가 살기 편하도록 예쁘게 인테리어를 해 놓은 집을 선배의 취향대로 꾸며놓았다. 선배의 집은 인테리어 잡지책에서 막 빠져나온 집 같았다. 그날 돌아오면서 경민은 영진에게 미안해했다. 열심히 일해서 선배처럼 살게 해주겠다는 말도 했다.

선배는 가끔 선배 남편의 바람기에 대해 말했다. 그리고 이해한다며 덮어 두었다.

"남편을 이해한다고 하지 않았어요?"

"그럼 나도 가끔 남편이 진력이 나는 걸. 그 사람은 인스턴트식품일지라도 감질이 난대. 지천으로 먹어보고 싶대. 나도 그 사람이 얼마나 빨리 물리나 보고 싶어. 지겹기도 하고."

"지겹다는 이유로 이혼을 한다면 남아있는 부부는 하나도 없을 거예요."

"그래도 너는 남는다. 너는. 너는 무슨 일이 있어도 남아."

버스 뒷좌석에 몸을 싣고 집으로 돌아오는 영진의 귓전에 아직까지 선배의 말이 웅웅거린다. 너는 무슨 일이 있어도 남는다. 넌 무슨 일이 있어도……. 언제부턴가 주위 사람들은 그런 시선으로 영진을 구속했다.

어쩜 그녀 스스로 그런 틀 속에 자신을 끼워 넣었는지 모른다.

아니, 최초에 그런 틀을 만든 건 경민인지 모른다. 경민은 손가락 하나 움직이지 못했다. 하지만 가슴과 입만은 살아 쓰러지기 전까지 그들 부부가 가졌던 뜨거운 사랑만을 추억하고 있었다. 차라리 살아있는 그의 입으로 온갖 포악을 떨며 자신을 가학하고 그녀를 욕했더라면, 그래서 그녀 역시 경민에게 입에 담기 어려운 욕을 하고 자존심을 뭉개고 그랬다면 어쩜 지금보다 더 견디기가 수월하지 않았을까.

로터리가 보였다. 집 생각을 하자 가슴이 답답해 왔다. 근래 나타난 새로운 현상이었다.

싱크로나이즈드

벨을 눌렀을 때 나온 사람은 눈이 퉁퉁 부은 시누이였다. 무슨 일이 있느냐는 인사도 듣는 둥 마는 둥 시누이는 안으로 들어갔다. 시어머니는 구시렁거리며 빨래를 개고 있었다. 영진이 들어가자 다들 말이 없었다. 무슨 일이냐고 다시 묻자 시어머니는 속수무책일 때마다 튀어나오는 그 산소자리 탓을 하기 시작했다.

"아버지 산소자리를 잘못 앉힌 게 틀림없어. 그렇지 않고서야 성한 거나 성치 않은 거나 어떻게 이럴 수가 있어?"

"무슨 일이에요?"

영진은 다시 묻는다.

"미양이가 가출했단다."

미양이는 시누이의 하나밖에 없는 딸이었다.

"빚쟁이들이 몰려와 귀찮게 하니까 미양이 가출한 거겠지."

시어머니는 체념하듯 말했다.

서른에 혼자가 된 시어머니는 남매를 가르치느라 안 해 본 것이 없었다. 가장 오래된 것은 순대골목에서 순대를 만들어 판 것이었다. 손재주 많고 눈썰미 또한 좋은 어머니는 똑같은 순대라도 다른 사람보다 맛있어 많이 팔았다. 같은 장사치들은 온갖 말들을 꾸며서 혼자 사는 어머니를 시샘하며 헐뜯었다. 남매가 자라 아들은 그 당시 최고의 인기를 누리고 있는 건축학과에, 딸은 약대에 입학을 했다. 딸이 대학에 입학했을 때 시장사람들은 함께 기뻐하며 어머니를 우러러보았다.

교직에 있는 며느리에 큰 사업하는 사위에 제각기 짝 맞춰 시집 장가 보냈다. 아들 딸 재미있게 사는 모습을 보니 자신의 지나버린 청춘이 생각나 서글프기도 했지만 할 일을 다 한 것 같아 뿌듯했다.

아들이 교통사고를 당하고 척수장애로 누워 있은 지 이 년 만에 사위가 비행기 사고로 죽었다. 사위가 죽었을 때 벌려놓은 사업이 수습이 되지 않았다. 돈을 내놓으라는 사람들만 있었지 돈을 주겠다는 사람들은 없었다. 부도가 나 집이 넘어가고 공장도 남의 손에 넘어갔다.

항공사에서 나온 보상금으로 딸은 백화점 안에 약국을 운영해 보고자 했지만 그 마저 백화점의 부도로 권리금과 보증금만 날렸다. 어머니는 아들이 누워 있는 것도 딸이 그렇게 된 것도 모두 산소자리 탓이라 했다.

"고모! 동네에 작은 약국이나 해 보면 어때요?"

영진은 조심스럽게 월급쟁이 약사를 하는 시누이에게 말했다.

"이젠 그럴 돈도 없어요. 어쩌다가 내가……."

시누이는 눈시울을 붉혔다.

영진은 그렇게 말하는 시누이에게 빚이 있었다. 경민이 저렇게 되었을 때 시누이의 사업이 순조로워 생활이 풍성했었다. 그때 시누이는 넉넉하게 병원비와 생활비를 도와주었다. 돈으로 따지면 얼마인지 계산이 되지 않지만 눈앞이 캄캄했던 그때 정말로 요긴한 도움을 받았다. 그 빚 때문에 영진은 늘 어깨가 무거웠다.

시누이는 열 시가 다 되어 혹시 딸애가 돌아올지 모른다고 서둘러 돌아갔다. 어머니는 시누이가 가고 나서 잠시 안 오는지 한참 동안 집 안팎으로 들락거렸다.

시어머니가 들락거리는 소리를 들으며 잠이 든 영진은 꿈을 꾸었다. 누군가와 진하게 섹스를 하는 꿈이었다. 상대가 경민이었다가 인상이었다가 또 다시 경민이었다가 또 인상이었다. 깼었다가 다시 잠들면 그런 꿈은 밤새 이어졌다.

비가 내렸다. 비가 유리창에 붙어 눈물처럼 흘러내렸다. 비는 하교시간에 맞춰 쏟아지기 시작했다. 인상으로부터 전화가 온 것은 그때였다. 인상은 그냥…… 하며 말을 멈췄다. 영진은 지난 밤 꿈 생각이 나 얼굴을 붉혔다. 아침 출근길에 잔뜩 흐린 하늘을 보면서 내내 인상을 생각했고, 빗속에 흩어지는 학생들을 보면서도 인상을 생각했다.

인상은 그때 만났던 그 거리에 차를 대고 전화를 하는 거라고 말했다. 영진은 집에 일찍 들어가 봐야 된다고 말했다. 인상은 올 때까지 기다리겠다고 했다. 그날 영진은 동료교사의 차에 동승해 학교를 빠져 나왔다. 나오면서 보니 인상의 차가 길옆에 주차되어 있었다.

비 오는 날엔 집에서 냄새가 더 났다. 그건 곰팡이 냄새 같으면서도 오래도록 찌들어있는 냄새였다. 영진은 경민에게서 그런 냄새가 날까봐 날마다 몸을 닦았다. 그렇지만 어딘가에 배여 스멀스멀 나던 그 냄새는 비가 오자 제 세상을 만난 듯 극성을 부리며 피어났다.

방문과 현관문을 활짝 열어놓고 집 안으로 들어간 영진은 옷을 갈아입으며 시어머니가 현관문을 닫는 것을 보았다. 비 올 때, 문을 열어 놓으면 집 안이 눅눅해진다며 질색을 하는 어머니였다. 가슴이 꽉 막힌 것처럼 답답해 왔다. 경민이 무슨 일이 있느냐고 물었다. 영진은 대답 대신 아무 옷이나 걸치고 시장에 갔다가 온다며 집을 나왔다.

우산 위로 굴러 떨어지는 물방울을 보며 걸었다. 아직까지 인상이 기다리고 있을까. 몸은 시장으로 향했지만 마음은 그 거리에서 서성이고 있었다. 휴대전화도 두고 지갑 하나 겨우 들고 나온 길이었다. 시장 건물 입구에 공중전화가 보였다. 겨우 비를 피하여 부스도 없이 맨 몸으로 매달린 빛바랜 주황색 전화기를 들었다. 머릿속에서 수도 없이 누르고 눌렀던 휴대전화 번호를 눌렀다.

"여보세요."

벨이 두 번 울리자 인상이 급한 목소리로 전화를 받았다.

"공중전화예요."

영진이 떨리는 목소리로 말했다. 인상은 아무 말 하지 않았다.

"어디예요?"

영진이 물었다.

"아직 거기예요."

인상은 짤막하게 대답했다. 잠시 두 사람 모두 말이 없었다.

"가도 돼요? 지금."

"올 때까지 기다린다고 했잖아요."

인상이 말했다.

영진이 달려갔을 때 인상은 차 밖에 나와 우산을 쓰고 서 있었다. 그녀가 택시에서 내리자 우산을 받쳐 앞문을 열어서 차에 태웠다. 그리고 빙돌아서 운전석에 올랐다.

"지난밤에 영진 씨 꿈을 꾸었어요. 그 말하고 싶어서요."

그가 익숙하게 핸들을 틀며 말했다.

"저 시장 간다고 하고 나왔어요. 빨리 들어가 봐야 해요."

"꿈에 영진 씨와 무얼 하고 있었을 거 같아요?"

"저 얼른 가서……."

"사랑을 하고 있었어요. 흡족하게……."

영진의 가슴이 뛰었다. 아침부터 그녀를 설레게 한 것은 지난 밤 꿈의 기억이었다. 그가 두 손으로 가슴을 움켜쥐었을 때 영진의 몸은 활시위를 당긴 활처럼 팽팽해졌다. 그녀의 몸 구석구석이 한껏 긴장을 하다가 별안간 화살이 튕겨 나간 것처럼 긴장이 풀리고 그녀는 땀을 흘리며 잠에서 깨어났다. 혼자만의 꿈이 아니었단 말인가. 다른 공간에서 자면서 꿈속에서 동시에 땀을 흘리며 황홀하게 섹스를 나누고 있었단 말인가.

비 오는 공원에는 사람이 별로 보이지 않았다. 인상은 그 길에 차를 세우고 히터를 틀었다. 유리창에 더운 공기가 닿자 뿌옇게 되었다. 별안간 세상과 단절되었음을 느꼈을 때 인상이 강하게 그녀를 끌어 안았다. 그는 얼굴이며 목덜미에 키스를 퍼부었다. 가슴을 움켜쥐었다. 알 가슴이 한 손아귀에 느껴졌다.

"아아! 당신이 이토록 그리워질 줄은 몰랐어요. 당신한데서는 수녀 냄새가 나요. 그게 더욱 그립게 해요."

영진의 가슴에 얼굴을 묻으며 그는 말했다.

영진이 집으로 돌아와 방문을 여니 경민이 누워 있는 자리 맞은 편 텔레비전이 웅웅거리고 있었다. 결혼할 때 장만한 그것은 세상에서 가장 혹사하는 텔레비전일 것이다. 영진이 일어나면 제일 먼저 하는 일은 텔레비전을 켜는 것이었다. 가장 마지막 하는 일 또한 그 일이었다. 경민은 하루 종일 케이블 스포츠 방송만 보고 있었다. 저렇게 눕기 전에 그는 스포츠를 별로 좋아하지 않았다. 그저 앉아서 그리고 만들고 쓰고 하는 손재주 부리는 것만을 좋아했다. 격렬하게 움직이는 화면 속의 사람들 모습을 보며 경민은 아마 대리만족을 하고 있을 것이다.

화면에서는 수중발레 중계를 하고 있었다. 한 팀이 들어가자 다른 팀이 나비처럼 가뿐히 걸어 나와 손을 위로 올리고 시선을 손끝에 두었다. 격정적인 음악이 나오자 두 사람은 손동작을 천천히 움직여 물속으로 뛰어 들었다. 물속에서 동시에 나온 그 쌍은 우아한 미소를 지으며 팔을 벌려 똑같이 아름다운 동작을 만들고 있었다.

이때 카메라가 수중에서 가라앉지 않으려고 필사적으로 움직이는 두 사람의 발동작을 비춰주었다. 그 발동작의 힘에 의해 그들은 물위에 떠서 아름다움을 연출하고 있었다.

이불을 깔다가 영진은 카메라에 잡힌 발동작에 시선을 두었다. 우아한 미소와 아름다운 동작 밑에서 필사적으로 움직이는 발동작을 보며 영진은 자신의 삶이 수중발레처럼 느껴졌다. 가슴속에 마그마처럼 뜨겁게 흘러 다니는 욕망을 감추고 두 아이의 엄마로, 정숙한 효부로, 남들의 입에 오르내리는 열녀로, 학생들에게 인간의 도를 가르치는 도덕선생님으로 보이는 자신을 생각했다.

선배가 대학원에 오지 않은 지 몇 주가 되었다. 전화를 하면 부재중이라는 전자음성이 나왔다. 학교로 연락을 하면 자리에 없다고 하여 통화가 이루어지지 않은지가 여러 날이 되었다.

대학원에 가는 날이었다. 오늘도 선배는 나오지 않을 것 같았다. 영진은 학교에서 서둘러 나와 선배 학교에 가는 지하철을 탔다. 선배의 학교는 지하철역에서 그리 멀지 않았다.

영진을 보자 선배는 말없이 핸드백을 들고 나왔다. 선배는 차로 가면서도 말 한 마디 하지 않았다. 영진을 옆에 태우고 어딘가를 달릴 때야 비로소 선배는 말했다.

"너 오늘 대학원 가지 마라."

"선배가 그렇게 하라면 그러죠. 근데 이유는 좀 알아야겠어요."

선배는 조용히 앞을 응시하며 침착하게 차를 몰았다. 그리고 아무 일 아니라는 듯이 말했다.

"이혼 했어."

영진은 선배의 목소리가 너무나 일상적이라 이혼이라는 말이 '배고프니 밥 먹으러 가자' 라는 말처럼 들려왔다. 신호를 두 번 받고 차가 외곽도로에 들어설 때에도 선배의 말이 없었다.

차가 카페 주차장으로 들어섰다. 선배는 차를 세우자마자 핸들에 얼굴을 묻고 깔깔대며 쉬지 않고 웃었다. 웃는 선배의 눈에는 눈물이 그렁그

렁 했다.

선배는 양주를 병째 시켰다. 집에 어떻게 갈 것이냐는 영진의 물음에 선배는 아무데서나 자면 어떠냐면서 끝에다 토를 달았다. 이혼녀인데 무슨 상관이냐고⋯⋯ 영진은 카페를 둘러보았다. 내부 모양은 예전 그대로인데 인테리어만 고급스럽게 바뀌었다. 영진은 잔에 얼음을 넣고 양주를 따랐다. 투명한 얼음이 양주 속에서 빛났다. 선배는 잔을 높이 들고 외쳤다.

"축배를 들자구! 이혼⋯⋯ 얼마나 축하할 일이야. 이 남자 내 쇼에 속아 넘어간 거야. 이 남자가 이혼하자는 말 안 했으면 내가 했다 내가⋯⋯ 위자료를 주고라도 이혼 할 판이었는데 위자료 챙겨 받고 했으니 내 재주 어때?"

양주 몇 잔을 마시더니 선배는 남편과의 결혼 생활을 말하기 시작했다. 유복한 시댁으로 시집가 불만 없이 윤택하게 살아가고 있는 줄 알았던 선배는 습관적으로 여자를 옮겨 다니며 바람을 피우는 남편을 쳐다보며 견뎌야만 했다.

선배의 남편은 결혼 초부터 상습적으로 바람을 피웠다. 여자를 집으로 끌어들이는 것까지 선배는 봐야 했다. 어떠한 심리에서냐고 물었더니 남자는 너는 어머니처럼 무엇이든지 들어줄 것 같아서라고 했다. 어머니처럼⋯⋯ '야! 소가 웃을 일이다' 라며 선배는 웃었다. 그런 남자가 이혼을 요구했다. 금방 끝장을 내고 싶었지만 선배는 울며 매달리는 척 했다. 질질 끌며 위자료를 한 푼이라도 더 챙기려고 온갖 쇼를 다 했다는 것이다.

양주 한 병을 다 비워 취한 선배를 데리고 같은 주차장을 쓰는 모텔로 갔다. 모텔에서 방금 전 카페가 환히 보였다. 선배가 누워 계속 무언가 말하며 주정을 할 때 영진은 창밖을 내다보고 서 있었다.

결혼하기 전 영진은 경민과 선배 부부와 이 카페에 와서 술을 마셨다. 선배 부부는 맞은편에 누가 있는지 아랑곳하지 않고 서로 몸을 비비고 진하게 스킨십을 했다. 영진과 경민은 그 부부를 잔뜩 긴장을 하고 보았다. 취한 선배 부부가 떠났을 때 경민이 슬며시 영진의 손을 이끌고 온 곳이 이 모텔이었다.

경민이 말했다.

"저렇게 애정 표현을 할 수 있는 선배 부부가 부러웠어. 난 상현이를 떠나서 영진 씨를 생각할 수가 없어. 상현이는 날 용서해 주었지만 내가 안 돼. 내가…… 아까 선배들처럼 내가 당당할 수 없으니 어쩌니."

경민은 머리를 감싸며 괴로워했다. 영진은 일어나 그런 경민을 가만히 감싸 안았다. 그날 그 모텔에서 경민은 영진을 처음으로 안았다. 덜 익은 것 같으면서도 어설프고 그러면서 다급한 손길을 느끼며 영진은 사랑하는 사람과의 결합에 한없이 행복해 했다. 풋사과처럼 떫고 어설픈 정사가 끝났을 때 경민은 창가로 가 솔밭을 보고 말했다. 소나무처럼 늘 푸르게 언제나 널 뜨겁게 사랑할 거라고…… 그 솔밭에는 지금 냉면집이 들어와 있었다.

선배가 잠들자 영진은 자기도 모르게 인상에게 전화를 했다. 인상은 한 번 전화벨이 울리자 기다리고 있었던 것처럼 받았다. 영진이 시계를 보자 아홉 시가 넘었다. 인상에게 다급하게 어디냐고 물었다. 인상은 일이 늦어 병원에서 잘 거라고 말했다. 너무나 쉽게 병원으로 가겠다고 말하는 영진은, 자기 자신에게 너무나 놀랐다.

영진은 선배의 웅얼거리는 잠꼬대를 뒤로하고 모텔 방을 빠져 나와 택시를 탔다.

약속

"한 젊은 판사가 재직 중 자신의 판단 실수로 인해 죄를 선고받았을 사람들에게 사죄하는 양심선언을 해 신선한 충격을 주고 있습니다. 서울 지방 법원에 근무하던 김상현 판사는 법복을 벗고 변호사 개업을 하는 자리에서 이 같은 양심선언을 했습니다."

코와 입과 눈이 완벽한 조화를 이루는 여자 앵커가 모처럼 시청자를 감동시킬 뉴스를 전한다는 듯이 빠르고 경쾌하게 원고를 읽어 나갔다. 경민은 그 뉴스를 아무렇지도 않게 보고 있었다. 곁에서 함께 보던 어머니가 놀란 듯이 텔레비전을 응시하고 말했다.

"아니, 쟤 상현이 아니냐! 술 먹고 우리 집에 와 행패부리고 하던 그 애! 정말 그 애가 쟤란 말이야. 어머! 정말 상현이네."

어머니는 상현이 양심선언을 하는 화면이 나오자 놀라며 신기한 듯 말했다. 그때서야 경민도 텔레비전 속에서 카메라 세례를 받으며 양심선언을 하는, 아나운서 말대로 신선한 충격을 주고 있는 그 남자가 상현이라는 것이 실감이 났다. 상현은 자신의 잘못된 판단으로 누명을 쓴 사람이 있다면 그들에게 사죄한다고 말했다. 그리고 인간이 인간을 심판한다는 그런 오만에서 벗어나 사회 정의 쪽에 서서 진실을 밝히기 위해 변호사로 새로 태어나겠다고 말했다.

보험금을 타기 위해 정부와 짜고 남편을 살해한 요부에 대한 다음 뉴스는 어머니의 푸념 속에 묻혀 버렸다.

"그때 함께 법대에 갔었어야 했는데……. 니가 상현이만 못한 게 뭐 있냐. 지금 니가 설 자리에 쟤가 서 있는 거 같다. 에그, 이런 말해야 죽은 자식 부랄 만지는 것 같지만 답답해서 그래. 에미는 저렇게 밖으로만 싸돌아다니고……."

어머니가 언뜻 경민의 눈치를 보았다. 무언가 할 말이 있는 사람처럼 머뭇거리다가 개어 놓은 빨래를 가지고 방을 나갔다.

영진은 오늘도 늦는 모양이다. 함께 아홉 시 뉴스를 본 것이 지난 금요일이었고 지금은 다시 목요일이다. 그러나 오늘 영진이 함께 아홉 시 뉴스를 보지 못한 것은 참으로 다행한 일이다.

일등을 한 번도 놓치지 않았던 상현은 경민과 한 반이 되고부터 일등을 경민에게 내주어야 했다. 그러나 법대교수 아들 상현과 시장에서 순대를 만들어 파는 홀어머니 슬하의 경민과는 처음부터 상대가 되지 않았다. 세상은 순대장수 아들에게는 너그럽지 않았다. 반장 선거 뿐 아니라 학교 대표로 나가는 모든 일들에서 경민을 누르고 상현이 뽑혔다.

상현은 문과를 경민은 이과를 지망했다. 상현은 법대에 가서 고시공부를 할 거라고 했다. 경민도 원래는 법대에 가고 싶었다. 하지만 언제 합격할지 모르는 고시는 집안이 넉넉지 못한 경민에게는 부담이 되었다. 얼른 졸업을 해서 취직을 해야 했다.

상현은 가끔 경민의 순댓국집에 가서 밥을 먹었다. 경민은 자신의 환경을 상현에게 구태여 감추려고 하지 않았다. 상현은 열심히 살아가는 경민을 진정으로 동정하며 좋아했다. 그들은 함께 나란히 같은 대학을 들어갔다.

어느 늦가을 날이었다. 떡갈나무 이파리들이 서걱거리며 땅 위에 떨어져 뒹구는 교정을 거슬러 올라가다가 경민은 언덕을 내려오고 있는 상현을 만났다. 오랜만의 만남이라 그대로 헤어지기 아쉬웠던 경민은 약속이 있다는 상현을 쫓아갔다. 그날 카페 '라이프'에서 경민은 상현과 그의 여자친구 영진과 모처럼의 경쾌하고 즐거운 시간을 가졌다.

집으로 돌아오는 내내 영진이라는 여자가 경민을 쫓아왔다. 경민은 여태껏 미팅이나 동아리에서 만난 여자들과 그토록 밝고 따뜻한 대화를 나누어 본 적이 없었다. 소박하다란 단어를 설명하라면 영진이라는 여자를 그려 넣으면 될 것 같았다. 하루 동안 고민하던 끝에 경민은 자기도 모르게 영진이 다니는 학교 교문 앞에서 서영진이란 여자를 기다리고 있었다. 영진을 만난 것은 그렇게 일주일째 기다리던 날이었다. 영진과의 사랑은 그렇게 시작되었다. 그들이 만나면 만날수록 상현에게 죄를 짓는 것 같았다.

한강 둔치에서 고교 동문 운동회가 있던 날이었다. 운동회가 파하여 다들 돌아가고 마지막에 상현과 경민이 남았다. 경민은 뒤풀이 때 먹은 술기운을 빌려 용기를 냈다. 서영진이란 여자를 사랑하고 있다고 고백했다. 상현은 아무 말도 하지 않고 자신의 짐을 챙겼다. 한참 후에 상현이 냉정하게 말했다.

"짐작 하고 있었어. 너희들 눈빛을 보면 알 수 있었지. 이 기분, 참 더럽구나. 난 너한테 늘 미안했어. 너는 없는 아버지가 있다는 게, 선생님들도 너보다 나를 더 챙긴다는 게, 그런 게, 늘 미안했지."

상현은 애써 냉정을 유지하며 말했다.

"하지만 왜 하필이면 그 여자야. 왜 영진이냐고? 넌, 넌 내가 가장 좋아하는 친구잖아. 그 여자는 내가 가장 사랑하는 사람이고…… 왜 니들이 날 이렇게 비참하게 만드니?"

상현은 끓어오르는 분노를 삭이지 못하고 경민의 멱살을 잡았다. 주먹을 날려 경민의 얼굴을 휘갈겼다. 주먹은 멈추지 않고 얼굴을 치고 또 쳤다. 경민이 땅에 엎어졌다. 경민의 등을 짓밟았다. 밟고 또 밟았다. 상현은 기진맥진 할 때까지 밟고 경민은 아무 저항하지 않고 맞았다. 한참 후 피투성이가 되어 누워있는 경민을 일으켜 세웠다.

"그럼 약속해."

상현은 새끼손가락을 내밀며 말했다.

"무슨 일이 있어도 영진이를 행복하게 해 주겠다는 약속을 해."

상현이 내민 손가락에 경민은 손가락을 걸었다.

"똑똑히 들어. 서영진이란 여자가 행복하지 못하다는 소문이 들리면 너 죽어. 내가 너 죽인다. 이거 하나만 알아 둬라. 너니까 물러나는 거야. 너니까. 다른 놈 같았으면 내가 죽였어. 넌 내가 봐도 멋진 놈이니까."

상현은 비틀거리며 한강 둔치를 빠져나갔다. 상현의 뒷모습은 내내 경민의 머릿속에서 사라지지 않았다. 그 후 서너 번 상현은 만취된 상태에서 경민의 집을 찾아왔다. 책을 내던지며 소리소리 치다가 그대로 가 버렸다.

몇 년 후 상현은 고시에 합격을 했다. 그런 상현이 지금 양심선언을 하며 법복을 벗고 있다.

영진이 들어온 것은 몇 시인지 모른다. 열두 시까지도 돌아오지 않았는데 경민이 깜빡 잠들었다 깨어나니까 영진이 옷도 벗지 않은 상태로 누워 있었다. 입을 굳게 다문 우울한 영진의 얼굴이 경민에게 한없이 낯설었다. 어느 날부터 영진은 웃지도 않고 필요한 말만 짧게 했다. 영진은 목욕탕에 들어가 씻고 나오더니 그대로 잠자리에 누웠다. 경민은 그런 영진을 지켜볼 뿐이었다.

영진이 자면서 내는 신음에 경민은 눈을 떴다. 삼백 예순 날을 이렇게 누워서 지내는 사람은 가슴이 차갑게 식어버렸거나 아예 말을 하지 못했더라면 조금은 나을 뻔했다. 쓰러지기 전이나 지금이나 영진에 대한 사랑은 변함이 없다. 그것이 경민을 더욱 견디기 힘들게 했다.

경민은 여러 사람을 골고루 사귀는 편이 아니다. 몇몇만을 곁에 두고 아주 열심히 사랑하는 그런 성격이었다. 영진이 그 중 가장 깊숙이 들어와 자리한 사람이었다. 번잡스러운 것이 싫었고 자신의 취향에 맞게 건축 설계를 하며 주위 사람을 사랑하며 조용히 지내는 것이 그의 꿈이었다. 건축학과를 나와 들어간 재벌그룹의 건설회사는 그에게 우리나라에서 최고의 보수를 제공했지만 그의 꿈과는 거리가 멀었다. 현장에서 노가다들과 바삐 움직이며 살았고 언제 어디서 사고가 날지 몰라 마음 조였다. 어느 정도 수중에 돈이 생기면 설계사무소를 차리고 독립하리라 생각했었다. 그러던 꿈이 교통사고라는 사소하고 흔한, 그렇지만 무서운 복병에 걸려 넘어져 산산조각이 나버렸다.

그렇지만 그는 아직 버리지 않은 꿈이 하나 있다. 사랑하는 영진을 행복하게 해주리라는 가능하지 않은 그런 꿈을 그는 아직도 꾸고 있다.

요즘 영진은 조금 변해 있었다. 가장 눈에 띄게 변한 것은 어떠한 경우에도 불평하지 않던 영진이 사소한 것에도 짜증을 내기 시작한 것이다.

짜증을 느끼기 시작했을 때 경민은 오래 참았다고 생각하며 그동안 참아준 것에 감사했다. 이젠 지쳤으리라.

　육신이 성한 시절, 그가 모시던 오십 중반인 부장에게 어느 시절로 가장 돌아가고 싶으냐고 물었던 적이 있었다. 그는 뜻밖에 이십 대가 아닌 삼십 대였다. 찬란한 삼십 대, 그 시절로 가장 돌아가고 싶다고……. 그런 삼십 대를 그는 누워서, 영진은 그 대신 생활을 짊어지고 살았다니 그런 형벌이 어디 있겠는가. 그도 영진도 이젠 사십에 접어들고 있었다.

　영진은 머리를 땅에 댔다 하면 얼마 안가 잠이 들곤 했었다. 그런 영진을 들여다보는 것 또한 경민의 낙이었다. 영진 얼굴에 하나하나 생기기 시작한 주름살이라든가 흰머리를 헤아려 보기도 하고, 성한 몸일 때 그의 품에 안겨 기쁨에 겨워 신음을 내뱉던 그런 모습을 상상하기도 한다. 그런 영진이 요즘 잠을 설치는 것 같았다.

　영진은 언제나 뜨거웠다. 피곤해 안을 생각이 없다가도 영진 곁에만 누우면 그의 몸은 들떴다. 영진의 몸은 탐하고 탐해도 마르지 않는 샘처럼 끊임없이 열락을 뿜어냈다. 영진을 안고 있을 때 그는 너무나 행복해 누구에게인지 죄스럽기까지 했다. 어떤 영화에서 달이 그들의 사랑을 질투를 한다고 배 위에서 달을 쫓는 그 광경은 아직도 그의 머릿속에 강하게 남아 있었다. 그래, 틀림없어. 우리의 행복도 누군가가 질투한 거야. 경민은 그의 행복을 신이 질투해 그렇게 만든 것이라 생각했다. 그는 지금 지난날 너무나 행복했던 것에 대한 죗값을 치르고 있다고 생각했다.

　영진은 그가 여자에게 꿈꾸고 바라던 것을 다 갖추고 있었다. 이상형이라고 말해도 좋았다. 아니, 그가 생각한 그 이상이었다. 영진을 처음 봤을 때 그는 한 눈에 알 수 있었다. 그 밝은 미소며 상냥한 목소리 그리고 가을 날 쏟아지는 햇볕같이 해맑은 웃음소리, 지루하지 않고 늘 신선한 대화, 인생을 들여다보는 따스한 시선 등…… 그런 것들은 결혼해 함께 살기 시작하고부터 더욱 진가를 발하며 빛나기 시작했다. 그는 정말로 영진을 사랑했다.

간혹 그의 맘에 들지 않는 부분들도 있기는 있었다. 외출해서 돌아와서는 아무렇게나 옷을 벗어 놓는다든지, 장 속 정리를 못해 옷을 찾을 때 애를 먹는다든지, 음식의 간을 그의 식성보다 짜게 한다든지 하는 그런 사소한 것들…… 그는 영진의 아무렇게나 벗어 놓은 옷을 정리하며 가끔 잔소리를 했지만, 때로는 심하게 다툰 적도 있지만, 그런 것들은 누워있는 지금 이 마당에는 생각나지 않고 오히려 영진에 대한 추억 같아서 그립다.

조물주는 태어난 생명들은 어떻게든 살아가게끔 만든다. 앞이 보이지 않는 장님에게는 보이지 않는 대신 뛰어난 청각과 촉각을 부여한다. 아니 그것은 부여받는 것이 아니라 어떻게든 살아가려고 적응하는 것이다. 지금 가슴과 입만이 살아있는 그는 소설을 써도 수없이 쓸 수 있을 만큼 감성이 발달해 있다. 후각 또한 정상인보다 몇 배나 뛰어나다.

경민은 어느 날 영진에게서 진한 슬픔의 냄새를 맡았다. 유월에 결혼한 경민은 새마을호를 타고 부산으로 신혼여행을 갔었다. 그때 전국 어디를 가나 밤꽃이 아릿한 냄새를 풍기며 희뿌옇게 피어났다. 그 밤꽃 냄새가 슬픔의 냄새처럼 영진에게서 났다. 그날 영진은 짜증을 내지 않고 정성 들여 그의 몸을 닦아주었다. 어느 때보다 맑은 영진의 얼굴이 그를 아주 슬프게 했다.

그날 역시 문을 열고 들어오는 영진에게서 옅은 알코올 냄새와 함께 밤꽃 냄새가 났다. 그러고는 아주 곤하게 잠을 잤다. 긴장이 풀린 나른한 영진의 그런 얼굴이 어린애처럼 평화스럽고 천진하다. 경민은 영진이 밖에서 무엇을 하든지 그냥 이렇게 영진의 얼굴을 들여다볼 수만 있다면 이대로 그냥 살아가도 되지 않을까 하는 생각을 했다. 영진을 위한다면 어떠한 삶일지라도 감수할 각오는 되어 있다. 하지만 똑바르고 착한 그리고 학교에서 도덕을 가르치는 영진을 언제까지 그런 죄의식 속에서 살게 한다는 것은 잔인한 일이다.

요즘 어머니의 얼굴이 어둡다. 무슨 일이 있느냐고 물어도 무언가 말할 듯하다가 그만 두기를 몇 번째였다. 어느 날은 주식을 팔면 얼마나 되느냐고 물었다. 경민은 아직 팔지 않아서 모른다고 말했다. 긴 한숨과 함께 그걸로 어찌어찌 살면 살아지지 않을까 하고 경민에게 묻기도 했다. 영진이 씻겨 주던 목욕을 어머니가 대신 하기도 했다. 그럴 때 경민은 눈에 보이는 곳만 하고 가장 중요한 부분만은 거부했다. 어머니에게 누워있는 모습 보이는 것만 해도 죄스러운데 기능이 없어진 남성의 치부까지 보이고 싶지는 않았다. 그렇지만 영진에게만은 어쩔 수 없이 드러낸다. 영진과 어머니의 차이를 거기서 느낀다. 어머니는 그게 섭섭한 모양이다.

어느 날 어머니가 명함 한 장을 가지고 들어왔다. 지인상이라는 성형외과 의사를 아느냐고 물었다. 영진의 바바리를 세탁소에 보내려고 주머니 정리를 할 때 나왔다고 했다. 경민은 지인상이라는 성형외과 의사를 알지 못한다. 성형외과 의사라고 언젠가 들어본 것 같기도 하다. 아! 그래, 돈을 빼앗은 아이의 아버지가 성형외과 의사라고 하지 않았던가.

216

그날부터 경민의 머릿속은 지인상이라는 사람에 대한 생각으로 가득했다. 경민이 지인상에 대해 상상을 하면 그 사람의 이목구비라든가 진료하고 있는 모습은 상상되지 않는다. 경민은 영진과 자고 있는 지인상만이 상상이 되었다. 경민은 어머니에게 그 명함을 자신의 베개 밑바닥에 놓아 줄 것을 부탁했다. 어머니는 에미에게 남자가 생긴 것이 아니냐고 조심스럽게 물었다. 경민은 대답대신 눈을 감았다. 며칠 전 집 앞까지 태워다 준 어떤 남자를 봤다고 어머니는 말했다. 경민은 아무 대꾸도 하지 않았다. 잠시 후 어머니가 방을 나가는 소리를 들었다.

 경민은 지인상에 대한 분노로 가득 찼다. 하루 종일 얼굴도 모르는 남자를 욕하고 잔인하게 죽이는 상상을 했다. 영진에 대한 감정은 어떤 때는 측은했다가 죽일 듯이 미웠다가 또 어떤 때는 가여웠다가 가증스러웠다.

 경민은 상현을 생각했다. 사랑하는 여자가 자신의 친구와 사랑에 빠졌을 때 상현은 사랑하는 여자의 행복을 빌어주었다. 그 후 상현은 그들 앞에 나타나지 않았다. 동창회에도 참석하지 않았다. 과연 그럴 수가 있을까. 경민은 너무나 신사적이었던 상현의 생각이 요즘 더욱 간절했다.

 영진은 점점 정신이 나간 여자 같이 되어 갔다. 아침에 늦게 일어나 아이들 도시락을 싸 주지 못한 날도 여러 날 있었고, 핸드백을 잃어버리고 들어온 날이라든가, 대학원 갔다가 늦게 들어온 날은 회식이 있었다고 말하기도 했다. 가끔 멍청한 시선으로 그를 내려다보았고 까닭 없이 눈물을 흘리기도 했다. 영진의 생활은 나사못이 풀린 듯 느슨할 뿐 아니라 벼랑 끝에 선 것처럼 위태롭게 보이기도 했다. 그런 영진을 지켜보는 경민의 고통은 갈수록 더해 갔다.

날이 갈수록 영진은 쓸모없는 짐짝처럼 경민을 취급했다. 더 이상 목욕을 시키지도 않았다. 언제 대화를 나누어 봤는지 생각이 나지 않는다. 영진은 기계처럼 그의 옆에 누웠다가 아침이면 일어나 학교로 달려갔다. 아이들은 언제나 어머니 차지였다. 아주 가끔 집에 들어오지 않는 날도 있었다.

칠 년이었다. 그것도 삼십 대 중반부터 사십 대 초반……. 영진도 경민도 한계를 느꼈다. 어머니 또한 맥없이 앉아 한숨을 쉬는 것이 간간이 눈에 띄었다. 어머니가 영진을 미워하지 않는 것은 참으로 대단하다. 시집살이를 혹독히 한 며느리일수록 자신이 며느리를 보면 심한 시집살이를 시킨다지 않는가. 하지만 젊음을 청상으로 난 어머니는 영진을 이해했다. 어쩜 그나 주위 사람들보다 어머니가 영진을 더 많이 이해하는지 몰랐다. 경민은 그런 어머니를 닮아왔다. 자신의 괴로움을 어떻게든 참고 견딜 뿐 누구를 탓할 생각은 없다.

어쩜 경민은 누워있으면서 오랫동안 이런 날을 대비해 왔었는지 모른다. 더 이상 살아가다가는 영진을 미워하게 될지 몰랐다. 아직은 영진을 미워하지 않는다. 영진에게서 주식 이야기를 들었을 때부터 구체적인 방안이 떠올랐다. 수중에 어느 정도의 돈만 있다면 영진을 보낼 수 있지 않을까. 한 가지 하느님께 감사할 일은 학교에 나가는 엄마를 둔 아이들은 아주 독립적으로 자라고 있다. 공부도 그만하면 괜찮고 처신하는 것이 꼭 어른 같다. 어떠한 경우라도 부모를 이해하리라 생각된다. 그 아이들이 커서 독립할 때까지는 할머니가 있지 않는가. 이만하면 나쁘지 않으리라. 그는 결심이 좀 더 늦어지면 어쩜 영진을 미워하게 될지 모른다는 공포에 싸여있다. 아직까지 영진을 사랑한다. 허지만 영진이 말을 하지 않은지 몇 달이 지났는지 모른다. 아직까지 영진을 미워하지 않는다. 경민은 머릿속으로 날짜를 따져 보았다. 영진의 생일이 다가오고 있었다.

낮에 경실이가 왔다. 가출한 딸이 돌아와 기분이 괜찮은 것처럼 보였다. 경민은 쓰러지기 전 다정했던 오누이 시절같이 모처럼 경실이와 친근하게 대화를 나누었다. 경실이도 누워있는 오빠에게가 아닌 성한 오빠 대하듯 이것저것 의논을 했다. 경민은 경실에게 언니가 어떻게든 약국 하나 차려 줄 테니 목 좋은 자리를 찾아보라고 했다. 경실이는 무슨 돈이 있어서 그러냐고 믿지 않았다. 경민은 경실에게 주식 이야기를 했다. 네가 예전에 도와준 것을 갚는 것이라는 말도 덧붙였다. 대화가 끝날 무렵 경민은 동생에게 한 가지 부탁이 있다고 말했다.

"언니 생일이 돌아오지 않니? 내가 이러고 있어 생일 선물 같은 것은 하지 않았어. 근데 이제 하고 싶어. 언니에게 잘 어울리는 바바리 하나 사 주고 싶어. 언니 그 검은 바바리는 너무 오래 입었어. 그거 말고 이제는 좀 화사하고 아기자기한 디자인으로 하나 사다 줄래. 값은 얼마가 되어도 좋아. 네 안목이면 언니도 좋아할 거야."

약국 해 보라는 말에 기분이 좋아졌는지 경실이는 언니 바바리 사러 간다며 일어났다. 누워서 올려다 본 경실이의 얼굴이 근심걱정 하나 없는 어린애처럼 해맑다. 약국을 하게 될 지도 모른다는 생각이 모처럼 경실이를 밝게 만들었다. 생활이 저토록 삶을 지배하는데 우리 식구의 짐을 혼자 짊어지고 살아가는 영진은 얼마나 힘이 들었을까. 경실이 가고 어머니가 세숫대야에 물을 떠 가지고 들어와 앉아 누워있는 그의 앞에 놓고 몸을 씻기기 시작한다. 그는 오늘따라 어머니께 더욱 미안하다.

"어머니."

경민은 조심스럽게 어머니를 불렀다. 어머니는 두려운 얼굴로 그를 내려다보았다.

"그 사람 보내 주려고 해요."

어머니는 그에게서 얼른 시선을 거두고 부지런히 손놀림만을 하고 있었다.

"생각하면 여태까지 산 것만도 고맙죠. 다행히 좋아하는 사람이 있나 봐요. 어머니! 전 그게 맘이 편해요. 생각해 봤는데요, 주식을 팔아 경실이 약국 하나 차려 주고 그리고 우리 식구끼리 옛날처럼 살면 안 될까요? 아이들도 잘 커 주니 다행이고요."

"나하고 생각이 같구나."

"역시 저는 어머니하고 생각하는 것이 닮았어요. 저 생각 많이 했어요. 어머니 그 명함 어디 있어요?"

어머니는 경민을 측은히 쳐다보았다.

"어머니, 저 괜찮아요. 정말 괜찮아요. 명함 속의 그 사람과 한번만 통화하고 싶어요. 도와주세요."

어머니는 눈에 눈물을 가득 담고 등을 돌렸다. 경민이는 다시 한 번 재촉했다. 어머니가 머리맡에 있는 명함을 꺼냈다.

"어머니, 통화할 수 있게 해 주세요."

어머니는 수화기를 경민이 말할 수 있게 귀에 바짝 대 주었다. 그리고 수화기를 돌리기 시작했다. 신호가 가고 누군가가 전화를 받았다. 경민이 어머니께 나가 있으라는 신호를 보냈다. 어머니가 일어나 나갔다.

남자가 계속 여보세요 여보세요 하고 있었다.

"저 지인상 선생님 좀 바꿔 주세요."

남자가 멈칫 하며 있다가 잠시 후 말했다.

"전데요. 누구시죠?"

"저 서영진 남편 되는 사람입니다."

"……."

"한 가지만 말씀해 주세요."

"……."

"그 사람…… 어떻게 생각하세요?"

"……."

"사나이 대 사나이로 물어 보는 것입니다."

"……."

"사랑하고 있습니까?"

"……."

인상은 여전히 말이 없었다.

"그 사람은 친구의 애인이었어요. 그럼에도 불구하고 저는 그 사람에게 한눈에 반했지요. 친구에게 고백했을 때 친구는 그 사람을 행복하게 해 주겠다는 약속을 하라고 했어요. 저는 약속을 했어요. 우린 행복했어요. 적어도 제가 쓰러지기 전까지는…….

이젠 그 약속을 지킬 수가 없어요. 그 사람을 행복하게 해 주겠다는 약속만 해 주신다면 그 사람을 선생님께 보내드리겠어요."

"약속 할 수 있어요."

전화기 끝에서 낮은 목소리가 들려왔다.

"그럼 약속하셨습니다."

"네."

"그 사람 만나는 곳이 있습니까?"

"네."

"거기서 이번 이십 일에 약속하세요."

"왜 이러시는 거죠?"

인상이 조심스럽게 물었다.

"보내주려고 했어요. 좋은 사람 생기면 보내주려고 늘 생각하고 있었
어요."

"선생님! 후회하지 않으시겠어요?"

"네. 저, 지 선생님?"

"네?"

"꼭 행복하셔야 합니다. 약속해요. 꼭요. 약속했어요."

"네. 약속합니다."

경민은 자신이 그토록 냉정해진데 대해 놀라고 있었다. 마치 방황하는
한 어린 소녀를 보호자에게 돌려주는 기분 같은 것이 들었다. 경민은 눈
을 감았다. 이제 영진을 설득하는 일만이 남았다.

영진의 생일 전날이었다. 경실이가 경민이 부탁한 바바리코트를 보여
주었다. 밝은 벽돌색이었다. 너무 화려하지 않으면서 적당히 품위 있어
보였다. 경민은 마음에 쏙 들었다. 역시 경실이의 감각은 그와 비슷하
다. 어머니는 미역을 사들고 돌아왔고 경실이는 올케에게 줄 선물로 미
색 폴로 티셔츠 한 장을 사왔다. 경실이는 아무 말도 하지 않는 어머니
에게 무슨 일이 있느냐고 물었다. 어머니는 갈 사람은 보내 주어야지 더

데리고 있을 수는 없다고 말했다. 순간 경실은 눈에 불꽃이 튀기며 말했다.

"뭐야! 그럼 언니를…… 설마 언니를 보낸다는 말은 아니지?"

"느이 언니 우리 모두에게 할 만큼 했어. 이젠 가도 돼."

"말도 안 돼. 오빠가, 오빠가 언니 없이 살 수 있다고 생각해?"

"살 수 있어. 난 느이 언니 없이 살 수 있어."

"애들은……."

"애들은 크면 이해할 거야."

"병신……, 오빤 병신이야. 가겠다고 해도 붙잡아야지. 울며 붙잡아야 하는 거라구. 오빠, 다시 생각해 봐, 응?"

경실은 울부짖으며 말했다.

"누가 뭐라 해도 내 결심은 흔들리지 않아."

"오빠! 이러면 안 돼. 오빠!"

"……."

"그래, 오빠가 보낸다고 해. 그렇다고 애들 두고 갈 언니가 아니잖아."

"보낸다고 갈 사람 아닌 거 알아. 허지만 어떻게든 보내야지. 그 사람이 행복할 수 있다면……."

"그때 입혀 보내려고 바바리코트를 사 온 거군. 흥! 소설을 써도 한참 썼네. 누가 병신 아니랄까봐. 오빤 병신이야! 병신!"

경실이 울면서 밖으로 뛰어 나갔다. 어머니가 말없이 코트를 옷장 안에 걸어놓았다.

영진은 일찍 들어왔다. 경민은 영진에게 목욕을 하고 싶다고 말했다.

영진은 한참 동안 목욕준비를 하더니 물이 든 커다란 대야를 간신히 들고 방으로 들어왔다. 영진은 먼저 수건을 물에 축여 경민의 얼굴을 닦았다. 경민은 눈을 감고 말했다.

"여보! 내겐 꿈이 하나 있어. 무언지 물어봐 주겠어?"

영진이 휑한 눈으로 경민을 쳐다보았다.

"내겐 아직까지 당신을 행복하게 해 주겠다는 꿈이 남아있어."

영진은 다시 그의 손을 물속에 집어넣고 수건으로 문지르기 시작했다. 손끝의 감각까지 없어진 그는 영진이 하는 대로 내버려두고 있었다.

"당신 떠나고 싶으면 떠나. 맘대로 해. 난 어머니와 경실이와 어찌어찌 살아가면 돼."

영진은 서둘러 그의 홑바지를 벗겼다. 사고가 난 이후 한 번도 써 본 적이 없는 두 다리는 어린아이 것처럼 연약해 장식품 같았다. 영진이 다리를 문지르고 사타구니를 문질렀다. 그리고는 다시 물수건을 빨아 그의 생식기를 닦기 시작했다. 삼계탕을 끓이기 위해 닭을 손질할 때처럼 영진은 아무렇지도 않게 그의 아랫도리 구석구석을 닦았다. 한때는 경민에게 이 시간이 기다려졌던 적도 있었다. 영진은 정성들여 그의 몸을 문질렀고 그는 행복한 눈길로 그런 영진을 바라보았다. 영진 또한 자신의 삶을 송두리째 끌어안고 보듬어 갈 뿐 탓하거나 원망하지 않았다. 그런데 이제는 그렇지 않았다.

"당신 나를 위한 것이 어떤 것인가를 생각해 봐. 내가 원한다면 당신 내 맘대로 다 할 수 있지?"

영진이 무감동하게 그의 눈을 쳐다보았다.

"난 당신을 위한다면 뭐든지 할 수 있어. 당신을 사랑하는 마음 변함이 없어. 하지만 앞으로도 그럴 거라는 자신은 없어. 여보! 당신도 그렇지 않아? 우린 많이 지쳐 있어. 그리고 지금처럼 말고 또 다르게 살아가고 싶어. 당신도 또 나도……."

영진은 여전히 무감각한 눈으로 보며 손을 놀릴 뿐 말이 없었다. 영진은 대야에 물을 들고 나가더니 걸레를 가져와 닦기 시작했다. 영진은 꼼꼼하지 않아 방 안 정리며 물건 정리는 성한 시절에는 다 그의 몫이었다, 영진은 천천히 그의 방을 정리하기 시작했다. 흐트러진 그의 소지품들과 휴지와 물그릇과 오래 전부터 아무렇게나 놓여있던 시계라든가 책들을 제자리에 정리해 놓았다. 그의 눈앞이 시원해지는 것 같았다. 그는 눈앞이 흐트러져 있으면 왠지 불안해지곤 했다. 그는 영진이 말없이 물건 정리하는 것을 지켜보고 있었다. 그런 영진이 아름다웠다.

'상현이와의 약속이 생각나는군. 당신 행복하게 해 주겠다고 상현이와 약속했거든. 나 이렇게 되기 전에는 우리 행복했지? 당신 행복한 모습 보며 나도 얼마나 행복했는 줄 알아? 그런데 행복이란 말이야. 사람의 의지대로 가져지지 않는 거 같애. 누군가가, 우리의 등 뒤에서 조절하는 것 같아.'

경민은 영진의 잠든 모습을 보며 중얼거렸다.

영진의 생일날 아침이었다. 어머니는 양지를 푹 고아 놓은 물에 미역을 넣어 끓였다. 영진은 어머니가 퍼 주는 미역국을 뜨는 둥 마는 둥 하고 일어섰다. 어머니가 안타까워하며 지켜보았다. 옷을 입고 나가는 영진의 등 뒤에 대고 경민이 말했다.

"당신 오늘 토요일인데 일찍 와. 볼일이 있더라도 집에 왔다가 가. 부탁이야."

영진이 멈칫 서 있다가 다시 나갔다.

퇴근 시간부터 기다리기 시작한 영진은 돌아올 줄 몰랐다. 두 시가 지나고 세 시가 지나도 영진은 돌아오지 않았다. 아이들은 이미 돌아와 제각기 놀러 나갔다. 어머니는 부엌에서 무얼 하는지 구시렁거리고 그는 온갖 촉각을 다 세우며 영진이 돌아오기를 기다렸다.

영진은 네 시에 돌아왔다. 영진의 모습은 이전에 그가 보던 그런 영진이 아니었다. 바람에 머리는 마음껏 헝클어져 있었고 혼이 십 리 밖이나 나간 것 같은 얼굴이었다. 어디를 돌아다녔는지 한 걸음도 걷지 못할 것 같은 모습이었다. 경민은 그런 영진을 다정하게 불러 앉히고 말했다.

"당신 떠나. 당신에게 행복을 선물하고 싶어. 당신이 행복하면 나도 행복한 거야. 당신 행복이 곧 나의 행복이란 걸 알아? 그리고 내가 당신께 줄 게 있어."

그는 떨리는 목소리로 어머니를 불렀다. 어머니가 벽돌색 바바리코트를 들고 들어왔다.

"어머니, 이 사람에게 입혀 주세요. 여보, 일어나. 입어 봐."

영진은 그 자리에서 움직이질 않았다.

어머니가 앉아 있는 영진의 등에 바바리를 걸쳤다.

"입어 봐. 잘 맞나……. 그리고 어머니. 저 이 사람에게 할 말이 있으니 나가 주세요."

어머니가 나가고 그는 망설이는 영진에게 바바리를 걸쳐 보기를 자꾸 권했다. 드디어 영진이 일어나 옷에 팔을 차례차례 끼고 섰다.

"단추도 잠가 봐."

영진은 그가 시키는 대로 단추를 잠갔다. 늘 검은 바바리만 걸치던 영진은 밝은 색감에 얼굴이 화사하게 피어나는 것 같았다.

"당신, 잘 들어."

경민의 떨리는 목소리로 말했다.

"당신, 떠나. 날 위해 떠나 줘. 당신 보지 않으면 난 살 거 같아. 내가 얼마나 당신 부담스러워 하는 줄 알아? 이렇게 결정하니 속이 시원해. 당신 아직까지 날 사랑하는 맘이 조금이라도 남아 있다면 당신 미워하기 전에 떠나. 응?"

영진은 그 자리에 무너지듯 주저앉으며 말했다.

"미안해요."

영진이 드디어 말을 했다.

"이건 누구의 잘못도 아냐. 우리의 인연이 이만 한 거야. 우리 서로 원망하지 말기로 해. 부탁이야. 떠나. 어서 가!"

"여보!"

"난 당신 생각만 하면 숨이 막혀. 당신 떠나라구! 떠나 떠나라구!"

경민의 음성이 과격해졌다. 경민은 더욱 더 크게 소리쳤다.

"보기 싫어! 이 화냥년! 떠나라구! 내가 미쳐버리기 전에 떠나란 말이야!"

"여보!"

"나 당신 안 보면 살 거 같아. 알아? 그러니 얼른 떠나. 얼른……."

"여보! 당신 진정이 아니라는 거 알아요."

"정말이야! 정말이라구. 보기 싫어. 나 여태껏 참았던 거야! 꺼져! 꺼지라구! 이 화냥년아! 꺼지라구!"

영진은 더 이상 말을 못하고 그대로 서서 보다가 얼굴을 두 손으로 감싸고 밖으로 뛰쳐나갔다. 경민은 영진의 등에다 다시 한 번 소리치며 울부짖었다.

"돌아오지 마! 당신 없으면 살 거 같아! 당신 죽이고 싶어! 죽이고 싶단 말이야!"

영진은 그대로 문을 열고 뛰쳐나갔다. 영진의 뒤에 대고 그는 발작처럼 고래고래 소리치고 엉엉 울고 그리고 죽이고 싶단 말을 수도 없이 했다. 잠시 후 그는 영진이 보이지 않는 걸 알았다. 떠났구나. 그래도 다행인 것은 그가 사 준 바바리코트를 걸치고 갔다는 것이다. 이제야 그의 눈에서 눈물이 주르르 흘렀다.

경민은 휠체어를 타고 산책하는 것을 좋아하지 않았다. 언제 산책을 했는지 기억조차 가물가물 했다. 하지만 경민은 어머니를 졸라 휠체어에 앉았다. 늙은 어머니의 힘에 부치는 일임에도 불구하고 산책을 하고 싶었다. 무엇보다 휠체어에 앉히는 일과 다시 침대에 눕히는 일이 가장 큰일이었다.

어머니는 휠체어를 밑에 놓고 경민을 굴리듯이 휠체어로 떨어뜨렸다. 고갯짓을 할 수 있을 뿐 경민이 할 수 있는 일이라곤 아무 것도 없었다. 다른 때에는 침대에 옮기는 일은 영진이 돌아오면 함께 했다. 오늘 영진은 돌아오지 않는다. 깊은 절망과 슬픔이 몰려왔다.

경민은 어머니께 한강이 보고 싶다고 말했다. 경민의 집에서 공원에 오르면 한강을 조망할 수가 있었다. 어머니가 휠체어를 밀고 올라오기가 좀 버거울 거라 생각했지만 아스팔트가 깔려 있고 평지와 다름없는 길이라 그리 어려울 것 같진 않았다. 다만 공원에 오르면 가파른 층계가

228

꽤 길게 놓여 있어 그곳이 산의 중턱쯤 되어 보였다.

　그 공원은 경민이 사고가 나기 전 한 가족의 즐거운 가족 산책길이었다. 아이들은 앞장서서 그곳을 뛰어다니며 춤을 추었고 경민 부부는 손에 약수를 담을 물통을 들고 천천히 그 길을 걸었다. 일찍 퇴근하는 날에는 어김없이 경민 가족의 산책은 시작되었다.

　경민은 어머니가 미는 휠체어를 타고 그 길을 천천히 돌아보았다. 어쩜 사람들에게 주어진 행복의 양은 같은 것이 아닐까 생각했다. 그때 한꺼번에 몽땅 누렸기 때문에 나중에 누릴 행복이 남아 있지 않은 것이 아닐까. 경민은 영진에게 마음에도 없는 온갖 욕설을 퍼부은 자신이 부끄러웠다. 아니 마음에 없는 욕설이라 했지만 경민의 진심일 수도 있었다. 사랑하는 여자가 바람이 나 밖으로 돌아다니는데 사지가 마비되어 꼼짝 못하고 누워 있더라도 질투가 일어나지 않는 남자가 어디 있겠는가.

　경민의 휠체어가 서 있는 건너편에 음료와 스낵을 파는 조그만 가게가 보였다. 경민은 어머니께 물이 먹고 싶다고 말했다. 어머니는 휠체어를 그 자리에 두고 물을 사러 가게로 향했다. 어머니가 가게로 들어가는 것이 보였다.

　경민은 머리를 강하게 움직여보았다. 휠체어가 조금 움직였다. 너무 오랜만에 나온 산책이라 어머니는 휠체어 잠그는 걸 잊은 모양이다. 머리를 더 강하게 움직였다. 휠체어가 조금 더 움직였다. 마치 머리로 노를 젓는 것처럼 경민은 머리를 더욱더 강하게 움직였다. 휠체어가 계단을 향해 움직였다. 경민은 쉬지 않고 강하게 머리를 움직였다. 천천히 움직이던 바퀴가 가속되며 층계로 향했다. 지나가는 남자가 움직이는 경민의 휠체어를 보고 달려왔다. 그렇지만 경민의 휠체어는 이미 층계

아래로 굴러가고 있었다. 사람의 비명 소리가 들렸다. 층계로 구르며 경민은 세상에 태어나 어머니께 불효만 하고 가는 자신이 너무나 원망스러웠다.

어머니!

경민은 소리쳤다.

다시 봄날

증권회사 문을 밀고 들어갔을 때 영진은 깜짝 놀랐다. 선거유세장처럼 사람들이 가득 모여 서서 전광판을 쳐다보고 있었다. 전광판은 붉은 칠을 한 것처럼 온통 붉었다.

영진은 김 과장을 찾았지만 보이지 않았다. 저마다 무엇에 쫓기고 있는 것처럼 바빠 누구에게 물어볼 수도 없었다. 한참 만에 영진은 자신의 상담실에서 사람들에 빙 둘러싸여 무언가 대꾸하는 김 과장을 볼 수 있었다. 그는 한 손으로는 컴퓨터 자판기를 두드리고 있고 다른 한 손에는 전화기를 들고 있었다. 머리를 옆으로 기울이고 어깨를 들어 올려 그 사이에 또 다른 전화기를 끼고 사람들의 질문에 빠르고 짤막하게 대답을 해 주었다. 영진은 그런 김 과장을 우두커니 보고 있었다.

김 과장이 그렇게 서 있는 영진을 발견한 것은 오래지 않았다. 그는 받던 전화 수화기를 놓고 사람들 어깨 너머로 오셨느냐고 큰소리로 인사를 했다. 사람들이 저마다 영진을 흘낏 거렸다. 그는 둘러 싼 사람들의 질문에도 아랑곳하지 않고 어디론가 전화를 걸었다. 그리고 주식은 좋은 값에 팔았으니 출납 창구에 가서 돈을 찾아 가지고 이리로 와서 잠시만 기다리라고 말했다.

영진이 김 과장에게 전화를 한 것은 이틀 전이었다. 전화 속의 그는 용하게도 영진을 얼른 알았다. 그는 조금은 흥분한 목소리로 영진의 주식이 지금은 삼만 원까지 한다고 말했다. 돈이 필요하시면 팔아서 쓰시지 더 이상 놔 둘 필요는 없다고 덧붙였다. 영진은 김 과장에게 주식을 팔아 줄 것을 부탁했다.

김 과장으로부터 연락이 온 것은 오후였다. 수업 중이라 세 번째 전화 끝에 통화가 된 것이라 말하고 주식을 좋은 값에 팔았으니 돈을 찾고 싶으면 모레 아무 때나 나와도 좋다고 했다. 그리고는 증권회사에 오기 전에 반드시 미리 전화를 하라고 덧붙였다. 오늘 아침 영진은 김 과장에게 점심시간에 가겠다고 연락을 했다.

출납 창구 역시 사람들이 가득 밀려 서 있었다. 영진이 출금전표를 작성해 창구에 디밀자 여직원은 플라스틱으로 된 번호표를 주며 잠시 기다리라고 했다. 영진은 사람들 틈에 서 있다가 회사원인 듯한 사람이 일어나 나가자 그 자리에 앉았다. 잠시 후 영진은 누군가가 활짝 웃으며 자신을 내려다보고 있는 것을 보았다.

인상이었다. 영진이 증권회사에 온 것은 작년 이맘 때 온 후 오늘 두 번째 오는 날이었다. 아까 김 과장이 인상에게 전화를 한 모양이라고 생각하며 영진은 반갑게 마주 웃었다. 볼일이 아직 끝나지 않았냐고 인상이 물었다. 그때 창구에서 영진의 번호를 불렀다. 영진이 창구에 가 서 있자 인상이 일어나 김 과장에게 가서 어깨를 툭 치며 아는 체를 하는 것이 보였다.

일을 마치자 김 과장에게 인사를 하고 오겠다고 하자 인상은 그 사람
은 지금 바빠 인사 받을 틈도 없으니 나중에 자신이 대신해 주겠다며 나
가자고 했다.

주차장 역시 만원이었다.

"이럴 때 파는 건데 사람들은 거꾸로 지금 사자고 아우성치고 있어요."

인상을 애써 차를 빼며 말했다.

"그렇지 않아도 한 번은 만나봐야 할 거라고 생각했어요."

"영진 씨도 그렇게 생각했어요?"

"네. 지 선생님에 대한 감정이 늘 미진한 채 남아 있었거든요."

"그럼 차 한잔 마실 수 있겠어요?"

"네. 미사리 한번 가고 싶어요."

인상은 은행 볼일이 있으면 보고 가라며 거래 은행을 물어 그 앞에 차
를 대고 기다렸다.

그날 영진은 그곳에 오지 않았다. 영진의 남편과 통화를 한 후 인상은
며칠을 어떻게 보냈는지 몰랐다. 그리고 만나기로 한 날 그곳으로 가 기
다렸지만 영진은 오지 않았다. 역시나 하고 체념했으면서도 혹시나 하
고 기다린 것이 카페 문을 닫을 때까지 있었다. 문 닫는 것을 보며 지금
이라도 영진이 오지 않을까 주차장 차 안에 앉아 있었다. 영진의 휴대전
화는 꺼져있었다.

그날 밤을 거기서 새우고 이튿날 그는 병원으로 가지 않고 영진의 학
교로 갔다. 학교에 전화를 했을 때 어떤 남자가 서선생 상을 당해 오늘
학교에 못 왔다고 말했다. 누가 죽었느냐는 묻자 남자는 남편요 하고 말

했다. 불과 며칠 전 통화한 그 남편. 영진을 보내 주겠으니 행복하게 해 주겠다는 약속만 해 달라고 말하던 남편. 그 남편이 죽었다. 그날 그 충격 이후 인상은 연락을 하지 않았다. 영진에게서 역시 연락이 오지 않았다. 그리고 다시 봄을 맞이한 것이다.

은행 볼 일을 보고 나와 그들은 미사리로 갔다. 그들이 만나던 그 장소는 다음 봄을 맞이할 때까지 아무런 변화가 없이 그곳에 그대로 있었다. 청년이 오랜만에 오셨다며 아는 체하며 그들을 이층으로 안내했다.

"무슨 말부터 어떻게 해야 할지 모르겠어요."

인상이 머뭇거리며 말했다.

"작년 이맘 때 선생님을 처음 만났을 때 저는 지쳐 있었어요. 무슨 일이라도 저지르고 싶었을 때였어요. 다행히 선생님같이 좋은 분을 만나 별 일없이 그 시기를 넘겼지요. 선생님 처음 뵈었을 때 칠 년 간 추억을 먹고 살았다고 했지요. 그 추억의 유효기간은 아마 칠 년이었을 거예요. 헌데……. 이젠 아니에요. 이젠 평생 추억을 먹고 살아도 후회하지 않을 만큼의 추억이 남편과의 사이에 있어요. 평생 남편의 사랑을 반추하며 살아갈 자신이 있어요. 그래서 연락을 드리지 않았어요."

"짐작은 하고 있었어요. 그래서 저도 연락을 드리지 못했고요. 그리고 이제야 말씀드리는데요. 그 때 남편께서 저에게 전화를 하셨어요."

"그이가요?"

영진은 수족조차 쓰지 못하던 경민이 전화를 했었다는 사실에 놀라는 것 같았다.

"영진 씨를 행복하게 해 주겠다는 약속을 해 달라. 그럼 보내주겠다. 그랬어요."

"몰랐어요."

"이제야 말씀드리는 건데 그날 이곳에서의 약속은 그분께서 하신 거예요."

"……."

"꼭 보내주겠다. 기다려라. 그랬어요."

"이제야 알 것 같군요. 그날 남편은 남편 같지가 않았어요. 불량배나 진배없었어요. 저한테 화냥년이다. 너 때문에 불편하다. 편하고 싶다. 그러면서 마구 욕을 했어요. 울면서 집을 뛰어 나왔어요. 택시를 탔죠. 그때는 선생님밖에 생각이 나지 않았어요. 이 앞 주차장까지 왔을 때 이상한 생각이 들었어요.

다시 택시를 돌려 집으로 달려갔지요. 집 가까이 오자 공원 쪽에 사람들이 웅성거리고 서 있었어요. 잠시 후 구급차가 요란한 소리를 내며 달려갔지요. 집에 들어갔더니 아무도 없었어요. 그리고……."

영진은 다시 그때의 기억에 목이 잠기는 듯 낮고 차분한 목소리로 말을 하다가 더 이상 하지 못했다.

"남편을 추억하기에도 내 남은 생은 바빠요. 그리고 지금 아이들과 시어머니와…… 그렇게 함께 사는 것이 행복하고요."

"행복 총량의 법칙 같은 것이 있나 봐요. 어느 드라마 대사예요. 사실 말이지요. 영진 씨 만나는 몇 달간 그때 정말 행복했어요. 인생에서 느끼는 행복을 그때 다 맛 봤어요."

"이제 선생님도 좋은 사람 만나서 결혼 하셔야지요."

"네 영진 씨와의 관계가 아이러니하게도 내게 또 다른 행복을 꿈꾸게 했어요. 민지 엄마 그 사람이 혼자 살고 있다는 소리가 들려왔어요. 오

랜 망설임 끝에 민지 엄마를 찾아갔어요. 그리고 민지를 봐서라도 합치
자고 그랬어요. 그 사람은 기다리고 있었다고 말하더군요. 민지엄마는
민지 생부에게 끊임없이 협박을 당해 할 수 없이 결혼한 거라는 걸 알았
어요. 결혼 했지만 사고가 나서 혼자가 되었어요. 다음 달에 아파트 하
나 얻어서 그 사람하고 합치기로 했어요."

"축하드립니다, 민지 어머니. 부럽군요. 행복하실 거예요."

"그 사람과 결합하기 전에 영진 씨에게 고맙다는 말씀 드리려고 김 과
장에게 부탁했어요. 새삼스럽게 다시 연락드리기도 뭐하고 해서 그 방
법을 생각했지요."

"우리의 만남이 그냥 헛된 것이 아니라서 다행이어요."

"저는 영진 씨에게 빚이 있는 거 같아요. 그 분 돌아가신 게 꼭 제 탓
같기도 하고……."

"아니요. 그 사람은 갔지만 저는 보내지 않았어요. 언제나 함께 있어
요. 평생을 태워도 타 태우지 못할 그런 사랑을 품고 제 가슴속에 있어
요. 선생님께서는 그걸 제게 심어 주신거구요."

그들은 편안한 눈길을 서로에게 보이며 마주 보았다. 조정경기장에 한
척의 카누가 빠르게 달리고 있었다. 연습을 하고 있는 모양이었다.

영진은 카페를 나오며 혼자 중얼거렸다. 내 눈앞에 놓인 인생은 저 카
누처럼 혼자서 가야 한다. 한때 함께하던 동료들도 환호하던 관객들도
다 가 버리고 저렇게 혼자 노를 져 가야 한다.

영진은 혼자인 것이 두렵지 않았다.

가족

인상은 투병중인 아내 문영을 속수무책으로 바라다보았다. 의사라는 자신의 신분이 야속하기만 했다. 신체를 아름답게 하기 위한 성형이 자신의 분야라지만 어떻게 의사라는 사람이 아내 몸 전체에 퍼져 있는 암의 존재조차 몰랐단 말인가.

문영은 갑작스럽게 체중이 빠지고 현기증과 피로감을 호소했다. 드라마 촬영 중이었기 때문에 병원에 갈 수 없었고 병원에 갔을 때는 악성 림프종이 겨드랑이와 사타구니를 점령한 다음이었다.

인상은 아내가 항암 치료를 하기 전에 병원을 처분했다. 돋보기를 껴도 침침하기만 하는 눈과 미세하게 떨리는 손끝을 보며 머지않아 병원을 처분하리라 생각하고 있었던 차였다. 도와주던 후배 의사에게 좋은 조건으로 병원을 넘기고 아내의 치료에 매달렸다. 아름다웠던 아내의 신체는 한 번 두 번 항암 치료를 할 때마다 찬 서리를 맞은 들풀처럼 시들어갔다.

아내의 몸은 시들어 갔지만 아내의 입힘은 되살아나는 듯 했다.

"당신이 의사야? 제 마누라 몸을 암세포가 깨물어 먹고 있는데도 모르는 게 의사냐고! 남의 여자들 눈 찢고 코 높이고 젖가슴 부풀려 주느라 제 마누라 챙기지도 못한 한 게 남편이냐고! 난 죽기 싫어. 여보. 나 좀 살려 줘. 당신 의사잖아. 나 좀 어떻게 해 줘 봐!"

인상의 옷자락을 뜯으며 악다구니를 치고 있는 문영의 모습을 언제 왔는지 딸 민지가 쳐다보고 있다가 소리쳤다.

"엄마, 그만 해!"

"즈이 아빠 편만 드는 년. 널 낳은 건 나야. 느이 아빤 네가 세상에 나오는 데 아무 도움도 못줬어!"

문영의 악다구니는 민지에게 향했다.

"알아 안다구. 그러니 그만 해!"

오늘날까지 살아오면서 문영에게 가장 큰 무기는 민지였다. 인상이 아내 문영과 이혼 했다가 다시 재결합을 했던 것도 민지 때문이었다.

민지가 거리에서 또래의 아이들의 돈을 빼앗고 담배를 피우고 했던 것은 엄마 문영과 생부에 대한 반항이었다.

무명시절 문영은 매니저와 동거를 했다. 매니저는 문영과 섹스 동영상으로 촬영했다. 처음에 문영은 매니저와 함께 그 동영상을 감상하곤 했다. 문영이 '이슬비'로 유명해지자 매니저와 헤어졌다. 헤어질 때 문영은 비디오테이프를 없애버렸다.

인상과 만난 것은 문영이 이슬비로 한창 주가를 날릴 때였다. 가슴 성형 수술을 하려 했을 때 두 달 후에나 예약을 할 수 있었다. 돈을 더 줄 테니 빨리 해 달라고 아무리 떼를 써도 소용이 없었다.

문영이 그 도도한 의사를 보고 단번에 찍은 것은 빡빡한 성형 일자를 묵묵히 처리해 나가는 인상의 모습이었다. 그 많은 고객들이 예뻐지기 위해 인상에게 가져다 주는 돈을 어림으로 계산해 보았다. 문영도 500만 원이란 거금을 가져다 주었다. 문영의 머리로는 도저히 계산이 되지 않았다.

문영은 시간이 날 때마다 인상에게 전화를 걸었다. 인상도 싫지 않은 듯 휴무일이면 약속을 잡았다. 문영과 인상은 양수리로, 강화로 드라이브를 즐겼다.

두 사람의 모습은 어느 파파라치에 의해 찍히고 신문에 대문짝만하게 실렸다. 두 사람은 곧 결혼을 발표했다.

결혼을 앞두고 있을 때 매니저가 문영을 찾았다. 매니저는 문영을 호텔로 데려가 예전에 자신들이 찍은 비디오테이프를 보여주었다. 문영이 없애버린 것은 복사본이었다. 문영이 무릎을 꿇고 테이프를 달라고 사정을 했다. 테이프를 없애 달라는 문영을 매니저는 강제로 쓰러뜨리고 겁탈했다. 그날 민지가 생겼다.

민지는 결혼한 지 팔 개월 만에 태어났다. 의사인 인상은 아는지 모르는지 전혀 내색을 하지 않았다. 문영은 가진 사람들의 너그러움을 인상에게 보았다. 문영의 통장으로 매달 많은 생활비가 입금되었다. 민지는 예쁘게 자라주었다. 그들의 결혼 생활에 별 문제가 없는 듯이 보였다. 예전 매니저가 사업에 실패하고 문영을 찾아오기 전까지는…….

인상이 애지중지하는 민지는 신기하게도 매니저를 쏙 빼 닮았다. 매니저는 민지를 보자 자신의 딸임을 알고 돈을 요구했다. 문영은 몇 년 동안 모은 돈을 다 내어주었다. 매니저의 요구는 끝이 없었다. 결국엔 문영에게 인상과 이혼하고 자신과 결혼하자고 협박했다. 매니저는 늘 숨겨둔 비디오테이프를 협박용으로 사용했다.

그러나 문영은 매니저의 비디오테이프가 두려운 것이 아니었다. 매니저는 나이트클럽 출신이었다. 거기서 남녀 짝을 맞추어 주고 화대를 챙겼다. 다른 클럽의 양아치들과 몇 번의 칼부림을 한 경험도 있었다. 한마디로 무서운 것이 없는 사람이었다. 매니저는 자신과 결혼하지 않으면 남편과 민지까지 다 죽이겠다고 협박했다. 문영이 아는 매니저는 그것을 실행할 수 있는 사람이었다.

문영은 인상에게 이혼을 요구했다. 더 끌다가는 자신도 민지도 인상도 화가 갈 것이 뻔했다. 정 원한다면 이혼은 해 주겠지만 민지만은 줄 수 없다고 인상은 끝까지 고집했다. 매니저의 협박은 점점 더 집요해졌다. 문영은 인상에게 사정을 했고 결국 인상은 이혼을 하고 문영에게 민지까지 내주었다.

무명시절 문영의 매니저였고 나이트클럽 부킹 담당자인 민지의 생부라는 사람은 술만 취하면 짐승처럼 모녀에게 폭력을 썼다. 민지는 다니던 학교를 그만두고 가출을 했다. 문영은 가끔 퍼렇게 맞은 얼굴로 드라마 촬영을 하기도 했다. 그렇지만 문영은 매니저의 손아귀를 벗어날 수 없었다. 하루하루 살얼음판을 걷는 것 같은 날들이었다. 모녀의 불행한 생활은 매니저가 나이트클럽끼리 이권을 가지고 패거리 싸움하다가 사망했을 때 끝났다.

인상이 모녀의 소식을 듣고 찾아갔다. 인상은 민지를 위해 재결합 하자고 말했다. 그렇게 그들은 다시 가족이 되었다.

쉬라는 민지의 권유에 인상은 모녀를 무균실에 남겨두고 병실을 나왔다. 항암치료는 몸 안에 나쁜 세포를 죽이기 위해 정상세포까지 함께 죽여야 하는 힘든 과정이었다. 나쁜 세포를 죽이고 정상세포가 재생이 되어 면역력이 생기면 또 다시 항암 주사를 맞아야 했다. 문영이 그걸 해낼 수 있을지, 해 내도 문영의 생명을 얼마나 연장할 수 있을지 인상도 모르는 일이었다. 이럴 때 인상은 의사가 된 것을 후회한다. 의사라고 해도 제 가족, 아니 자기 생명조차 어쩌지 못하는 나약한 존재다.

"아빠, 커피 한잔 하시고 집에 들어가 쉬세요."

민지가 커피를 내밀며 말했다.

"엄마는 어쩌고 나왔어."

"좀 전에 안정제 먹고 막 잠이 들었어요. 아빠 쉬고 내일 아침에 오세요. 오늘은 제가 이곳에 있을 게요."

"그래 줄 수 있어? 그럼 오랜만에 우리 민지랑 커피 한잔 마시고 들어가야겠다."

인상이 커피를 받아들고 휴게소 의자에 앉자 민지가 차분한 목소리로 물었다.

"아빠, 엄마 가능성이 있기나 한 거예요?"

"그럼, 그럼. 엄마가 치료를 무사히 다 받을 수 있었으면 좋겠다."

"차라리 치료를 중단하고 공기 좋은 곳에서 쉬면 어떻겠어요."

"희망을 갖고 해 보는 데까지 해 봐야지. 요즘 의술이 얼마나 좋은데 해 봐야지."

인상은 한 모금 커피를 마셨다. 칼칼하여 무언가 걸려 있던 것 같은 목 안이 뻥 뚫리는 기분이었다.

"민지야! 난 네가 엄마 곁에 아니, 내 곁에 있어서 좋다. 네가 얼마나 고마운지 몰라."

아이들을 좋아하는 인상은 간절히 민지 동생을 원했다. 하지만 몇 년이 되어도 문영 사이에 아기가 없었다. 인상이 병원에 가서 검사해 본 결과 무정자증이란 결과가 나왔다. 수술을 하거나 시험관 아기를 시도해 볼 수 있지만 100% 확신은 할 수 없다고 의사는 말했다. 인상은 민지하나로 만족하기로 했다. 인상은 민지가 얼마나 소중한지 몰랐다. 비록 인상의 씨를 받아 나오지는 않았지만 자신의 씨를 받아 나왔다 해도 이

보다 더 소중할 수는 없었다. 한때 방황하던 민지는 검정고시를 거쳐 고등학교를 마친 뒤 전문대학을 나와 민지가 좋아하는 애니메이션 만화를 그리고 있다.

"아빠, 만일 내가 다른 자식들과 마찬가지로 생물학적으로도 아빠 딸이라면 어땠을까? 난 그게 늘 궁금해."

민지는 인상이 생물학적인 아버지가 아니라는 것을 그들이 이혼할 때 알았다.

"그랬다고 해도 지금과 달라진 건 조금도 없었을 거야."

"난 그렇게 생각하지 않아. 난 아빠가 엄마와 재결합하기로 결정했을 때부터 우리 아빠를 하나님만큼 존경하기로 했어. 내게 아빤 신이야. 만일 아빠가 생부였었다면 재결합이 당연하다고 생각했겠지. 아빤 내게 신이 되지 않았고……."

"녀석두 차암. 그래도 기분 좋다. 내가 가장 사랑하는 딸에게 신이란 소리를 들었으니 말이야."

"엄마와 왜 결혼했어?"

"엄만 아름답잖아?"

"또?"

"또? 엄마처럼 적극적인 여자는 처음 봤어. 시간이 날 때마다 그렇게 열심히 전화해 주고, 만나자고 하는 여자는 본 적이 없어."

"그랬구나. 그래서 결혼했구나. 아빠, 난 말이야. 사람이 얼마나 악해질 수 있는가를 내 생부에게서 보았어. 엄마가 날 데리고 오지 않으면 아빠와 나 엄마까지 다 죽이겠다고 협박했대. 그 사람은 그럴 수 있는 사람이야. 난 내가 그 핏줄을 타고 이 세상에 나왔다는 게 한때는 죽고 싶을 만큼 싫었어. 하지만 지금은 안 그래. 아빠와 함께 있으면 내 피가 깨끗해지는 것 같아."

민지는 생부가 생각나는지 잠시 얼굴이 어두워졌다.

"아빠, 난 술만 먹으면 짐승이 되는 내 생부가 그렇게 죽은 것도, 엄마가 저렇게 아픈 것도 벌을 받고 있다고 생각해. 젊은 날 너무 함부로 산 것에 대한 벌."

"그렇게 말하지 마. 매니저란 사람은 어떤지 모르지만 네 엄만 나름대로 주어진 환경에서 최선을 다하며 사는 사람이야. 엄마가 혼자되었다고 했을 때 그래서 나는 너와 네 엄마를 몰라라 할 수 없었던 거야. 네 엄만 운이 나빠 병에 걸린 것뿐이야."

민지는 바보처럼 착하기만 한 인상이 자신의 아빠란 것이 너무나 자랑스러웠다.

2015년 2월

인상은 비행기 트랙을 걸어내려 왔다. 은퇴한 동료 의사들과 히말라야 산골짜기로 의료봉사를 갔다가 오는 길이다. 이번 봉사가 다섯 번째였다. 그들은 네팔의 산간 마을 하나를 정해 놓고 계절별로 의료봉사를 다녔다. 때가 되면 기다리는 아픈 사람들로 인해 의료봉사는 멈출 수가 없었다. 진료가 끝나면 히말라야 봉우리를 하나씩 정해 등산을 했다.

아내 문영은 림프종으로 고생하다가 육 개월 만에 죽었다. 문영은 마치 인상이 고쳐줄 수 있는데 죽어가게 하는 것처럼 온갖 포악을 떨며 죽어가는 자신을 못견뎌했다. 인상은 문영을 보며 전생이 있다면 아마도 자신은 문영의 어머니쯤 되었을 거라고 생각했다.

병원까지 처분하고 곁에 붙어서 병간호를 했어도 문영의 요구는 끝이 없었다. 병원 특실에 누워 잠시만 눈앞에서 보이지 않아도 소리를 질러대서 인상은 화장실조차 마음대로 갈 수가 없었다. 그래도 안쓰러운 것이 문영은 죽어가는 환자였다.

문영은 전생에 쌓아놓은 업이 다하자 인상 곁을 떠났다. 문영은 이 세상에 왔다가 가면서 인상에게 가장 귀한 선물을 했다. 딸 민지는 문영이 인상에게 준 고귀한 선물이었다.

민지는 인상에게 둘도 없는 친구이자 딸이고 인생의 상담자였다. 문영이 죽었을 때 허전함을 달래 준 것도 민지였고, 혼자 사는 인상을 문영보다 더 꼼꼼히 챙겨주는 것도 민지였다.

또 민지는 인상에게 할아버지 소리를 듣게 해 주었다. 인상은 민지처럼 귀엽고 깜찍한 여자아이의 할아버지가 되었다. 고물대는 손녀를 보며 인상은 자신이 그렇게 나쁘지 않은 삶을 살았다는 뿌듯함을 느끼게 해 주었다. 사위 역시 인상에게는 든든한 아들 같았다.

주위에서 재혼을 권했지만 인상은 모두 사양했다. 그리고 히말라야 산속의 아이들의 병을 고쳐주며 문영이 떠나간 후의 삶을 살고 있었다.

이번 여행은 트레킹을 하지 않고 의료봉사만 마치고 서둘러 서울로 돌아왔다. 비행기를 탈 때 트랙을 걸어가며 인상은 신문 하나를 집어 들었다. 비행기 안에서 펼쳐 본 신문 동정 란에서 명예 퇴직하는 교장들의 명단이 있었다.

언제부터인지 인상은 신문만 보면 동정 란을 꼼꼼히 읽었다. 그곳에는 회사 임원으로부터 교사들까지 동정이 일일이 나와 있었다. 4년 전 그곳을 통해 인상은 영진이 서울 광진구의 한 중학교 교장이 된 것을 알았다. 또 그곳에는 올해 교장 임기를 마치고 명예퇴직을 하는 교장들의 명단이 나와 있었다. 명단 속에 서영진 교장도 있었다. 인상은 인터넷을 검색해 교장 퇴임하는 날짜와 시간을 알아냈다.

인상은 날짜에 맞춰 귀국했다. 택시를 타고 한강변을 달리면서 눈을 감고 처음 영진을 만나던 그날을 회상했다. 별안간 그리움이 울컥 솟았다.

영진의 퇴임식 날이었다. 인상은 새로 산 양복을 꺼내 입고 그 위에 검은 트렌치코트를 걸쳤다. 새신랑이 된 기분이었다.

인상은 주차장으로 천천히 걸었다. 이 날을 위해 은회색 승용차도 새로 뽑아 놓았다. 차 문을 열고 운전석에 앉았다. 민지와 두 번 시승을 해 본 새 차에서 반짝반짝 광택이 났다. 키를 꼽고 시동을 걸었다.

어제 저녁에 미리 내비게이션을 조작해 놓고 학교까지 얼마나 걸리는지 알아 놨다. 인상은 퇴임식 시작 30분 전에 도착할 수 있게 출발을 했다.

화려한 화환도 미리 준비하여 배달시켰다. '증 지인상성형외과 원장'이라고 쓰는 것도 잊지 않았다.

며칠 전 인상은 학교 홈페이지에 들어가 서영진 교장에게 지인상의 이름으로 퇴임식 날 참석해도 되는가 물었다. 서영진 교장으로부터 환영한다며 특별석을 마련해 놓겠다는 메일이 왔다. 인상은 그날 교문 밖에 차를 대기 시켜 놓을 것이니 함께 타고 갈 수 있느냐고 메일을 보냈다.

곧 그렇게 하겠다는 메일이 도착했다.

인상은 천천히 차를 출발시켰다. 차는 한강을 건너 강변북로를 타고 달리다가 자양동이란 표시판을 타고 좌회전을 했다. 내비게이션 속에서 나오는 고운 여자의 목소리가 지시하는 대로 따랐다.

인상은 활짝 열린 교문 안으로 들어가 주차장에 차를 주차시켰다. 강당 정문에는 인상이 보낸 화려한 화환이 인상을 맞이했다. 안내요원이 이름을 묻더니 앞서서 걸었다. 그는 인상을 '지인상성형외과 원장석' 이라고 쓰인 곳으로 안내를 했다. 인상은 그곳에 앉았다. 학생들이 강당을 꽉 차게 메우고 앉아 있었다.

퇴임식이 시작되었다. 국민의례를 하고 교가를 부르고 학생 하나가 축사를 읽고 내빈들이 돌아가며 축사를 했다. 감사패가 전달되고 훈장이 수여되었다. 그리고 교장의 퇴임사가 시작 되었다.

"오늘 이런 영광된 자리를 만들어주신 사랑하는 제자들, 존경하는 내빈 여러분, 그리고 저의 가족들, 모두 감사합니다.

제가 오늘 이 자리에 선 것은 저 혼자만의 힘이 아닙니다. 여기 계신 모든 분들이 오늘 저를 이 영광스런 자리에 서게 했습니다. 다시 한 번 고개 숙여 감사드립니다."

서 교장은 한 걸음 물러서서 허리를 90도 각도로 숙이고 인사를 했다. 박수 소리가 쏟아졌다.

서 교장이 떨리는 목소리로 먼저 학생들에게 당부할 말을 했다. 그리고 이 자리에 설 수 있게 도와주신 분들을 일일이 열거했다.

"끝으로 제가 이 자리에 설 수 있게 용기와 희망과 사랑을 주신 그분께도 감사드립니다."

서 교장의 퇴임사가 끝나자 우레와 같은 박수 소리가 쏟아졌다. 퇴임 식이 끝나자 학생들이 먼저 강당을 빠져 나갔다. 인상도 학생들을 따라 밖으로 나왔다.

강당에서 나오니 학생들이 교장선생님 가는 길을 배웅하기 위해 두 줄로 서서 기다리고 있었다. 서 교장은 교직원들과 일일이 악수를 했다. 두 줄로 선 학생들 사이를 걸어 나올 때 학생들은 박수로 환송했다. 서 교장은 학생들 틈을 천천히 걸어 나왔다.

인상은 교문 밖에다 차를 대고 기다리고 있었다. 영진이 교문을 나왔 다. 인상이 얼굴에 웃음을 듬뿍 담고 차 옆에 서 있다가 차 문을 열어 주 었다. 영진이 차에 올랐다.

"선생님, 예전 그대로세요."

차 문을 연 채 인상이 말했다.

"맞아요. 몸은 늙었지만 그때 그 맘 그대로에요."

인상은 차를 빙 돌아 운전석에 앉아 시동을 켰다. 차가 천천히 출발했 다. 차는 다리를 건너 올림픽대로로 빠져 나갔다.

예전에 가던 해적선이 그려진 카페는 낮에는 커피나 간단한 음식을 팔 고 밤에는 생음악을 연주 하는 레스토랑으로 변했다. 인상이 주차장에 차를 댔다.

그들은 이 층으로 올라갔다. 음악을 연주하는 작은 무대가 보이고 창 밖으로는 조정경기장이 보였다. 경기가 있는지 사람들이 경기장에 가득 모였다.

"언젠가는 이런 날이 올 거라고 생각했어요."

영진이 자리에 앉아 말했다. 인상의 검었던 머리는 반백으로 변하고,

얼굴의 탄력이 빠져나간 자리에는 웃을 때마다 주름이 물결처럼 일렁거렸다. 세월이 인상에게 순하게만 지나지 않았음을 알 수 있었다.

"저도 그렇게 생각하며 살았어요."

인상이 영진의 얼굴을 보며 말했다. 염색을 해서 검어진 머리칼은 가늘었고 듬성듬성 빠진 머리칼들로 정수리가 훤해보였다. 그것이 더 정겨워보였다.

"문영 씨가 림프종으로 그렇게 간 것도, 선생님 딸 민지가 애니메이션을 그리고 있다는 것도 알고 있어요. 인터넷이 다 가르쳐주더라고요."

"저 역시 서 선생님이 교장 발령 난 것도 퇴임하는 것도 다 알고 있었어요."

"그러실 줄 알았어요. 왜냐하면 저도 지 선생님을 그렇게 지켜보고 있었으니까요."

영진이 말했다.

"언젠가 누워 있는 남편과 사랑의 유효기간이 7년이라고 했었죠."

인상이 예전을 회상하며 물었다.

"네, 죽은 남편과의 유효기간도 끝났어요. 그러잖아요. 사주도 육십까지 본다고요. 그 이후의 삶은 자신이 젊은 날 뿌려 놓은 인연대로 사는 거라고요."

영진이 밝게 웃으며 말했다.

"저는 영진 씨에게 청혼을 하기 위해 이렇게 왔습니다. 예전의 그 마음 변하지 않았으면 청혼 합니다."

"네, 조금도 변하지 않았어요."

영진은 망설임 없이 선선히 말했다.

인상은 주머니에서 붉게 포장된 반지 케이스를 꺼내 열었다. 그 안에는 붉은 루비 알이 박힌 반지가 들어 있었다. 보석은 태양처럼 붉은 광채를 뿜었다. 인상이 조심스럽게 반지를 꺼내 영진의 손을 잡고 반지를 껴주었다.

'탁! 탁! 탁!'

이때 사방에서 폭죽이 터지고 음악이 울려 퍼졌다. 영진이 놀라 소리 나는 쪽을 쳐다보았다. 종업원들이 층계에 모여 서서 박수를 쳤다. 남자들 대여섯 명이 몰려 들어왔다. 남자들은 무대로 가 각자 자기 악기 앞에 섰다. 가수 포지션이 마이크 앞에 섰다. 영진과 헤어지고 나서 한창 거리에서 또는 차 안에 듣던 노래의 가수였다.

포지션이 수줍고도 환한 얼굴로 두 분의 재회를 축하한다고 말했다. 밴드가 잔잔하게 음악을 연주했다. 포지션이 노래를 불렀다.

I love you
사랑한다는 이 말 밖에는 해 줄 수가 없네요
I love you
의미 없는 말이 되었지만 사랑해요
이제 와서 무슨 소용이 있겠어요
다신 볼 수 없는 이별인데
돌이킬 수 없는 걸 잘 알고 있지만 어떻게든 그댈 잡아두고 싶은 걸
우우우
이 세상 아니라도 언젠가 우리 다시 만날 텐데
눈물 한 방울 보여선 안 되겠죠

248

사랑에 빠지게 만들었던 미소로 날 떠나요

그 미소 하나로 언제라도 그대를 찾아낼 수 있게

오랜 후에서야 내게 해 준 그대 그 한마디

우리 사랑 안 될 거라 생각 했죠 너무나도 아름다웠기에

돌아서려 했었던 내 앞에 그대는 꿈만 같은 사랑으로 다가왔었죠

우 우 우

이 세상 아니라도 언젠가 우리 다시 만날 텐데 눈물 한 방울 보여선 안

되겠죠

사랑에 빠지게 만들었던 미소로 날 떠나요

그 미소 하나로 언제라도 그대를 찾아낼 수 있게

언젠가 우리 다시 만나면 약속하나 해요

이렇게 아프게 너무 쉽게 헤어질 사랑하지 마요

인상은 음악이 참 이상하다고 생각했다. 혼자 들었을 때 슬프기만 했던 음악이 함께 들으니 더 없이 행복하고도 아름다운 음악이 되었다. 음악처럼 그들 앞에 남은 생도 혼자가 아닌 사랑하는 이와 함께 하여 더 없이 행복하고 아름다운 날들이 펼쳐지게 될 것 같았다. 인상이 바라본 영진의 얼굴이 행복해 보였다.

인상은 문득 한 남자의 전화 목소리를 생각해냈다.

"꼭 행복하게 해 주셔야 합니다. 약속해요. 꼭요. 약속했어요."

목소리는 낮고 작았지만 진실 되었다. 인상은 남자의 목소리에 작게 대답했다.

"약속 꼭 지킬 것입니다."

창밖으로 사람들의 함성 소리가 들렸다. 여러 척의 카누가 빠르게 달리며 경주했다. 맨 앞장선 카누가 전환점을 돌았다. 두 번째 카누가 전환점을 돌았다. 사람들의 함성 소리가 더욱 커졌다.

오래 전에 어느 날 한 척의 카누가 외로이 연습하던 것이 생각났다. 그 카누처럼 영진도 혼자 외로이 항해했다. 이젠 영진도 함성 소리에 묻힌 저 카누처럼 더 이상 외롭지 않을 것이다.

아버지의 질서를 꿈꾸는 천의무봉 이야기꾼

—강명희의 소설집 『서른 개의 노을』

서정자 (문학평론가·전 초당대 부총장)

아버지의 질서를 꿈꾸는 천의무봉 이야기꾼
— 강명희의 소설집 『서른 개의 노을』

서정자 (문학평론가·전 초당대 부총장)

히말라야의 이미지

강명희 작가의 첫 번째 소설집 『히말라야바위취』를 재미있게 읽었다. 등단한 지 10년이 넘어 나온 소설집인데 언젠가 소설을 써서 가지고 있는 작품이 많다는 말을 들은 적이 있는 나는, 소설집 출간이 반갑기도 하고 경이롭기도 했다.

두 번째 소설집 『서른 개의 노을』도 부담 없이 즐겁게 읽힌다. 소설이 읽는 즐거움을 동반하고 있다는 것은 우리 소설 일반에서 보이는 난해함을 일단 벗어나 있다는 뜻이 된다. 두 번째 소설집의 제목이 된 단편 「서른 개의 노을」을 읽고 나는 이것이 작가의 부단한 노력과 수련의 결

252

과라는 걸 알았다.

  첫 소설집 첫머리에 실린 단편 「노을」은 그런 담금질 속에서 나온 밀도 높은 수작이다. 단편이 갖추어야 할 모든 미덕이 다 들어있다고 느꼈다. 다른 작품들은 이 「노을」의 밀도에는 미치지 못하지만 즐겁게 읽히며 그 기대를 져버리지 않는다. 작가가 하고자 하는 말도 알심 있게 들어 있었다는 뜻이다.

  그는 구성을 매우 중요시하여 이야기하는 방식을 수없이 연구한 것 같다. 묘사력도 있다. 이번 소설집에 실린 「동행」의 도입 부분은 순은의 예술품을 보는 느낌이다. 이야기를 전개하는 솜씨를 주목해 읽으면 문장에도 오랜 수련의 내공이 느껴진다. 이런 미덕을 지닌 소설이 독자에게 재미와 의미마저 느끼게 해주었다면 이 작가의 소설은 일단 성공한 것이 아닐까?

  강명희 작가의 소설에는 히말라야의 이미지가 있다. 그가 전통을 중시하고 아버지의 질서를 존중하는 것은 히말라야를 사랑하는 마음과 통하는지 모른다. 라다크의 헬레나 노르베리 호지가 말하는 '오래된 미래' 의 삶에 대한 가치 말이다.

  실제로 히말라야 트레킹에 다녀온 이야기가 소설에 나오지만 라다크 사람들이 오랜 전통으로 지닌 미덕을 그들 자신의 자존감으로 다시 살려내듯이 작가는 이번 소설집에서 우리가 버리고 돌아선 과거와 잃어버린 가치를 돌아보고 있다.

  이를테면 그것은 한 소년이 IS 테러대원으로 자원해가면서 그 이유 중 하나를 페미니스트가 싫어서라고 말했던 만큼은 분명 아니지만 작가는 본질적으로 여성에 대해서는 관심이 적다. 스스로 노력하여 주체로 선

여성 주인공까지 그 자신의 가치 기준이 아버지다. 이를 과거로의 퇴행이라 할까, 현실 긍정이라 할까.

그의 소설에는 돈과 명예를 추구하여 맹목으로 질주한 주인공이 어느 순간 자기 삶의 허위를 발견하고 스스로 성공가도에서 돌아서서 뒤를 보는, 뜨거운 생의 반환점이 있다. 작가는 소위 행복이라는 꼭짓점에서 만나는 절망을 문제 삼는 소설을 여럿 썼다. 그 절망은 우리 삶의 본질에 어떻게 닿아 있을까?

이번 소설집은 작가 자신도 의식하지 못한 작가의 내면이 보다 많이 드러난다. 첫 번째 소설집과 두 번째 소설집의 작품들은 그 거리가 그리 멀지 않고, 두 번째 작품집은 지향점에서 어떤 통일성을 찾아볼 수 있기 때문이다. 농촌을 배경으로 한 작품이 많다든가, 개발로 인해 얻어진 부가 가족을 해체하는 원인으로 작용하는 과정이라든가, 구세대의 몰락을 주로 다루고 있는 점들이 그러하다. 따라서 농경사회의 공동체가 가지는 덕목과 풍속이 향수를 머금고 묘사되며 사라진 것들에 대한 동경은 구원의 형식을 갖추고 '오래된 미래'로 제시된다.

이번 소설집에는 가족 이야기가 중심을 이루고 그 중 노인문제가 심각하게 등장한다. 그러나 노인의 비참한 현실은 무너진 윤리와 도덕을 나타내는 표상으로 존재한다고 봐야 할 것이다. 초 고령화 사회를 코앞에 둔 시점에서 가족이 노인을 책임지는 단계는 지났기 때문이다.

도시와 농촌의 경계에 삶의 터전을 이룩했던 농민 아버지세대가 아파트 개발로 나온 보상금을 둘러싸고 벌이는 가족의 추태에 절망하거나 형제끼리의 불화를 통해 가족이 해체되는 현실을 낱낱이 고발하는데 노인을 하나의 장치로 배치하고 있다고 보이기 때문이다.

작가가 버리지 않고 불러들이는 주요 소설적 장치 중 하나는 낭만적 사랑의 꿈을 보여주는 것이다. 낭만적 사랑은 꿈일 뿐이라는 것을 이미 알고 있는 독자들도 이 작가가 불러내는 아름답고 슬픈 사랑에 자신도 모르게 빠져든다. 이 비정한 자본주의의 사회에서 수없이 배신당한 누더기 같은 영혼들은 작가가 연출하는 눈물 젖은 사랑을 거부하지 못한다. 이 사랑은 또한 작가에게 무엇인가.

"삶을 이해하고 표현하는 언어와 실재하는 현실은 언제나 서로 다른 층위에 있으며 그 간극은 필연적이다. 현실의 무게를 온전히 전달할 수 있는 언어는 지나치게 희박하고, 어렵게 찾아진 언어는 오해와 오독의 운명으로부터 자유롭지 못하다." 『들뢰즈의 문학기계』 책머리에 나오는 대목이다. 작가의 관심은 현실, 자명성의 권력에 가려 은폐된 맹목의 현실에 있다. 권력은 언제나 기존의 삶의 방식을 고정하려고 하고 그 안에 개체들의 활동을 포섭하고 통합하려고 한다. 작가는 이 은폐된 맹목의 현실을 뒤집어 보는 자이고 다른 종류의 삶을 창조하고 다른 종류의 삶을 쓰는 자이다.

요즘 우리 사회는 커다란 변화를 앞에 두고 있는 듯하다. 세월호 이후 나는 시민인가 고민해왔다는 사회학자는 "우리에게 민주주의의 미시적 기초인 공동체는 없다"고 한다. 세월호나 몇 해 전의 우면산 사태 당시 시민들이 보여준 방관과 국가의존주의, 땅콩회항 사건을 계기로 벌어진 갑질 논란, 이삼 일 사이를 두고 돈 때문에 일어난 엽총 살인사건, 보험금 노리고 제초제로 두 남편과 시어머니를 살해한 여자 등 물질만능주의 사회의 살벌한 사건 기사가 연일 신문 사회면을 뒤덮고, '김영란법' 통과를 둘러싸고 벌어지는 논란을 보면 우리가 지금까지 이 땅에서 살아 온 날들이 부끄러운 너의 얼굴이라 말하는 것 같다. 샤를리 압도의 테러, IS대원에 지원하는 여학생, 서구와 일본인 참수 동영상……. 이런 현실이 위에 작가가 말하는 아버지의 질서를 오버랩해 보는 것도 의미가 있을 것이다.

아버지의 질서를 존중하다

작가의 소설에 나오는 아버지는 자식들에게 좋은 아버지로 기억되는 '훌륭한' 아버지다. 권력이나 명예를 일컫는 그런 세속적 의미가 아니라 자립정신, 검약정신으로 적지 않은 땅을 사 모은 자수성가형 아버지에다, 자식들에게 사랑도 고루 나눠준 부성과 모성을 함께 갖춘 그런 아버지(「마른장마」, 「서른 개의 노을」)다.

우리 소설사에는 아버지가 없다. 아버지의 자리에 오히려 어머니가 크게 자리한 것이 우리 문학사이다. 그런 점에서 작가가 아버지를 긍정적으로 그린 것을 주목하게 된다.

「마른장마」의 주인공 '나'는 가뭄이 계속 되는 여름, 어머니 3년 상을 맞아 친정 동기들과 함께 산소에 간다. 아들을 기다리는 집에서 언니에 이어 둘째딸로 태어난 데다 키도 작고 못생겨 부모의 사랑을 받지 못하고 자란 '나'는 스스로를 개망초 같다고 생각한다. 땅이 워낙 많아 딸들에게도 조금씩 나눠주기는 했지만 본래 아버지는 딸들에게 땅을 물려줄 생각이 없었다.

그러나 '나'는 남편이 일찍 명퇴를 하게 되어 뭔가 해보려고 애를 쓸

256

때 아버지가 불러 "마음대로 해라. 만일 네가 저 벌판 땅을 다 팔아달라고 하면 아버지가 그렇게 해 주겠다. 그러니 너 마음대로 해라."라고 말해서 '나'는 벌판의 땅을 다 가진 것처럼 든든했던 기억이 있다. 그래서 땅에 대해 욕심이 없다.

아버지에게 농사짓는 법을 배운 딸들은 텃밭을 갖고 채소를 잘 가꾸어 낸다. '나'는 아버지가 돌아가신 뒤에 남편을 잃은 여동생을 '아버지의 마음'으로 안타까워하다가 남동생이 어머니를 노인 병원으로 보내려고 하자 집에 모셔다 병들고 치매까지 걸린 어머니를 마지막까지 돌본다. '나'는 그 대신 어머니의 집을 여동생에게 반이라도 주자고 말했다가 거절당해 형제들과 어색한 관계가 되었던 것이다.

3년 만에 만난 형제들은 성묘를 마치고 여동생이 무더운 비닐하우스에서 말아주는 열무국수를 나누면서 차츰 마음이 열린다. 베이비시터를 하며 가장 어렵게 사는 여동생이 잘사는 오라비에게 오이지며 참외며 싸주자 '나'도 딸네 주려고 땄던 채소봉지들을 남동생에게 준다. 아버지에게서 배운 농부의 마음이 돈으로 사이가 벌어진 형제의 우애를 살려 낸다. 그 마음은 검둥이도 새끼들에게 젖을 고루 먹이려고 몸을 뒤채는 것을 보라며 아버지가 가르쳐 준 부모의 마음이기도 하다. 마침 비가 내리 퍼붓는다. 작가는 마른장마가 이쯤에서 끝났으면 좋겠다고 한다.

「서른 개의 노을」도 아버지의 질서를 소중하게 이야기하는 작품이다. 이 소설의 주인공 이씨 집안의 종손은 TV 방송국의 드라마연출 피디였다. 종가에서 자란 그는 종가에서 종손으로 책정이 되자 기꺼이 피디 자리를 내놓고 귀향한다. 그의 아버지는 고속도로가 남으로써 선산이 훼손되는 것을 막고자 목을 맸었다. 아버지가 돌아가셔서 다른 사람이 종

서평 257

손으로 책정되어 종가에서 나와야 했던 그는 성공한 드라마피디로 일하다가 문중에서 다시 부르자 내려간 것이다.

어느 날 주인공 '나'는 종손체험을 온 옛 동료로부터 윤 작가가 쓴 소설이 실린 잡지를 받는다. 이런 액자 속에 윤 작가가 쓴 〈서른 개의 노을〉이 내화로 들어선다. 종가란 두말 할 것 없이 아버지의 문화다. 심윤경의 『달의 제단』에서는 조선조에서부터 이어진 종가의 비인간적 실상이 그려졌지만 이 「서른 개의 노을」에서 종가는 하나의 전승해야 할 문화로서 그려진다. 또한 내화의 〈서른 개의 노을〉에서 할아버지는 「마른장마」의 아버지처럼 검약과 근면으로 집을 일으켜 세우는 인물이다. 가족들에게 보리밥과 밀장국으로 끼니를 잇게 하면서 쌀을 모두 내다 팔아 땅을 산다.

그런데 종손이 되는 이 피디나 땅을 사는 할아버지가 이런 선택을 하는 진정한 계기는 이룰 수 없는 사랑이었다. 윤 작가와의 사랑이 더는 뒤로 물러 설 여지가 없게 되자 이 피디는 종손의 자리로 내려갔고, 연모하는 남자가 사는 마을의 길옆에 평상을 내놓고 할아버지만 바라보며 사는 여성에게 그 여자가 사랑을 품고 바라보는 벌판 땅을 사들이는 것으로 사랑을 표했다는 설정은 아버지의 질서, 곧 가정은 지켜져야 한다는 전통적 윤리 위에 서있는 것이다. 작가는 종가, 가정을 지키는 것이 사랑을 따르는 것보다 고귀한 것이며 이 아버지의 질서는 지켜져야 하는 것이라고 강변한다.

이렇게 각자의 가정 지키기라는 매우 건전한 논리와 도덕은 실은 물신주의 앞에서 맥없이 무너져 가족해체까지에 이르고 있다.(「폭염주의보」) 작가가 애정을 가지고 그리는 농촌 공동체의 아름다운 삶은 돌이킬 수 없기에 향수를 머금고 추억된다. 설이 가까워 오면 무 구덩이를 헐어 나박김치와 깍두기를 담그고 맷돌을 돌려 두부를 하고 싸라기로 엿을 고았다. 이런 작업에는 아버지, 삼촌, 어른, 아이 할 것 없이 모여 흥성거리는 시간을 함께 한다.

엿 고는 날은 어른 아이 할 것 없이 잔칫날이었다. 아이들은 환하게 불을 밝혀둔 집 안팎으로 뛰어다니며 추위도 잊은 채 밤새 놀았다. 여자들은 수증기가 자욱한 부엌에서 불의 양을 조절해가며 두런두런 정담을 나누었다.

엿 고는 구수한 냄새에 아이들은 부엌을 들락거리며 목이 빠지게 엿이 고아지기를 기다렸다. 엿이 얼추 고아져 거품이 크게 일어나면 성급한 아이들은 종지에 조청을 퍼서 조갈이 나도록 먹었다. 손바닥만 한 거품이 쩍쩍 일어나 가마솥 안을 채우면 엿은 알맞게 고아진 것이다. 그러면 그릇마다 쟁반마다 콩가루를 깔고 달인 엿을 양푼으로 펐다.

쟁반에 퍼 놓은 엿이 굳어 가면 여자들이 빙 둘러 앉아 얇게 늘였다. 두 손바닥만 하게 늘린 엿은 서로 붙지 않게 콩가루 속에 박아 함지박에 담았다. 그 함지박을 다락에 얹어 두면, 정월 내내 어른 아이 할 것 없이 오르내리며 얼마나 행복했던가. -「동행」 중

작가는 공동체를 이루고 살던 시기를 묘사하지만 현실에서 그것은 이미 사라진 환영에 불과하다. 「리모컨」은 그런 점에서 살펴볼 만한 작품이다. 주인공 '나'는 큰형의 손에 자라 형의 기대에 어그러지지 않게 열심히 공부하여 안정된 직장과 가정을 이룬다. 아들은 의과대학에 다니

고 아내는 치매에 걸린 어머니를 5년이나 잘 모셨다. 흠 잡을 데 없는 나의, 아니 아내의 행복을 보며 '나'는 그 행복이 내던져질 것을 상상한다.

'나'의 어머니는 '미친년 화냥년 남편 잡아먹은 년'이었다. 아이들로부터 놀림 받는 어머니로부터 형들은 '나'를 격리하여 키웠다. 그 어머니는 '나'의 삶과 아무런 관련이 없는 사람이었다. 그런 내게 나의 삶을 되돌아보게 한 것은 아내의 행복에 겨운 얼굴과 지뢰를 밟아 다리를 잃고 퇴역하는 동기생을 보면서였다.

잊고 있었던 어머니를 천한 여자 미용사에게서 만난 '나'는 그 여자의 도발에 빠져든다. 이 소문으로 '나'는 진급에서 탈락하고 퇴역한다. 아내는 천한 여자와의 외도를 막지 못하자 어머니를 큰형 집으로 되돌리고 나를 외면한다. 천한 여자는 같이 살자는 간청에도 무능한 '나'를 조소하며 떠난다. '나'는 어머니가 누워있는 둘째형 집을 찾아가서 어머니와 치사량의 약을 먹고 나란히 눕는다.

이 소설에서 아버지의 질서는 형일 것이다. 사람들로부터 조롱을 받는 과부이자 정신이상자인 그리고 화냥년인 어머니는 아들로부터 외면을 당한다. 아버지의 질서에서는 정조를 잃은 여자는 말할 것도 없고 과부는 남편 잡아먹은 여자인 것이다. 어느 것이 먼저였는지 모르나 어머니는 정신을 놓은 미친년이 되었다.

이런 어머니는 삶에 장애일 뿐이기에 철저히 격리하여 동생을 키웠고 동생은 그런 형들의 기대를 저버리지 않고 아버지의 질서 속에 성공적으로 진입한다.

그런 '나'는 위에 언급한 사건을 계기로 자신의 삶을 돌아보았고 천한 여자 속에서 어머니를 본다. 부끄러운 어머니에게 돌아가자는 것이다.

그 여자마저 떠나자 '나'는 어머니를 찾아가 함께 자살을 기도한다.

이 마지막은 두 가지로 해석할 수 있다. 천한 여자 속으로 들어간 것은 어머니에 대한 속죄의 의미로, 천한 여자와의 관계가 실패한 것은 파멸에 이르고 말았다는 해석이 그 하나다. 또는 '피는 어쩔 수 없다'는 대목처럼 어머니에게로 돌아가는 것에는 아무런 구원이 없다고 말하는 것으로도 볼 수 있다. 작가는 어느 쪽을 말하고 있는 것일까?

비슷한 구조의「벼랑 끝의 남자」의 주인공은 팜므파탈이라 할 여자를 거부하면서도 빠져들어 파멸의 길로 떨어져간다.「리모컨」의 경우 팜므파탈에 해당할 천한 여자 미용사는 그와 다르다. 주인공에게 어머니를 보게 해주었다는 점에서 자아 찾기에 도움을 주는 존재인 것이다.

어쨌든 작가는 아버지의 질서를 존중하는 쪽에 선다. 어머니에게 돌아가 약을 먹고 나란히 누워도 크게 달라진 것은 없다. 작가 아버지의 질서에 심정적으로 기울어 있음을 보여주는 작품으로「어느 멋진 하루」를 들 수 있다. 주인공 '나'는 차를 새로 뺀 김에 부모에게 자랑도 할 겸, 본가에 가려고 했으나 아내에 이끌려 처가엘 먼저 가게 된다. '나'는 오이꽃도, 닭도 수컷의 쓸모가 암컷만 못하다는 것에 신경을 곤두세운다. 남자로서의 자기정체성에 위기를 느꼈던 모습이 이어진다. 고교시절엔 남녀합반을 하자 남학생 학부모가 시위를 했다. 남녀합반을 하면 공부 잘하는 여학생들로 내신이 불리하다는 이유였다. 명문대에 들어가니 과의 반이 여학생, 군대에 다녀오니 여학생들이 사법고시에 턱턱 붙고 있다. 그런 여자들이 무서워 교원임용고시로 진로를 바꿨는데 겨우 합격하여 발령 받아 가보니 몇몇만 빼고 전부 여교사였다.

아내가 아들을 둘 낳으면서 가까스로 나를 낳은 어머니와의 기 싸움은 끝난다. 여왕벌— '나' 는 아내를 여왕벌이라고 부름으로써 당당하지 못한 수컷으로서의 자기 정체성을 드러낸다— 같은 아내 곁에서 잘 하는 것이라곤 오직 애 보는 것 한 가지인 내가 그저 이렇게 사는 것이 이 시대를 살아가는 가장 편한 방법이라고 '나' 는 마음을 달랜다. 아버지의 질서가 무너지는 것에 대한 안타까움이 일어나는 대목이다.

어머니의 부재와 팜므파탈

첫 소설집 안에 든 단편 「노을」의 안자는 4·3사태의 희생자로 정신이 상이 된 여자다. 정신을 놓고 돌아다니다가 우연히 감나무 아래서 눈을 떠 그 빈집에 들어 산다. 어느 날 벙어리처럼 찾아든 영감은 실은 집주인으로서 시한부 선고를 받은 생명인데 채 죽기도 전에 아내와 자식들이 재산을 놓고 다투어 언론에까지 보도되자 집을 나와 제주도로 왔다. 두 상처받은 영혼은 풍요한 자연과 물질에 대한 욕망을 초월한 외딴 공간에서 마지막 시간을 노을로 승화시킨다. 무욕의 안자를 만나 상처를 치료받고 세상을 떠나는 영감의 마지막 모습은 연인의 모습으로 손색이 없다. 이를 어찌 낭만적 사랑 운운할 수 있으랴. 인간의 승리요 고통의 승화다.

강명희 작가의 소설에는 사랑이 무시할 수 없는 비중으로 등장한다. 첫 소설집 안에 든 작품 「노을」, 「샴페인」, 「마지막 인사」에 사랑 이야기가 나오고, 이번 소설집에서도 중편 「약속」과 단편 「서른 개의 노을」에 사랑 이야기가 나온다. 「서른 개의 노을」에 나오는 종손으로 살기라든가 할아버지의 집안 일으키기가 모두 사랑과 관련한 것이고, 아버지 질서의 도덕에 준한 이야기도 사랑임이 확인되었다. 중편 「약속」역시 작가의 사랑의 공식에서 크게 벗어나지 않는다. 여기서 작가가 그리는 사랑의 완성이 모두 노년에 이르러서 이루어진다는 점을 발견한다. 중세 시대의 숙명적 사랑을 보는 듯하다.

중편 「약속」은 연애 이야기이다. 주인공 서영진은 상현과 사귀던 중 상현의 친구 윤경민을 만나 열병처럼 사랑에 빠지게 된다. 상현에게 상처를 주고 영진과 결혼한 경민은 상현에게 영진을 행복하게 해주리라 한 약속을 지켜간다. 뜻밖의 교통사고로 전신마비의 장애자가 된 경민은 더 이상 영진을 행복하게 해줄 수 없게 되고 오히려 짐이 되었다. 영진에게 가족의 생계마저 책임지우고 있다. 삶에 지쳐가던 영진은 우연히 지인상을 만나고 그 역시 이혼으로 상처를 입은 상태라 둘은 금세 사랑에 빠지게 된다.

영진이 지인상과의 사랑으로 괴로워하는 것을 본 경민은 영진을 놓아주기로 결심하고 지인상에게 영진을 행복하게 해주겠다는 약속을 하라 하고 휠체어를 굴려 장애의 삶을 끝낸다. 이를 계기로 영진은 사랑의 열병에서 깨어나 가족을 지키고 교사로서 가야 할 길을 간다.

한편 지인상도 영진의 남편에게 다짐했던 약속을 유보한 채 영진의 삶을 지켜볼 수밖에 없다. 이혼한 아내와 재결합을 해 다시 가정을 이루나 아내는 병으로 죽고 히말라야로 의료봉사를 하며 지나는데 영진이 교장으로 정년퇴임하는 날 둘은 만나 드디어 사랑을 이루게 된다는 줄거리이다.

길게 설명할 것 없이 이 연애 이야기는 무척 도덕적이다. 이 연인들은 아버지의 질서를 교란하지 않고 각자의 위치에서 헌신적 책임을 다하고 삶의 황혼에 이르러 더 이상 사랑이 죄가 되지 않을 때 경민에게 한 약속을 지켜 사랑을 다시 시작한다. 이때 그들의 연애는 비현실적이다. 작가가 그린 것은 그러니까 사랑이 아니라 약속인 것, 아버지 질서의 아름다움을 그린 셈이다.

경쟁사회이자 물질만능사회인 이 시대의 대안으로, 작가는 신고전주의적 아버지 질서를 보여주고 있는 듯하다. 그런 점에서 작가의 천의무봉(天衣無縫)한 이야기 솜씨는 작은 혁명의 기미를 띠고 있다.

그러나 경쟁사회와 물신주의 사회 역시 아버지의 질서에서 나온 산물이고 모순일 때 이는 환원적 논리라는 모순을 갖게 된다. 과거로의 퇴행인지 현실 긍정인지 어머니가 부재한 작가의 소설세계에서 팜므파탈의 존재를 곰곰이 되새겨 보는 이유다(「벼랑 끝에 선 남자」).